次北固山下
복고산 기슭에서 유숙하다

나그네길은 푸른 산 밖이기에
배타고 푸른 물 위로 나아간다
조수 잔잔하고 양쪽 기슭은 광활한데
순풍에 외로운 돛은 쏜살같다
날이 채 새기 전에 바다 위로 해 솟아나고
강의 봄은 이 해가 가기 전에 오고 있다

客路青山外
行舟綠水前
潮平兩岸闊
風正一帆懸
海日生殘夜
江春入舊年

해적왕
海賊
王

해적왕 2

임이모 新무협 판타지 소설

초판 1쇄 찍은 날 § 2004년 12월 7일
초판 1쇄 펴낸 날 § 2004년 12월 17일

지은이 § 임이모
펴낸이 § 서경석

편집장 § 문혜영
편집 § 장상수 · 서지현 · 한지윤
마케팅 § 정필 · 강양원 · 이선구 · 홍현경

펴낸곳 § 도서출판 청어람
등록번호 § 제1081-1-89호
등록일자 § 1999. 5. 31
어람번호 § 제2-0485호

주소 § 경기도 부천시 원미구 심곡1동 350-1 남성B/D 3F (우) 420-011
전화 § 032-656-4452 팩스 § 032-656-4453
http://www.chungeoram.com
E-mail § eoram99@chollian.net

ⓒ 임이모, 2004

ISBN 89-5831-337-4 04810
ISBN 89-5831-335-8 (SET)

해적왕

海賊王

Fantastic Oriental Heroes

임이모 新구협 판타지 소설

2

도서출판
청어람

| 목차 |

제10장

마녀(魔女)

海賊王

　넓은 공터로 나선 도인과 이난소는 팽팽한 기운을 일으킨 채 서로를 마주 보고 섰다.

　이난소는 어느 장부 못지않은 기개를 보였다.

　"늙은이, 먼저 자신의 신분부터 밝히는 게 예의가 아닐까?"

　도인은 주위를 둘러보았다. 어느새 몰려든 해적들이 삼십여 명에 이르렀고 그들은 지금까지 보아온 여느 해적들과는 질적으로 다른 기운을 느끼게 했다. 특히 이난소의 뒤에 버티고 서 있는 두 사람은 태양혈이 혁혁한 게 일류고수가 틀림없었다. 일거에 덤벼든다면 수적인 열세로 낭패를 보기 십상이었다.

　일단 신분을 숨기고 볼 일이다. 그의 신분을 들춰 적들의 경각심을 불러일으킨다면 처음부터 합공을 펼쳐 올지도 모르기 때문이었다.

　"너 같은 간악한 계집의 입에 함부로 오르내릴 이름이 아니다."

이난소가 냉랭하게 코웃음 쳤다.

"홍! 어지간히 도도한 늙은이로군!"

"네 어미도 내 앞에서는 너처럼 버르장머리없이 굴진 않았다."

"늙으면 다 말이 많아지는 모양이군."

"끌끌… 늙어지기 전에는 단정할 일이 아니다."

도인이 이난소를 보며 천천히 걸음을 떼어놓았다.

구음마녀는 오래전부터 채양보음을 통해 공력을 증진해 왔다. 그녀를 마녀라 규정짓는 첫 번째 이유이기도 했다. 자연의 기운을 통해 공력을 모으는 보양보음과는 달리 공력을 가진 자와의 음양 화합을 통해 상대의 내력을 빼앗는 것으로 상대는 치명적인 공력 손실을 입게 되고 이런 유의 방법은 강호 동도들의 공분을 일으키기 때문에 필경은 상대를 죽여 입막음하기 마련이었다.

이난소에게선 적지 않은 공력이 느껴졌다. 그녀가 채양보음을 하고 있는지는 단정할 수 없지만 구음마녀로부터 상당한 공력을 이공(移功) 받은 게 틀림없었다. 종이처럼 얇은 지검을 병기로 사용하는 건 내공이 받쳐 주지 않으면 불가능한 일이었다.

도인의 적수공권은 이난소의 손에서 서슬을 시퍼렇게 날리는 검 앞에 위태해 보였다.

이난소는 눈살을 찌푸렸다.

도인의 목에 걸린 묵주(墨珠)는 무기가 아니었단 말인가? 소림의 승들이나 무당의 도인들이 사문의 신물 등을 종종 무기로 쓴다는 건 많이 알려진 얘기였다. 그런데 도인은 적수공권으로 싸움을 걸어오고 있었다. 그녀의 모친 말을 따르면 적수공권으로 싸우는 자야말로 이 세상에서 가장 상대하기 까다로운 자라고 했다. 장병(長兵)보다는 단병(短兵)

이, 단병보다는 적수공권이 초식을 행사하기에 빠르고 변화막측하며 무엇보다 자신감에 찬 고수들이라는 것이다.

그녀는 긴장하기로 했다. 만만히 보았다가는 자칫 큰 화를 초래할 것 같았다.

이런 섬에 처박혀 있는 도인이 무슨 알량한 재주를 가졌으랴 했지만 처음 느낌보다는 대하면서 느껴지는 분위기가 점점 중량을 더해가는 자였다.

츳!

그녀는 가볍게 은유지검을 허공에 그어대며 도인의 움직임에 따라 걸음을 떼어놓았다.

폭풍이 시작되는지 바람이 갈수록 세어졌다. 철사자 뇌백과 혈도부 천종기의 표정이 싸움에 임한 당사자들보다 더 긴장되어 보였다. 그들은 이미 감각적으로 도인과 이난소가 그들과는 다른 차원의 절대고수라는 것을 느끼고 있었다. 이런 싸움은 평생을 통틀어서 한 번 보기 힘든 진귀한 구경거리였다.

팍!

이난소의 신형이 땅을 박차고 앞으로 튕겨 나갔다. 얼른 봐서는 그렇게 빠른 것 같지 않았지만 흡사 유령처럼 표홀하게 날아간 그녀의 신형은 삽시간에 도인의 앞에 이르러 허공 가득히 검의 분광을 어지럽게 날리고 있었다.

슈슈슈슉!

검이 떨쳐 낸 빛 무리가 허공을 수놓자 마치 화려한 은빛 비단이 펼쳐진 느낌이었다.

보는 사람들이 일제히 입을 벌리고 탄성을 흘렸다.

도인은 적수공권 탓인지 감히 가까이 접근하지 못하고 거리를 적당히 둔 채 뒷걸음질쳤다. 뒤로 걷는 게 앞으로 걷는 것보다 능숙해 보였다.

후웅!

이난소가 휘두른 검이 도인의 머리 위를 아슬아슬하게 스쳐 갔다. 도인의 머리카락 몇 개가 베어져 허공에 날렸다.

이때 도인이 이난소의 큰 동작을 놓치지 않고 그녀의 허리로 파고들었다. 그의 손이 칼처럼 세워져 이난소의 옆구리를 순식간에 찔렀다. 그러나 이난소는 조금도 당황하지 않고 신형을 뒤로 내뺐다.

파파파팍!

한번 이난소의 아래로 파고든 도인의 걸음은 결코 그녀를 놔주지 않았다. 둘의 몸이 밀착이라도 될 듯 가깝게 달라붙어서 공수를 주고받았다. 너무 가까이 붙은 상태라 이난소도 병기의 이점을 구하지 못하고 손과 팔꿈치를 이용해 도인의 공격을 막아내고 반격했다. 그들의 빠른 걸음이 흙먼지를 사방에 날려 일대의 시야를 가렸는데 도인이 다른 자들의 방해를 받지 않기 위해 꾀를 낸 것임을 아무도 알지 못했다.

철사자 뇌백과 혈도부 천종기는 혀를 내둘렀다. 두 고수의 움직임이 마치 돌개바람 같아 낙엽과 흙먼지, 풀뿌리들을 사방에 날리니 도무지 그 안의 두 사람의 모습이 보이지 않았다.

퍼퍼퍽! 퍽!

공수를 주고받는 소리가 통나무 부러지는 소리처럼 둔탁하고 크게 울렸다.

구경하는 해적들은 여기저기서 마른침만 삼키고 있었다.

수십 초인지 수백 초인지 모를 싸움은 그렇게 흘러갔다. 보는 사람들로서는 초식의 공방이 보이지 않으니 어떤 상황인지 짐작이 가지 않았다.

　두 사람의 신형이 서로에게서 떨어져 나온 것은 한순간이었다.

　"후악! 후악!"

　"헉헉!"

　도인과 이난소 모두 거친 숨을 몰아쉬며 숨을 고르고 있었다. 싸움 전과 달라진 건 그들의 옷이었다. 마치 날카로운 칼에 난도질을 당한 듯 여기저기가 걸레처럼 찢어져 있었다. 그들이 일으킨 경기가 서로의 옷을 벤 결과였다.

　이난소는 자신의 엉망이 된 옷차림을 보면서 이를 악물어 분기를 짓씹었다.

　"이제야 알겠어. 늙은이가 바로 우내오기(宇內五奇)란 명성을 떨치고 있는 고목자(古木子)군. 맞지?"

　고목자!

　철사자 뇌백의 얼굴에 경악한 빛이 스쳐 갔다.

　우내오기란 명성이 삼숙칠악에 비할 바는 아니라지만 이들은 강호에서 신출귀몰한 기행을 일삼았다. 고목자는 본래 무당의 도인이었지만 젊은 시절 방탕한 데다 염문을 몰고 다녀 사문에서 축출된 후에 어디에도 적을 두지 않고 떠돌아 다녔다. 그에 대한 평가는 매우 엇갈렸고, 사람들은 그를 정사(正邪) 어느 곳에도 속하지 않은 인물로 규정하고 있었다.

　도인 고목자의 볼이 실룩거렸다.

　"네 어미에게 내 얘기를 들은 모양이로구나."

　이난소가 간드러지게 웃었다.

　"까르르! 오래전에 한 번 지나가는 얘기로 들은 적이 있지. 도 닦는 도인인 줄 알고 만났는데 알고 보니 시정잡배보다 못한 떨거지였다지?"

도인의 얼굴에 아이 같은 웃음이 떠올랐다.

"네 어미가 그래도 수치는 알았던 모양이군. 내 얘기를 제대로 전하지 못한 걸 보니까. 왜? 강호에서 날 만나면 조심하라고 당부하던가?"

이난소의 얼굴이 얼음장을 씌운 듯 차가워졌다.

"어머니의 치마폭에서 유일하게 달아난 늙은이라더니 역시 구렁이로군. 격장지계 따위에는 흔들리지 않는다 이거지? 상관없지 뭐. 특별히 그럴 생각은 아니었으니까. 그런데 한 가지 물어봐도 될까?"

"뭐냐?"

"우리 어머니를 만난 게 언제지?"

도인이 눈살을 찌푸렸다. 그녀가 무슨 생각을 하고 있는지 알 것 같았다.

"내가 네 어미와 만난 건 이미 오십 년도 넘은 일이다. 네 어미가 한창 젊었을 때였으니 네가 생각하는 건 나와 아무런 관련이 없다. 아비가 누군지도 모르는 모양이군."

"찢어진 입이라고 함부로 놀리느냐?"

팍!

이난소의 신형이 바닥을 찼다. 아비의 존재를 들먹이는 순간, 그녀의 온몸에서 분노가 폭발했다. 좀 전과는 다르게 기세 자체가 한줄기 빛과 같았다. 그녀의 수중에서 은유지검이 용 울음을 내며 도인의 목줄기를 노리고 섬전처럼 뻗어갔다.

핑글.

도인의 몸이 황급히 허공으로 떠올라 한 바퀴 회전하며 허리 아래로 검을 흘리더니 이난소의 뒤로 넘어갔다. 그러나 이난소의 신형도 바로 돌더니 도인을 향해 검을 내려쳤다.

도인의 신형이 훌쩍 뒤로 튕겨졌다.

"네 어미가 죽인 사내가 족히 수백을 헤아린다. 네 간악하고 잔인함이 어미보다 더하니 살려두면 족히 수천의 사내를 목숨을 빼앗고야 말겠구나."

이난소가 발악하듯 소리를 지르며 달려들었다. 도인을 흥분시키는 건 고사하고 그녀 자신이 흥분해 날뛰었다.

"그래서?"

*   *   *

슉!

시퍼런 날이 살을 베자 베어진 목에서는 검붉은 피가 울컥울컥 터졌다. 입이 강제로 틀어막힌 해적은 두 눈만 크게 뜬 채 몇 번 몸서리를 치더니 이내 늘어졌다.

막우는 조심스럽게 창고문을 열었다. 안에서도 혹시 지키고 있을지 모를 적을 우려한 행동이었다.

"마, 막 소두령이오?"

갇혀 있는 사람들 속에서 반가운 음성이 들렸다.

이번 싸움으로 한쪽 다리를 잃은 여벽초였다.

갇혀 있는 자들의 수는 이십여 명에 이르렀지만 아이들은 다른 곳에 갇힌 듯 보이지 않았다.

막우의 둘러보는 눈길에 바골과 장품의 얼굴 등이 잡혔다. 모두 두 손은 뒤로 돌려져 결박되어 있었고 발에는 족쇄가 채워져 있었다. 인간 전리품으로 노예가 될 신세들이었다.

조금 전만 해도 절망적이었던 그들의 표정이 바뀌었다.

"막 소두령, 어떻게 된 겁니까?"

"빨리 우리들 좀 풀어주시오."

막우는 조용히 여벽초에게 다가갔다.

"견딜 만한가?"

여벽초가 어렵게 고개를 끄덕였다.

"견딜 만하오."

막우가 여벽초의 잘린 다리를 보며 눈시울을 적셨다. 나무를 대고 묶어 겨우 지혈만 해놓아 잘린 다리 끝에는 핏방울이 고여 있었다.

"차라리 목을 벨 일이지……."

여벽초가 가느다랗게 웃었다.

"그나마 살아 있지 않소. 놈들이 우리가 만든 노(弩)에 대해 관심이 많은 모양이오. 바골이 우겨서 아직 살아 있는 거요. 날 죽이면 기술을 전수하지 않겠다고 협박했더니 살려주더이다."

막우가 고개를 돌려 바골을 쳐다보았다.

바골이 하얀 이를 드러내며 씨익 웃었다.

"다시 노예가 된다는 생각에 절망했을 때는 죽는 게 낫다고 생각했습니다. 하지만 뒤돌아보니 혼자가 아니었죠."

막우가 문득 생각난 듯 다급하게 물었다.

"두령과 연천무는?"

장품이 얼른 대답했다.

"산 아래 있는 집으로 끌려갔습니다. 제 눈으로 끌려가는 걸 똑똑히 봤습니다."

막우가 몸을 일으켰다.

여벽초가 소리쳤다.

"어찌 우리를 풀어주지 않는 거요?"

막우는 문 쪽으로 걸음을 걸어갔다.

"내가 죽는 건 죽는 것이고 너희들이라도 살아야 할 것 아니냐. 지금 내가 너희들을 풀어주면 죽음으로 내모는 것과 같다."

"우린 살아도 산 목숨이 아니오. 다시 한 번 싸우게 해주시오."

여벽초가 울음 섞인 음성으로 막우의 걸음을 멈추게 했다.

막우가 고개를 돌려 사람들을 처다보았다. 모두의 얼굴에는 비장한 결의의 빛이 가득했다.

바골이 눈에 불을 켜고 말했다.

"죽는 게 뭐가 그렇게 두렵습니까? 막 소두령님은 왜 여기에 다시 왔습니까? 우리의 마음이 막 소두령님의 마음과 다를 거라고 생각하십니까?"

"……."

"살아남을 운명이라면 어떻게든 살아남을 겁니다. 우린 아직 희망을 버리지 않았습니다."

"……."

그 숙연함을 무어라 단정하여 말할 수 있을까.

막우의 눈빛이 가늘게 흔들렸다. 그가 다시 걸어와 바골의 묶인 결박을 풀었다.

"당장 움직일 일은 아니다. 기회를 기다려라. 내가 두령과 연천무를 구해내면 밖이 소란해질 테니 그때까지 각자 무기를 챙기고 숨어 있어야 한다."

“알겠습니다.”

바골이 명쾌하게 대답했다.

막우는 밖에 죽어 있는 해적에게서 족쇄를 푸는 열쇠를 찾아 안에 전하고는 곧장 산 아래쪽으로 향했다. 반옥금과 연천무를 한적한 곳으로 끌고 갔다는 게 마음에 걸렸다.

도인이 혼자 사백단 해적들을 찾아왔으리라곤 생각하지 못했다. 그에게 분노했던 마음이 일시에 사그라지고 경외하는 마음만 남았다. 세상에는 흔치 않은 사람들이지만 자신이 베푸는 선정을 남들이 아는 걸 싫어하는 사람들이 종종 있다. 대개의 사람들은 남이 자신을 인정해 주길 바라고 행동하지만 애초에 다른 사람의 시선을 의식하지 않는 사람도 있는 것이다.

막우는 부끄러웠다. 한 뼘밖에 되지 않는 자신의 잣대로 함부로 고인을 평가한 것에 대해 부끄러웠다. 그러나 지금은 부끄러워하고 있을 때가 아니었다.

도인과 이난소의 싸움에 사백단 해적들의 관심이 쏠린 탓인지 산 아래 있는 목옥에 닿기까지 아무런 제지도 받지 않았다. 은은한 불빛이 흘러나오는 목옥 앞에 서서 문을 여는 막우의 손끝이 파르르 떨렸다.

반옥금은 여자였다. 아직도 아리따운 소녀의 티를 벗지 못한 젊고 아름다운 여자였다. 그도 남자인 이상 반옥금에 대해 음욕을 어찌 품지 않았을까, 그녀에 대해 애틋한 연모를 품지 않았을까. 그래서 그는 두려웠다. 자신의 예감을 부정하면서 두려움에 가슴을 떨고 있었다.

끼이.

조심스럽게 문을 열던 그의 눈에 놀라고 분한 빛이 순간적으로 스쳐 갔다. 막우는 열던 문을 엉겁결에 닫으며 문 옆 벽에 등을 기대고 눈을 감았다.

"빌어먹을."

자신의 불길한 예감이 부정을 만들어냈다는 생각에 그는 머리를 고통스럽게 쥐어뜯었다.

안에서 버석대는 소리가 들렸다. 반옥금과 연천무가 그를 발견한 게 분명했다.

그는 정신을 추스르며 다시 문을 열고 들어갔다. 시선을 어디에 둘지 염려하기보다는 아무렇지도 않은 듯 그들을 쳐다보았다. 그러나 오히려 반옥금이 하체에 피가 범벅이 된 채로 무심하게 그에게 시선을 던져 왔다.

막우는 조용히 그녀에게 다가가 팔목에 묶인 결박을 풀었다. 그녀의 한 손만 풀어주고는 곧장 연천무에게 걸어가 그의 결박도 풀어주었다.

아무도 쉽사리 말을 꺼내지 않았다.

연천무가 아무렇지도 않은 듯 옷을 툭툭 털더니 밖으로 걸음을 옮겼다.

막우가 조용히 뒤를 따라 나왔지만 그들은 밖에 나와서도 우두커니 밤하늘을 올려다볼 뿐 말 한마디 나누지 않았다.

반옥금도 한참 만에야 밖으로 나왔다. 어디서 꺼내 입었는지 몸에 맞지도 않는 헐렁한 옷을 대충 걸친 우스꽝스런 모습이었다. 그런 그녀의 손에는 어디서 주워 들었는지 검이 들려 있었다.

그녀의 차가운 시선이 막우를 쳐다보았다.

"노도장이 왔나?"

"……"

막우가 말없이 고개를 끄덕였다.

반옥금이 앞장서서 걸으며 말했다.

"이난소는 생각보다 강해. 아무리 노도장이라도 쉽지 않을 거다."

'강한 여자로구나, 두령은.'

막우는 울컥 터지고 말 것만 같은 오열을 억눌렀다. 그런 그의 등짝을 연천무의 손이 거칠게 두들겼다.

픽!

"뭐 해, 어서 가지 않고!"

연천무가 늠름하게 반옥금의 뒤에 붙으며 떠들었다.

"네놈들이 감히 이 연천무를 건드렸단 말이지? 세상에 건드릴 놈이 따로 있지!"

*   *   *

겨울철의 북동 기류 및 북서 계절풍의 영향으로 생기는 폭풍의 규모는 크게 염려할 정도는 아니라지만 막상 바다에서 전면에 닥쳐 보면 그 엄청난 위력을 실감하게 된다.

바람이 거세지면서 먼 하늘은 벌써 시커먼 먹구름이 뒤덮은 지 오래였다.

황실 금의위나 사백단 해적들은 결국 추적을 포기하지 않았다. 그들의 행단은 언제 덮칠지 모르는 폭풍을 뒤에 안은 채 맹렬하게 앞으로 나아갔다. 이제 돌아가기도 틀렸거니와 이곽의 강행을 원망하는 일조차 늦었다.

"서둘러라!"

이곽은 뱃머리에서 변복한 금의위를 지휘하며 목이 터져라 부르짖었다. 바람이 거셌지만 아직 폭우는 뿌려지지 않아 시야는 확보하고 있었다.

거개의 사람들이 폭풍에 대한 두려움에 조바심을 냈지만 그는 또 다른 이유로 속이 새까맣게 탈 정도로 조바심을 냈다.

사내는 자신을 진펌이라고 했다.

사백단 괴수의 입을 통해 그가 흑풍사의 살수라는 것을 전해 들은 건 충격이었다. 함께 왔다는 또 한 명의 여자 살수는 그가 객점에서 보았던 여자가 틀림없었다. 눈앞에 있는 흑풍사의 살수를 어이없이 놓아 준 것과 다름없었다.

돛대 위의 망루에 있던 금의위가 외쳤다.

"섬이다! 앞에 섬이 있다!"

이곽이 고개를 들어 앞을 주시했다. 먼 수평선 끝에 조그맣게 돌출된 뭔가가 보이고 있었다. 앞서 도망치는 진펌이란 자도 결국은 폭풍을 피하기 위해 섬으로 숨어들 게 뻔했다.

그는 주먹을 불끈 쥐었다.

"힘을 내라! 서둘러라!"

거친 바람을 뚫고 이십여 척에 이르는 배들이 점점 속도를 붙였다.

모두 그렇게 정신없는 배의 한쪽에 우두커니 서 있는 사람이 하나 있었다. 사백단의 괴수 천수마도 상량이었다.

가끔씩 이곽의 등짝을 노려보는 그의 눈엔 살기가 번들거렸다. 어쩔 수 없이 잡혀 있기는 하지만 그는 여전히 사나운 맹수와 다름없었다. 기회만 생기면 숨겨든 발톱을 드러낼 요량이었다.

*　　　　*　　　　*

마녀(魔女)　21

고목자와 이난소의 고무줄을 당겨놓은 것 같은 팽팽한 싸움은 끝이 날 줄 몰랐다. 적어도 보는 사람들의 입장에서는 저울질을 할 수 없는 상태였다. 그러나 균형은 천천히 깨지고 있었다.

이난소는 시간이 흐르면서 고목자에게 밀리는 것을 느꼈다. 고목자의 힘껏 쥔 주먹에서 뻗어 나오는 권풍(拳風)이 이난소의 검에 부딪칠 때마다 둔탁한 소리를 내며 울렸고 그때마다 이난소는 뒷걸음질치기에 급급했다. 병기의 이점을 충분히 살려봤지만 싸움이 지루하게 길어지면서 내력이 딸리는 게 문제가 되었다.

더 이상 버티다가는 낭패를 보기 십상이었다. 그녀는 고목자의 권풍을 피해 신형을 뒤로 튕기며 소리쳤다.

"뇌백! 뭐 해, 어서 도와주지 않고?"

철사자 뇌백이 부리나케 철퇴를 휘두르며 달려갔다.

"우라질! 그걸 왜 이제 얘기하는 거야?"

"멍청아, 그 정도는 알아서 판단해야지!"

이난소는 은유지검을 휘두르며 슬쩍 고개를 돌려 뇌백을 보았다. 뇌백과 함께 혈도부 천종기도 검을 휘두르며 달려오고 있었다. 그 두 사람 정도만 합세해 준다면 고목자를 상대하는 건 어려운 일이 아니라는 생각에 그녀는 힘을 냈다.

"늙은이, 묘혈은 파두었겠지?"

고목자는 앞에서 달려드는 이난소와 옆구리와 등 뒤로 달려드는 뇌백과 천종기를 보면서 염려했던 상황이 닥친 것을 느꼈다. 등짝을 내려치는 철퇴를 피하자 검이 찔러 들어오고 허리를 급박하게 뒤트니 바로 얼굴 앞으로 이난소의 은유지검이 파고들었다.

그녀의 은유지검이 고목자의 눈에 빛을 뿌려 시야를 어지럽혔다.

절체절명(絕體絕命)! 검끝이 고목자의 눈을 쑤시고 들어가는 것 같았다.

퉁!

고목자의 신형이 순간적으로 뒤로 튕겨진 것은 바로 그때였다. 그의 신형이 순식간에 십여 장을 빠져나갔다. 그 순간적인 경공술이 어찌나 신묘했는지 이난소조차도 화들짝 놀랐다.

고목자는 우뚝 선 얼굴에 노여움이 들끓었다. 그는 목에 걸고 있던 시커먼 빛의 묵주를 벗어 들었다.

"내 요망한 계집의 목숨만 거둘 요량이었거늘 너희들이 노도로 하여금 기어코 살생의 업을 쌓게 하는구나."

"결국 그 묵주가 늙은이의 무기로군."

이난소는 가볍게 코웃음 쳤다. 철사자 뇌백과 혈도부 천종기의 무예가 생각보다 뛰어나 자신만만했다.

고목자가 오른손에 묵주를 감았다. 계란만한 크기의 검은 알 열여덟 개가 손에 감기자 흡사 철퇴 같았다. 그가 내공을 끌어올리자 묵주가 소리를 내며 울기 시작했다.

우웅! 웅!

마치 별도의 생물체인 듯 끊임없이 울기 시작한 묵주의 울음은 점점 더 커져 갔다.

이난소는 그제야 묵주의 알에 조그만 구멍들이 뚫어져 있는 것을 발견했다. 거의 눈에 보이지 않을 만큼 작은 바늘 구멍 정도의 크기였다.

사방에서 구경하고 있던 해적들이 갑자기 귀를 막으며 비틀거렸다.

"이, 이게 뭐야! 고막이 터질 것 같아!"

“으으윽!”

이난소는 뇌백과 천종기를 살폈다. 그들의 얼굴에 진땀이 배어 있었다. 귀를 틀어막지는 않았지만 괴로움을 억지로 참는 표정이었다. 점점 커지는 묵주의 소리를 제압하지 않는다면 뇌백과 천종기의 도움을 얻을 수 없게 된 상황이었다.

그녀의 신형이 자리를 박차고 고목자를 향해 쏘아갔다.

“어디서 하찮은 수로 우롱하려 드느냐?”

그녀의 은유지검이 휘둘러지면서 검 울음을 울려냈고, 검 울음은 묵주의 울음을 상쇄시키는 효과를 냈다.

뇌백과 천종기가 기운을 차려 그녀의 뒤를 쫓아가면서 고목자의 좌우를 협공했다.

고목자는 내려친 이난소의 검을 묵주를 들어 막았다.

카앙!

날카로운 금속성과 함께 이난소는 손목이 시큰해 하마터면 검을 놓칠 뻔했다. 분명히 재질은 나무임에도 불구하고 묵주는 검날에 아무런 상흔도 입지 않았다.

고목자는 좌우를 파고드는 뇌백의 철퇴와 천종기의 검도 묵주로 튕겨내며 그들이 균형을 잃는 사이 이난소를 향해 달려들었다. 적수공권일 때와는 기세가 판이하게 달랐다.

“이제 제대로 어울려 보자!”

이난소는 입술을 질끈 깨물며 검을 휘둘렀다.

“늙은이, 그래 봤자 늙은이의 다한 운을 뒤집을 수는 없다!”

투다다당!

그녀의 검이 허공에 수많은 검화를 날렸지만 고목자는 그를 모두 묵주로 막아내며 거침없이 그녀에게 달려들었다. 이난소는 뒷걸음질치면서 검을 휘둘러 댔지만 이내 궁지에 몰렸다. 뇌백과 천종기가 달려들었고, 고목자가 그들의 일격을 막아내는 순간에서야 그녀는 겨우 숨을 돌렸다.

상황이 달라졌다.

묵주의 울음이 협공을 하는 자들의 움직임을 교묘하게 방해하고, 또한 무기를 손에 든 고목자의 기세가 적수공권일 때와는 비할 바가 아니었다. 뇌백과 천종기가 달려들어 겨우 기우는 형세의 국면을 유지했다.

이때 주위에서 섣불리 끼어들지 못하고 있는 해적 무리 속에서 단말마의 비명이 처절하게 울려 퍼졌다.

"으아악!"

"커억!"

이난소는 고목자의 묵주를 쳐내며 고개를 돌렸다.

반옥금과 막우, 연천무가 해적들에게 달려들어 피를 뿌리고 있었다. 그들의 분노에 찬 잔인한 칼과 검에 해적들이 추풍낙엽처럼 쓰러졌다.

"젠장!"

이난소는 입술을 질끈 물었다.

해적들은 압도적인 수의 우위로 겨우 혼란을 수습하며 반옥금과 막우, 연천무를 포위하기에 이르렀다. 그러나 포위만 했을 뿐 사태를 반전시키지 못하고 반옥금의 빠른 공격과 막우와 연천무의 힘이 갖춰진 맹공에 쩔쩔매는 모습이 역력했다. 그들을 상대할 철사자 뇌백과 혈도부 천종기가 고목자를 합공하느라 붙들려 있는 이상 해적들이 처한 곤경은 오래 버틸 형국이 아니었다.

이난소의 날카로운 직관력은 위기를 감지했다. 그녀는 전력을 다해 고목자에게 달려들었다. 그녀의 은유지검이 공기를 찢는 소리를 요란하게 날리며 퍼런 서슬을 흩뿌렸다.

카앙! 캉!

고목자는 한층 매서워진 그녀의 공격에 주춤거리는 듯했다. 다급해진 상황을 이해한 뇌백과 천종기도 맹렬하게 그를 협공하고 들어왔다. 뇌백이 온 힘을 다해 휘두르는 철퇴는 족히 천 근의 힘이 담겨 있었다. 그는 고목자의 묵주가 내는 소리에 익숙해진 듯 이를 악물고 달려들었다. 천종기 또한 쉬지 않고 고목자의 옆구리를 파고들었다. 마치 오래전부터 합공을 연성해 온 사람들처럼 교묘하게 고목자를 괴롭혔다.

그때 바다 쪽으로부터 서너 명의 해적들이 달려오며 소리쳤다.

"조금만 더 버텨! 두령님께서 오신다!"

"두령님이 오신다!"

반옥금은 바다 쪽을 향해 시선을 고개를 돌렸다. 멀리 이십여 척에 이르는 배가 섬을 향해 오고 있는 것이 보였다. 이런 상황에서 사백단의 괴수가 나타난다면 그 결과는 명약관화했다.

하늘이 돕지 않는 걸까?

그녀의 눈에 눈물이 핑 돌았다.

이때 다른 한쪽에서는 요란한 함성과 함께 일단의 무리들이 달려오고 있었다.

"놈들을 쳐라!"

"모조리 죽여라!"

"으와아!"

달려오는 무리 중에 키가 껑충하고 시커먼 피부를 가진 자의 모습은 금방 눈에 띄었다. 창고에 갇혀 있던 바골이 동료와 함께 기회를 엿보고 있다가 마침내 뛰쳐나온 것이었다.

바골이 달려들어 해적의 머리통을 쇠망치로 내려쳤다.

쩍!

"으악!"

장품도 도끼를 휘두르며 해적 하나를 덮쳐 그와 함께 바닥으로 뒹굴었다. 당황한 해적의 가슴에 그의 도끼가 꽂혔다.

퍼억!

"어욱!"

막우와 연천무도 힘을 얻었는지 해적들을 몰아붙이고 있었다.

반옥금이 이를 악물었다.

지옥을 헤쳐 왔다고 믿었다. 더한 지옥은 없다고 믿었다. 그 지옥 속에서도 희망을 버리지 않았다.

"그래, 하는 데까지 해보는 거야!"

온몸으로 소리를 내지르듯 악다구니를 터뜨리며 그녀의 몸이 해적들 속으로 날아들었다.

쉬익! 쉭!

그녀가 휘두르는 검에서 뿜어지는 매서운 바람 소리가 일 때마다 그 아래 피가 뿌려지고 주검이 뿌려졌다. 사백단 괴수의 무리가 도착하기 전에 최소한 이곳의 상황이 마무리되어야 했다.

"다섯! 여섯!"

"으악!"

"커억!"

그녀는 자신의 손 아래 죽어 나가는 자의 수를 헤아리면서 검을 휘둘렀다. 살인이 아무런 의미가 없는 숫자의 나열 같았다. 반백치처럼 그녀의 머리에는 살인에 대한 의식도 존재하지 않았다. 그녀 스스로 의식을 마비시킨 상태였다.

"아홉! 열!"

"으아악!"

"억!"

이때였다.

쏘아가는 그녀의 얼굴 앞에 낯익은 얼굴이 우뚝 서 있었다. 해적인 줄 알고 지레 휘두르던 그녀의 검이 소스라치게 놀라며 겨우 목 한 치 앞에서 멈추었다.

"무슨 짓이야?! 하마터면 죽일 뻔했잖아!"

앞을 가로막고 서 있는 건 연천무였다. 피를 잔뜩 뒤집어쓴 모습이 한 마리 혈귀 같았지만 그건 반옥금도 마찬가지였다.

연천무가 똑똑하고 분명하게 말했다.

"잘 생각해 보면 네가 해야 할 일이 있을 거야. 여기는 나에게 맡겨."

"……."

그는 벌써 등을 돌려 달려드는 해적을 향해 마주쳐 가고 있었다.

반옥금은 가늘게 어깨를 떨었다.

'잘 생각해 보면 네가 해야 할 일이 있을 거야……'

그녀는 천천히, 아주 느릿하게 고개를 뒤쪽으로 돌렸다.

그곳에는 고목자와 이난소, 뇌백과 천종기가 한데 어우러져 싸우고 있었다. 그녀의 시선이 먼저 향한 건 뇌백이었다.

'잘 생각해 보면 네가 해야 할 일이 있을 거야……'

"이야아아!"

그녀의 몸이 바닥을 차며 시위를 떠난 화살처럼 싸우는 네 사람 속으로 날아들었다. 그녀의 검이 뇌벽의 머리통을 향해 벽력처럼 떨어졌다. 그러나 뇌백도 이미 상황을 인식하고 있던 터고 반옥금의 신형이 자신을 향해 쏘아오고 있는 걸 충분히 파악하고 준비하고 있었다.

카앙!

그의 철퇴가 반옥금의 검을 막았다.

격분한 감정을 억누르지 못한 반옥금의 눈을 붉게 충혈시킨 핏발이 금방이라도 터져 버릴 것 같았다.

그걸 보며 뇌백이 징그럽게 웃었다.

"왜? 그새 내가 그리웠던 모양이지?"

"으아아!"

반옥금이 필사의 초식을 휘두르며 뇌백을 공격했다. 자신의 몸을 돌보지 않는 이성을 상실한 공격이었고, 뇌백은 순간적으로 뒷걸음쳤다. 그녀의 공격에 허점이 다수 보였지만 그 허점을 노리다가 자신의 목이 달아날 판이었다.

투다다당!

그 순간에 우위를 점한 반옥금의 맹렬한 공격이 계속되었다. 워낙 빠른 몸짓에 빠른 공세라 대응하기가 쉽지 않은지 뇌백의 쩔쩔매는 모습이 한동안 계속되었다.

고목자는 한결 몸이 가벼워졌다. 뇌백 한 명이 떨어져 나가므로 팽팽했던 이난소와의 싸움은 그의 우세로 바뀌었다. 그도 더 이상 점잖지만은 않았다. 지금도 힘겨운 싸움을 하고 있는데 사백단의 괴수라는 작자가 무리를 이끌고 당도한다면 돌이킬 수 없는 결과가 예상됐다.

그가 한껏 이난소를 밀어붙이자 이난소와 천종기는 그의 공세를 막아내는 데 급급해졌다.

이난소의 얼굴에 땀방울이 송골송골 맺히기 시작했다. 그녀의 가쁜 숨결은 그녀 스스로에게도 들릴 만큼 커졌다.

퍼억!

둔탁한 소리가 울리면서 천종기의 입에서 외마디 비명이 터져 나왔다.

"억!"

고목자의 묵주가 그의 가슴에 일격을 가한 것인데 그의 몸은 입에서 피를 뿜으며 오 장이나 멀리 날아가 떨어지고 있었다.

이난소의 얼굴에 당황한 기색이 역력했다.

고목자가 그녀를 향해 공력을 실은 묵주를 휘두르며 달려왔다.

"계집아, 네 악독함이 네 업을 스스로 쌓은 줄이나 알아라!"

"닥쳐라, 늙은이!"

이난소는 이를 악물며 검을 떨치고 달려들었다.

두 사람의 기운이 그들 사이의 공간을 향해 맹렬하게 치닫고 마침내 격돌하는 순간이었다.

이때 검은 밤하늘 위에서 번개가 작렬하듯 뭔가 아주 빠르고 날카로운 물체가 고목자의 머리 위로 떨어져 내렸다. 그 불의의 일격이 워낙 기습적인데다가 형용할 수 없이 빨라 고목자의 얼굴은 사색이 되었다.

"웬 놈이냐?"

퉁!

그의 신형이 이난소에게 한번 보여주었던 그 놀라운 경공을 펼치며 뒤로 튕겨졌다. 한번 실감했던 경공이라 이난소는 그 순간 장내를 빠져나가는 고목자에게 부리나케 달려붙었다. 기습을 주도한 자의 존재

를 확인할 시간도 없이 눈앞에 닥친 기회를 놓치지 않기 위해 본능적
으로 초자연적인 육감에 의존했다.

그녀의 검이 고목자의 얼굴을 향해 뻗어 나갔다. 그리고 그 순간 검
을 뻗어내는 그녀의 손 소매 끝에서는 청광이 번쩍 하며 튀어 나갔으
며 그 빛은 검보다 훨씬 앞서 고목자의 목덜미를 덮치고 있었다.

"……."

고목자의 몸이 순간적으로 굳어졌다. 목덜미에 달라붙은 흉악한 무
언가가 자신의 목을 물어뜯는 걸 깨달았다. 순식간에 일어난 일이었고,
그 빠른 파란 빛은 어느새 이난소의 소매 속으로 다시 숨어들고 있었다.

"뱀이로구나."

그는 탄식처럼 낮게 읊조렸다.

"파란 빛깔에 머리에 뿔이 달렸다면… 독물 중에서 가장 강한 독을
품었다는 독각청(獨角靑)……."

그는 말을 흘리다 말고 체내에 퍼지기 시작한 독을 제어하기 시작했
다.

팔이나 다리 같은 곳에 물린 독이라면 아무리 강한 독이라 해도 혈
도를 폐쇄하여 독이 번지는 것을 막고 후에 해독하여 목숨을 건질 수
있다. 그러나 호흡기를 통해 일단 번지기 시작한 독은 혈도조차 폐쇄
할 방법이 없다. 독기를 단전에 끌어 모아 내력으로 억누를 수밖에 없
는데 이 경우 다시 내공을 사용한다면 그야말로 삽시간에 독이 몸 전
체에 퍼지게 되므로 지금 그의 입장에서 무공을 사용한다는 건 죽음을
자초하는 일과 같았다.

이난소는 검을 내렸다.

독각청사에게 물린 이상 아무리 내공이 강한 자라도 목숨을 부지하

기는 어려운 일이었다. 당장 내공으로 독기를 억눌러야 하는 고목자의 처지라면 그는 그녀에게 더 이상 대적할 상대가 아니었다.

그녀는 조용히 고개를 돌려 기습을 감행한 사람을 쳐다보았다.

어둠 속에 그 어둠과 동화된 어둠 그 자체처럼 숨소리도 내지 않고 서 있는 그림자가 눈에 들어왔다. 그녀의 눈에 가벼운 파문이 스쳤다.

"진펌 네가 어떻게……?"

바로 독효 진펌이었다. 아흔아홉 명의 수련자 중에서 살아남은 세 사람 중의 한 명인만큼 그가 뻗어낸 살수는 치명적일 수밖에 없었다. 고목자가 아니라면 절대적인 기회를 틈 탄 그의 일격을 피해내는 건 장내의 어떤 고수도 가능한 일이 아닐 것이다.

진펌은 하얗게 웃었다.

"우리의 얘기는 나중에 따로 하기로 하자. 황실 무관과 금의위가 도착하기 전에 이곳을 빠져나가야만 한다."

이난소가 눈살을 찌푸렸다.

"무슨 소리야? 황실 무관이라니? 지금 오고 있는 게 사백단이 아니란 말이냐?"

"황실 무관이 사백단 괴수를 제압했다. 그들이 오는 건 바로 우리를 잡기 위한 거야."

"뭐야?!"

그녀는 놀란 눈을 부릅뜨며 바다 쪽으로 시선을 던졌다. 벌써 배들이 해안가에 접안하고 있는 것이 보였다. 금의위의 놀라운 무위로 볼 때 이곳까지 올라오는 건 거의 한 호흡밖에 남지 않았다.

갑자기 후드득 소리를 내며 빗방울이 떨어지기 시작했다.

이난소는 고목자를 쳐다보았다. 그는 붙박힌 석상처럼 우뚝 선 채 그녀를 노려보고 있었다. 독을 제어하면서 견디고 있는 상태지만 당장 그를 해치우는 건 쉬운 일이 아니었다. 그녀가 공격을 한다면 그 또한 강력하게 반발해 올 것이다. 독이 퍼져 죽는 건 그 다음의 일이니까.

그녀의 다급한 시선이 진편의 얼굴에 꽂혔다.

"어떻게 왔어? 배는?"

진편이 신형을 오른쪽으로 날렸다.

"날 따라와!"

두 사람의 신형이 사라지는 것을 고목자는 망연자실 쳐다보고만 있을 뿐이었다. 독기를 단전 깊숙이 몰아넣고 있는 중이었고 수세도 게을리 하지 않았지만 그들을 막는 건 지금의 그에겐 불가능한 일이었다. 그나마 그들이 서둘러 사라진 덕에 독을 제어하는 일이 한결 수월해져 안심할 따름이었다.

카앙! 캉!

반옥금은 일방적으로 뇌백을 몰아치고 있었다. 그녀의 분노를 담은 검이 뇌백의 철퇴를 내려칠 때마다 불꽃이 작렬했다. 무예를 힘으로 구사하는 자에게 가장 곤혹스런 상대가 바로 빠름을 구사하는 자라고 했다. 살수 수업을 충실히 받은 반옥금의 검은 빠르기도 하지만 악랄하기도 했다. 그녀의 검이 쉴 새 없이 그의 치명적인 사혈 부위만을 노리고 파고드는 통에 그는 정신이 다 혼미할 지경이었다.

쏴아아! 쏴아!

거센 바람과 함께 빗줄기가 퍼붓기 시작한 어둠은 시야가 확보되지 않았다. 이십여 척에서 내린 황실 금의위와 사백단 해적들이 그들 모두를 포위하여 접근하고 있었지만 싸우는 당사자들은 사실을 인지하지 못했다.

　연천무와 막우는 싸움을 접은 채 반옥금과 뇌백의 싸움을 지켜보고 있었다. 주위의 싸움은 그들의 승기를 확신할 만큼 여유가 생긴 상황이었다.

　반옥금의 검이 뇌백의 허리를 파고드는 것 같더니 갑자기 허공으로 치솟았다.

　"으아악!"

　뇌백이 돼지 멱따는 듯한 비명을 질렀다. 그의 철퇴를 휘두르던 양손이 손목에서 떨어져 철퇴와 함께 피를 뿌리며 날아갔다.

　반옥금의 몸이 그의 머리 위로 떠오르더니 곧장 검을 내려쳤다. 검은 뇌백의 정수리 한가운데를 정확하게 둘로 갈라 허연 뇌수를 허공에 뿌리고 있었다.

　"으아아악!"

　두 쪽으로 갈라진 뇌백의 거대한 몸이 많은 피를 반옥금의 몸에 뒤집어씌우며 무너져 내렸다.

　쿠웅!

　"허억! 허억!"

　반옥금의 작은 몸이 힘겨운 듯 허리가 굽어 그 앞에 거친 숨을 몰아쉬고 있었다. 그런 그녀의 눈이 쏟아지는 빗속을 응시했다.

　저벅저벅!

　한 사람, 황실의 숱한 무관들을 물리치고 감히 대내에서 최고의 무관임을 자타가 공인받는다는 그 추적자의 모습이 빗줄기 속에서 드러나고 있었다.

　"이곽!"

그의 이름을 부르짖은 건 연천무였다. 그의 놀람에 찬 음성이 어찌나 컸던지 옆에 있던 막우가 더 크게 놀란 것 같았다.

막우의 빗줄기를 헤치고 걸어오는 이곽의 모습을 바라보는 이마에 주름이 깊게 패었다.

"이곽… 설마 그 이곽이란 말인가?"

동명이인일지도 모른다고 생각했다. 그러나 반옥금의 굳어 있는 표정과 연천무의 놀란 표정에서 그는 상대가 자신이 이미 듣고 있는 그 명성의 주인공이라는 사실을 깨닫고 있었다. 반옥금을 쫓는다는 황실 무관이 이곽일 줄은 미처 예상하지 못한 일이었다. 그건 이곽이 황제를 옆에서 보하는 가장 측근의 금위어장(金衛御長)이란 사실 때문이었다. 이는 황제와 함께 동고동락, 생사고락하는 사이를 의미했다.

이곽에 대한 얘기는 많았다. 그중 확실하게 전하는 것은 그가 팔 년 전 살수의 손에 죽임을 당한 대장군 이원원의 둘째 아들이며 무관에 중용된 것이 그의 열다섯 나이이고 그 무위가 가히 경천동지하여 역대 황실 최고의 무관으로 불린다는 정도였다. 그가 실력으로 물리친 자들 중에 팔십만금군교두(八十萬禁軍敎頭) 나후장천의 이름이 섞여 있다는 건 무관들 사이에서 널리 알려진 얘기였다. 강호에서도 그의 이름을 아는 자가 적지 않았다. 따지고 보면 사십도 훨씬 넘은 나이일 것이다. 그러나 얼른 보기에 이곽의 나이는 삼십을 채 넘지 않아 보였다.

연천무는 칼을 쳐든 채 반옥금의 앞을 막고 섰다. 다가오는 이곽의 예기를 온몸으로 느끼는 순간 그는 마치 거대한 벽을 향해 선 것 같은 기분이었다. 그는 자신이 이곽의 적수가 되지 못한다는 사실을 동물적으로 깨달았다. 그러나 칼을 잡은 손에 힘을 주었다. 그의 입에서 나직한 혼잣말이 흘러나왔다.

"여우를 피했더니 호랑이를 만났구나."

그는 그제야 이난소가 서둘러 도망친 이유를 깨달았다. 이곽은 이난소조차 두려워할 만큼 두려운 적이 분명했다.

이곽은 걸음을 멈추고 연천무에게 시선을 던졌다. 언제나 그렇듯 그의 온몸엔 여유가 습관처럼 배어 있었다.

"네 녀석은 고작 포구나 주름잡는 왈짜에 불과하다. 그 계집이 어느새 네게 목숨보다 중한 이유가 되었다는 건 네 표정을 보면 이해하겠는데 그게 나를 이길 근거가 되지는 못하겠구나."

연천무의 입에서 억누르고 있던 악다구니가 터졌다.

"지금 어린애 타이르냐?"

팍!

그의 신형이 섬전처럼 앞으로 쏘아져 나갔다.

후웅!

그의 칼이 빗줄기를 가르면서 이곽의 목을 노리고 흉험하게 날아들었다. 그러나 이곽은 검을 뽑을 생각도 하지 않고 상체를 뒤로 젖혀 가볍게 피했다.

'그럴 줄 알았지.'

연천무는 호기를 잡았다는 듯 눈을 빛냈다. 그의 칼이 서둘러 이곽의 흉부를 노리고 찔러 들어갔다. 근접한 거리에서 그의 이 같은 빠른 공격은 상대를 당황하게 하기에 충분했다. 포구에서 한번 서로의 솜씨를 견주었을 때 워낙 극명한 차이를 보였던 터라 이 불의의 일격은 이곽의 얼굴에 가벼운 놀람으로 떠올랐다.

그러나 그랬을 뿐이다. 그는 조금도 당황하지 않고 몸을 비틀면서 연천무의 칼 움직임을 충분히 눈으로 지켜보며 가슴 앞으로 한 치 사이를 두고 칼을 흘렸다. 칼이 그의 가슴 앞을 지났을 때 연천무는 마치 무방비 상태 같았다.

푸억!

연천무의 복부로 이곽의 무릎이 꽂혔다. 그와 거의 동시에 이곽의 수도(手刀)는 연천무의 목을 찔러 들어갔다. 연천무가 할 수 없이 뇌려 타곤의 수법으로 진흙탕이 된 바닥을 데굴데굴 굴렀다.

"제법인걸?"

이곽의 얼굴에 흥미로운 표정이 떠올랐다. 예전에는 손속에 사정을 충분히 두고 상대했지만 오늘은 특별히 봐줄 생각 따위는 없었다. 수도로 목을 찔렀다는 건 그로선 살의를 드러낸 일격이었는데 그만 상대가 피해 버린 것이다.

연천무는 벌떡 일어났다.

"제법인데?"

그는 이곽의 말을 흉내 내며 얼굴 가득 분기를 표출했다.

이곽이 입가에 웃음을 머금었다.

"그동안 많이 배운 모양이로구나. 그러나 그 배움도 네 계집을 구할 근거는 되지 못한다."

"그 아가리부터 닥치게 해주마!"

연천무가 소리를 지르며 신형을 차고 나왔다.

이때였다.

두 사람의 사이로 나직하고 컬컬한 음성 하나가 흘러들었다.

"이(二) 공자가 여긴 웬일인가? 분명 대장군의 둘째 아드님이 맞구먼."

연천무는 공격하던 움직임을 멈추고 고개를 돌렸다.

이곽의 시선도 연천무가 향한 방향을 따라갔다.

도인 고목자가 천천히 그들 사이로 걸어오고 있었다.

이곽이 얼른 포권하며 예의를 취했다.

"고목자 도장님이 아니십니까? 도장님이야말로 어찌 이곳에 계시는 겁니까?"

두 사람이 구면이라는 건 쉽게 알 수 있는 일이었다.

본래 대장군 이원원은 성품이 대통한 인물로 강호인들을 널리 사귀기를 즐겨해, 가내에 따로 객방을 크게 열어두기도 했다. 평생 강호를 떠돌며 명성을 얻어온 고목자가 이원원을 사귄 것은 이 두 사람의 성품을 아는 사람에겐 그리 이상할 까닭이 없었다.

"난 오래전부터 이곳에 살고 있었네. 벌써 이십 년도 넘었지."

고목자가 주위를 둘러보니 변복한 금의위들이 자신을 둘러싸는 것이 보였다. 하나같이 안광이 혁혁한데다 폭우 속에서도 기품을 잃지 않는 자세들이 그로 하여금 어렵지 않게 그들의 신분을 짐작하게 했다.

"금의위들이군. 자네가 황실에 몸을 담고 있는 건 어찌 보면 당연한 일이지."

"도장님께서는 이들과 어떤 관계입니까?"

"난 이들과 함께 살고 있네. 한 섬에서 같이 기거하고 있으니 함께 사는 것과 진배없지."

"도장님이 이들과 어떤 관계이든 전 오늘 저 계집을 반드시 잡아야겠습니다."

이곽이 단호하게 말을 뱉자 고목자가 힐끔 뒤쪽에 서 있는 반옥금을 쳐다보았다.

"저 아이는 뭐고 자네가 나타나자마자 도망친 계집은 또 뭔가?"

　"저 계집은 역모를 꾀하는 자들과 결탁한 사악한 집단의 하수인입니다. 도망친 계집도 같은 집단에 속해 있습니다."

　"그렇다면 자네가 잡을 사람은 저 아이가 아니로군. 자네가 정말 알고 싶은 것들을 알기 위해선 금방 도망친 계집이 필요할 걸세."

　"어째서 그런……."

　"사정을 알지 못하면서 함부로 추측해서 미안하네만 하수인은 그저 시키는 일을 할 뿐이네. 거개의 그런 자들은 일의 내막에 대해선 아는 게 별로 없지. 그것이 역모에 관한 것이라면 더 그렇지 않겠는가?"

　"도망친 계집이 그럼 주모자라도 된단 말씀입니까?"

　"삼숙칠악이란 말을 들어보았는가?"

　고목자의 말에 이곽의 얼굴에 순간적으로 놀란 빛이 스쳐 갔다.

　그의 선친을 통해 고목자 등의 강호오기를 일찍이 소개받아 알고 있는 그도 삼숙칠악만큼은 단 한 명도 본 적이 없었지만 그 명성만큼은 귀가 따갑도록 들어온 터였다.

　고목자의 말이 이어졌다.

　"그 계집이 칠악 중 하나인 구음마녀의 딸이네. 자네가 쫓고 있는 살수 집단이 구음마녀와 밀접한 관계가 있는 게 분명하겠지. 그렇다면 그 계집을 주모자로 보아도 무방하지 않을까?"

　일리가 있는 말이었다.

　이곽의 표정이 다급해졌다. 그가 고개를 돌려 금의위들에게 외쳤다.

　"당장 도주한 자들을 쫓아라!"

　"예!"

　서난개가 앞서고 금의위들이 분분히 신형을 날려 빗줄기 속으로 사라져 갔다.

이곽이 낯빛이 굳어진 채 고목자를 쳐다보았다.

"어쨌든 저 계집도 끌고 가야겠습니다."

고목자는 고개를 끄덕였다.

"물론 그래야겠지. 하지만 지금은 자네도 구음마녀의 딸을 쫓는 게 급할 걸세. 자네가 돌아올 때까지 내가 그녀의 신분을 보장하고 있을 터니 염려 말고 다녀오게."

"……."

이곽은 선뜻 대답하지 못했다.

고목자의 정광 어린 시선이 이곽의 시선을 파고들었다.

"나를 못 믿겠다는 건가? 내가 허튼소리를 할 사람이라 생각되는 가?"

"그야 그렇지는 않습니다만……."

"자네가 구음마녀의 딸을 잡는다면 이 아이를 굳이 잡아갈 필요까지 는 없다고 생각하네. 하지만 자네가 구음마녀의 딸을 놓친다면 이 아 이를 넘겨줄 생각이네."

"만일 제가 저 계집을 끝내 끌고 가겠다면요?"

"좋은 방법은 아니네. 말했지만 난 이들과 함께 살고 있는 처지네. 내 입장에서도 충분히 양보한 것을 모르겠는가?"

두 사람 사이에서 팽팽한 기운이 느껴졌다. 그것은 순간적으로 터져 버릴 일촉즉발의 화약과 같았다.

이곽은 결코 고목자를 두려워하지 않았다. 그러나 고목자의 말대로 지금 당장 그가 선결해서 해야 할 일은 반옥금보다 훨씬 신분이 높은 주모자 격인 이난소를 잡는 일이었다. 고목자 또한 설명을 곁들여 가 면서 이곽의 이러한 심정을 충분히 이용하여 그를 승복시키려 한 것이었다. 어릴 때부터 보고 들어온 고목자의 성품으로 볼 때 그는 결코 허튼소리를 할 사람도 아니지만 무엇보다 자신이 결정한 의지를 결코 쉽게 꺾을 인물이 아니었다.

결국 이곽이 고개를 끄덕였다.

"도장님을 믿고 따르겠습니다."

팍!

그의 신형이 앞서 사라진 금의위들을 쫓아 빗줄기 속으로 날아갔다.

고목자가 몸을 돌려 이번에는 금의위들보다 훨씬 많은 숫자의 해적들을 향했다. 한눈에 적의 괴수로 보이는 천수마도 상량을 찾아내더니 그의 앞으로 성큼성큼 걸어갔다.

천수마도 상량은 손을 뻗어 칼을 움켜잡았다. 그의 수하들이 사방으로 흩어지면서 고목자를 포함해 반옥금, 연천무, 막우 등을 포위했다. 바골 등 살아남은 반옥금의 무리가 그녀의 주위로 몰려들면서 둥글게 원을 그려 주위를 둘러싼 해적들과 싸울 준비를 갖추었다.

고목자가 삼 장여 거리를 두고 천수마도 상량과 마주 섰다.

"네가 그 흉악한 사백단의 괴수로구나."

"늙은이 얘기는 일찍부터 듣고 있었지. 늙은이는 누구냐?"

"네놈이 내 신분을 알면 꼬리부터 말 텐데 그래도 날 알고 싶으냐?"

"빌어먹을! 네놈이 삼숙칠악이라도 된단 말이냐?"

"삼숙칠악에는 미치지 못한다 해도 강호오기라면 한낱 해적의 괴수가 함부로 할 이름은 아니지."

순간 상량의 얼굴에 경악의 빛이 드리워졌다. 얼마나 놀랐는지 그의 얼굴이 핼쑥해 보였다.

"고, 고목자!"

해적들이란 게 대개 뭍에서 적응하지 못해 인생 자체에서 내몰린 자들이고 보니 그들이 아무리 해상의 폭군을 자처해도 강호의 고수들과는 격이 천양지차이기 마련이다. 하물며 강호오기란 존재가 무림의 저명하고도 저명한 고수의 대표적 이름이라는 걸 감안한다면 그 위압감은 상량의 기를 꺾고도 남음이 있었다. 사실 고목자나 화사독교 이난소, 황실 무관 이곽 같은 고수는 강호의 일류고수와도 차원이 달랐다. 절대고수의 분류에 속한 자들이었다.

고목자는 한 걸음 더 나아갔다. 두 사람의 거리가 충분했지만 상량은 자신도 모르게 그만큼을 뒤로 물러섰다.

"어찌하겠느냐? 네놈이 수하들을 물리친다면 나도 오늘의 네 과오를 더 이상 묻지 않을 것이다! 하나 네놈이 수적 우세만 믿고 설친다면 원하는 대로 해줄밖에!"

그는 일부러 공력을 끌어올리며 사자후를 터뜨렸다. 애써 단심에 모아놓은 독기가 흐트러지며 구역질이 치미는 것을 느꼈지만 확실하게 다짐을 받아놓고자 했다. 그가 이난소의 애물 독각청사에게 물려 치명적인 독상을 입은 사실은 아직 아무도 알지 못했다.

상량은 열심히 머리를 굴렸다. 눈앞의 늙은이가 고목자라 한들 그 하나를 두려워할 정도의 상황은 아니었다. 워낙 수적인 우세가 큰 터라 다른 자들을 감안해도 문제가 될 것 같지는 않았다. 뇌백과 천종기의 죽음을 생각하면 당장이라도 요절을 낼 판이었다. 문제는 그들이 아니라 황실 무관 이곽이며 금의위였다. 이곽의 출중한 무예는 그의 간담을 섬뜩하게 만든 바 있고 일류고수에 반열을 나란히 하는 금의위가 자그마치 일백여 명이나 됐다. 그들과 일전을 불사한다는 건 아무리 생각해도 너무 큰 모험이었다.

그의 얼굴에 얄팍한 웃음이 떠올랐다.

"이 무관은 나와 협조한 사이이기도 한데 이 무관이 존경하는 노선배를 내가 왜 적으로 대하겠소? 우린 이 폭풍만 모면하면 곧 소굴로 돌아갈 것이오."

"잘 생각했군."

고목자가 무뚝뚝하게 대꾸했다.

상량은 조용히 몸을 돌렸다.

금의위가 돌아가고 나면 바다는 다시 그들의 것이다. 죽은 부하들의 복수는 뒤로 미루기로 했다. 굳이 쉬운 길을 두고 어려운 길을 돌아갈 필요가 없다는 게 그의 인생 지침이었다.

해적들이 병기를 쥔 손을 내리면서 포위망을 풀고 흩어졌다.

반옥금의 무리도 각기 병기를 제 몸에 추슬렀다.

바골과 장품이 더 이상 서 있을 힘도 남아 있지 않다는 듯 진흙탕이 된 바닥에 엉덩이를 주저앉혔다.

막우가 고목자에게 다가가더니 그의 앞에 조용히 무릎을 꿇었다.

"노도장께 뭐라고 할 말이 없습니다."

고목자가 퉁명하게 말을 받았다.

"내가 네놈들을 살린 건 시킬 일이 있기 때문이다."

"무엇이든 시켜주십시오. 이놈이 뼈가 가루가 될지언정 노도장의 분부를 어찌 외면할 수 있겠습니까."

그의 진실 어린 말에 고목자의 굳은 얼굴이 한결 누그러졌다.

"아무리 봐도 사람다운 놈은 네놈 하나로구나."

듣고 있던 연천무가 볼멘소리를 터뜨렸다.

"그럼 우린 모두 괴물이란 말이오?"

고목자의 시선이 연천무의 얼굴에 꽂혔다.

연천무가 잡아먹을 듯 눈을 부라렸다.

"뭐요? 한번 붙자는 거요? 내가 늙은이한테 유난히 억하심정이 많은 거 모르오?"

"……."

고목자는 곤혹한 표정이었다. 모든 사람들이 지쳐 보였지만 연천무만은 여전히 씩씩했다. 전에도 느낀 일이지만 체내에 무한한 폭발력을 가진 게 분명했다. 이상한 건 그 무한한 폭발력에 비해 형편없는 솜씨였다. 그건 연천무 본인이 자신의 장점을 이해하지 못한다는 걸 의미했다.

연천무가 다시 소리쳤다.

"왜 그렇게 보냐니까?!"

"너희 세 연놈은 날 따라오너라."

말과 함께 고목자는 몸을 돌려 걸어갔다.

막우가 조용히 그의 뒤를 따라갔고, 반옥금이 다시 그 뒤에 붙어 따라갔다.

연천무는 주위를 두리번거리더니 머쓱한 표정으로 중얼거렸다.

"다른 한 사람은 그럼 난가?"

제11장
미궁(迷宮)의 내력(來歷)

쾅아아!

집채만한 파도가 바다를 뒤집어엎으며 몰려왔다. 거대한 파도 앞에 선 범선도 가랑잎에 불과했다.

"으아악!"

"으악!"

갑판 위에 있는 자들은 범선을 때리는 파도의 힘에 균형을 잃으며 형편없이 나가떨어졌다. 밧줄과 기둥을 붙들고 버티고 있지만 그 모습은 위태롭기 이를 데 없었다.

이난소와 진편의 모습도 아슬아슬했다.

오히려 조타를 붙들고 있는 염포가 정신을 똑바로 차리고 배의 방향을 이리저리 조종하려 안간힘을 쓰고 있었지만 그 역시 살기 위한 발악에 다름 아니었다.

"으아악!"

밧줄을 붙들고 있던 염포의 동료 하나가 파도에 휘말리며 비명을 질렀다. 거대한 파도가 순식간에 그를 삼켜 버렸다.

"젠장! 폭풍우 한가운데를 뚫고 나가라니, 우린 다 죽은 거나 마찬가지야!"

지하 선실에서 노질을 하던 자들이 물이 들이치자 참지 못하고 밖으로 기어나오고 있었다.

진펌이 나오는 자들의 머리통을 발로 차 다시 안으로 구겨 넣었다.

"노를 계속 저으란 말이야!"

"어억!"

이난소는 애써 침착한 표정을 지으며 진펌을 쳐다보면서 소리를 질렀다. 거센 풍랑에 소리를 지르지 않고는 의사 소통이 불가능했다.

"왜 나를 구했지? 날 좋아하지 않잖아!"

진펌이 키득키득 웃었다.

"혼자서 돌아가면 어쩌라고? 내가 혼자 돌아갔을 때 사주의 노여움은 어떻게 감당하라고?"

"핑곗거리가 없어서는 아니잖아! 어쩔 수 없는 상황이란 게 있고 어쩔 수 없는 상황이 아니라도 만들어내면 그만이지!"

"다른 사람이라면 그럴 수 있겠지! 그래, 네가 아닌 다른 사람이었다면 난 위험을 무릅쓰고 나서지는 않았을 거야! 그건 분명하지!"

"내가 다른 사람과 뭐가 다른데?"

파도가 또다시 두 사람을 덮쳤다. 그들은 선실 기둥을 붙들고 파도를 견뎌냈다.

진펌이 소리쳤다.

"대체 너와 사주와는 어떤 관계야? 넌 우리와는 처지가 달랐어! 우린 모두 팔려왔지만 적어도 넌 그런 신세는 아니었지!"

"어떻게 그걸 알 수 있었지?"

"우리 모두는 그곳에서 처음 무공에 입문했지만 넌 들어오기 전부터 이미 무공을 익힌 상태였어! 그래서 우리보다 언제나 앞서 나갔지! 교두들은 공평한 경쟁이라고 말했지만 사실은 공평하지 않았지! 넌 무공을 익힌 걸 애써 숨겼지만 우리 중 몇은 벌써 알고 있었어! 만일 시작부터 같은 입장이었다면 너도 내 표적이 되었을 거야!"

"그 말은 같이 시작했다면 네가 나를 이길 수 있었다는 거냐?"

"그랬을지도 모르지! 하지만 그런 건 중요한 게 아니니까! 난 언제나 현실을 직시하지! 넌 우리와는 신분이 다르고 널 죽이는 건 내게 화를 초래할 게 분명하지! 그게 진실이고 현실이니까!"

"……."

이난소는 대꾸할 말을 찾지 못했다.

그랬다. 아흔아홉의 수련자가 서로를 죽이며 살아남는 과정에서 가장 많은 동료를 해치운 건 독효 진펌이었다. 올빼미처럼 밤만 되면 홀로 사냥에 나서 많은 경쟁자들을 해치웠다.

진펌의 외침이 크게 울렸다.

"이제 네가 어떤 신분인지 말해 주는 게 어때? 난 스스로 널 향한 살의는 거두었어! 네게 복종할 준비가 되어 있지!"

이난소가 소리쳤다.

"사주는 나의 어머니야!"

주위가 어두움에도 불구하고 진펌의 가느다랗게 경련하는 얼굴이 보였다. 그의 마음 한구석에 남아 있던 그녀를 향한 마지막 자존심이 무너지는 순간이었다.

이난소가 그에게 확신이라도 주려는 듯 외쳤다.

"진폄 넌 이제부터 내 오른팔이야! 내가 물려받을 왕국의 제이인자다!"

진폄이 북받치는 울음을 토하듯 소리를 질렀다.

"내가 이제부터 소사주를 모실 것이오! 나 진폄이 소사주를 가장 가까운 곁에서 보필할 것이오! 충성을 맹세하오!"

그는 오랫동안 흑풍사를 보아왔다. 눈에 보이는 실수 집단 흑풍사는 빙산의 일각뿐이라는 것을, 그들이 하고 있는 일이 대륙 전체를 휘감는 거대한 폭풍이란 것을 느끼고 있었다. 그는 이미 오래전부터 자신의 거취를 결정하고 있었는지도 모른다. 촉발된 사태 앞에 이제야 스스로 인정했을 뿐.

폭풍 속에서 거대한 음모의 냄새는 피어오르고 있었다.

진폄이 덮쳐드는 파도를 헤치고 염포가 붙들고 있는 조타를 향해 달려갔다. 그는 염포를 밀치고 거대한 범선의 조타를 움켜잡았다.

"이따위 폭풍이 내 운명을 바꿀 수는 없어! 우리 소사주님의 운명을 흔들게 둘 수는 없어!"

그는 폭풍과 맞섰다. 거대한 파도가 덮쳐드는 속으로 배를 몰았다.

오래전부터 한 척의 범선이 그들을 쫓아오고 있었다. 추적을 따돌리지 못한다면 그의 야망은 한 점 물방울처럼 흔적도 없이 바다에 수장되리라.

배의 방향을 굳건하게 틀어잡고 파도를 타야 한다.

그의 조타를 움켜잡은 손에 핏줄이 불거졌다.

　　　　*　　　　　*　　　　　*

　산머리에 이르렀을 때 이곽은 해안에 정박한 범선이 이난소를 태우고 떠나는 것을 보았다. 마침 그로부터 멀리 않은 곳에 있는 또 한 척의 범선이 눈에 들어왔다. 해적선으로 이난소와 철사자 뇌백 등을 태우고 온 범선이었다.

　이곽은 백여 명에 이르는 금의위 중 삼십여 명을 추려 목숨을 건 도박을 감행했다. 그의 강성 탓이기도 했지만 국난이 걸린 일이었기 때문이리라.

　삼숙칠악의 칠악 중 한 명인 구음마녀의 딸이라고 했다. 구음마녀의 명성이 대변하듯 그녀의 딸이라면 이난소가 역모의 상당 부분 개입되어 있는 게 자명했다.

　"놓치면 안 된다! 꼭 잡아야 한다!"

　그는 갑판을 나뒹구는 금의위들을 독려하며 외쳤다.

　파도는 거대한 범선도 한입에 삼켜 버릴 듯했다. 파도에 비하면 범선은 일엽편주에 불과했다.

　꽈앙!

　해일처럼 떠오른 파도가 배를 덮치며 돛대를 때렸다.

　우지끈! 쿠앙!

　"으아악!"

　"으악!"

　둥치가 부러지면서 무너진 돛대에 미처 피하지 못한 금의위 두 명이 깔리면서 비명을 내질렀다.

　서난개가 위험을 무릅쓰고 달려와 이곽을 붙들었다.

"이대로는 모두 죽습니다! 돌아가야 합니다!"

이곽은 단호했다.

"삼 년을 넘게 놈들을 찾아다녔다! 눈앞에 두고 놈들을 보낼 수는 없다!"

"섬에 우리가 쫓던 계집이 남아 있습니다! 애초에 목적한 게 그 계집이지 않습니까?"

"그 계집은 하수인에 불과하다! 역모의 발뒤꿈치일 뿐이다! 그런 계집 백 명의 입보다 주동자 한 명의 입이 우리에겐 필요하다! 모르겠느냐?"

"……."

서난개는 폭풍우 속에 선 거대한 거인의 모습을 보았다. 두 눈에 정광을 이글거리면서 서 있는 이곽의 모습은 흡사 거대한 산 같았다. 애초에 그의 의지를 꺾는 게 불가능한 일이었다.

콰아!

집채만한 파도가 계속 덮쳐들었다. 바람은 돛대도 없는 배를 거칠게 떠밀었다.

이난소를 태운 범선은 멀리 조그만 점처럼 보였다. 그 점을 쫓아 그들의 범선도 파도에 휩쓸렸다. 그저 배의 방향만 앞서가는 범선을 향하고 있을 뿐 정작 그들이 할 수 있는 일은 아무것도 없었다.

*   *   *

번쩍! 꽈르르릉!

벽력은 하늘에서 터졌지만 비명을 지르는 건 섬이었다. 뇌성이 천지간을 울리고 나면 어김없이 섬은 그 울음에 진저리를 쳤다. 쏟아지는 폭우에 목옥은 금방이라도 떠내려갈 것만 같았다. 섬 위로부터 흘러내린 빗물이 물줄기를 이루면서 토사를 쓸고 내려와 목옥의 위치를 흔들었다.

벌써 만 하루 동안을 그렇게 폭우가 퍼붓고 있었다. 해를 보지도 못하고 다시 어둠을 맞았다.

목옥 안에서는 고목자가 막우와 반옥금, 연천무를 앉혀놓고 일장 연설을 늘어놓고 있었다. 그의 얼굴이 자못 심각했다.

"내가 너희들을 살렸으니 너희들이 앞으로 살아가는 건 내게도 일부 책임이 생겼다. 너희 같은 놈들이 곧게 살아가지 못할 게 뻔하니 한편으로는 후회스럽기도 하다."

연천무가 불쾌한 기분에 당장 심드렁한 표정을 떠올렸다.

"내가 보기엔 늙은이도 곧게 살아온 건 아닌 것 같은데 뭘."

"그나마 내가 네놈에게서 곧은 심지를 보는 건 너의 계집을 향한 마음 때문이다. 누군가를 위해 희생을 각오할 수 있는 건 그나마 너처럼 머리 나쁜 축생에게 다행스런 일이 아닐 수 없지. 그마저 없었다면 네놈의 그 단순하고 즉흥적인 성질머리는 야생의 사나운 맹수와 다를 바 없을 테니까."

"대체 내가 머리가 나쁘다는 걸 뭘 보고 단정하는 거요? 배우지 못하면 다 무식하고 머리가 나쁜 거요?"

그가 버럭버럭 대들었지만 고목자는 침착한 표정이었다. 연천무의 분위기에 이미 익숙해졌다는 듯이 달관한 얼굴이었다.

"난 아주 어릴 때 무당의 도동(道童)으로 떨어져 사부와 함께 도가의 법당을 전전하며 살았다. 세속으로부터의 일탈보다는 세속의 풍진에서 더 큰 삶을 구하려는 사부의 가르침으로 인해 거의 삼십여 년을 떠돌아다녔지. 사부께서는 내 안의 명리를 씻고자 했지만 난 내 안의 명리로부터 단 한 번도 자유롭지 못했다. 다른 사람을 해치며 살지는 않았지만 그들과 어울리지 못했다. 사부의 큰 구도에 뜻을 두기보다는 내 일신의 명리에 집착했다."

연천무는 시큰둥한 표정으로 귀를 후볐다.

"뭔 소리인지."

고목자는 개의치 않았고 막우와 반옥금의 표정은 진지했다.

"내가 한 가지 게을리 하지 않은 건 바로 무공의 정진이었다. 나이 사십에 이르러 기어코 당대의 최고봉이라는 삼숙칠악의 명성과 견주기 위해 사문을 박차고 나왔다. 나의 명예욕이 커다란 화를 일으킬 것을 예감한 사문은 급기야 파문(破門)을 하기에 이르렀지만 난 내 뜻을 꺾지 않았다."

연천무가 참지 않았다. 엉덩이를 들썩거리며 떠들어댔다.

"그래서 뭐가 어쨌다는 거요?"

"오래전에 사부께서 하신 말씀이 있다. 만일 이 세상에 아무도 없고 나 혼자만 존재한다고 하자. 네가 가진 명리가 과연 네 것일 수 있느냐?"

"……."

연천무는 잠시 생각에 잠겼다.

고목자가 입가에 웃음을 머금었다.

"내가 가진 명리도 결국 다른 사람들이 존재하기 때문이라는 얘기다. 다른 사람의 존재와 비교한 우월이지. 비교할 상대가 없다면 그 명리도 결국은 존재하지 않는 것과 같지. 더 크게 보면 사람뿐 아니라 이 땅의 풀 한 포기, 나무 한 그루, 바위 한 덩이도 존재의 의미가 있다. 너희들이 살아가면서 잊지 말아야 할 것이 존재의 폭을 넓히는 것이다. 가까이로는 당장 네 옆에 있는 사람부터 시작해 모든 사람을 긍휼하게 여기는 마음을 갖도록 노력해야 한다. 결과를 약조하라고는 하지 않겠지만 그 노력의 시작을 내게 약조하겠다면 내가 오늘 밤 너희들에게 큰 선물을 줄 것이다.”

연천무가 또 나섰다.

“약조는 얼마든지 하겠소! 그런데 선물이 뭐요?”

고목자가 막우를 보며 물었다.

“약조하겠느냐?”

막우가 대답했다.

“약조하겠습니다.”

고목자가 반옥금을 보며 물었다.

“약조하겠느냐?”

반옥금이 고개를 끄덕였다.

“약조하겠습니다.”

고목자의 시선이 연천무에게 던져졌다.

“약조하겠느냐?”

연천무가 호쾌하게 소리쳤다.

“약조하겠소! 까짓것 죽은 사람 소원도 들어준다는데 산 사람 소원을 못 들어주겠소!”

고목자가 고개를 설레설레 흔들었다.

“너희들은 나의 얘기를 반은 이해하고 반은 이해하지 못한다. 내가 팔십 평생을 살면서 아직도 이해하지 못한 바를 너희들이 당장 이해하

리라고 바라지도 않는다. 그러나 너희들이 내 말을 금과옥조로 새겨
약조를 지킨다면 지금보다는 훨씬 성숙한 삶을 살아가게 될 것이다."
　연천무가 눈이 멀뚱멀뚱하여 그를 쳐다보았다.
　"어서 선물이나 주시오."
　고목자가 몸을 일으켰다.
　"나가자."

　절겅절겅!
　고목자는 목옥 뒤에서 녹슨 쇠사슬을 잔뜩 끌고 왔다.
　막우와 반옥금, 연천무는 놀란 표정이었다. 쇠사슬의 길이도 엄청났
지만 그 두께가 어른 허벅지만했다. 그런 쇠사슬을 쓸 용도란 건 상상
조차 되지 않았다.
　쇠사슬을 끌고 나오는 고목자의 얼굴에 땀방울이 송골송골했다. 내
력을 쓰지 못하는 탓이었지만 다른 사람들은 아직 그 같은 내막을 알
지 못했다.
　고목자가 허리를 펴면서 하늘을 올려보았다. 하늘은 시커먼 먹구름
이 뒤덮어 가끔씩 벽력만 으르렁거릴 뿐이었다.
　"오늘이 만월이다. 금구(金龜)는 만월에 알을 낳기 위해 섬에 오는데
영물이라 조심성이 많아 맑은 날에는 오는 법이 없다. 십 년 전에도 꼭
오늘 같은 날 놈이 나타났었지."
　막우가 진지한 표정으로 물었다.
　"금구라면 금빛이 나는 거북이란 말씀입니까?"
　고목자의 고개를 돌려 막우를 쳐다보았다.
　"자그마치 천 년을 묵은 놈이지. 그 크기가 웬만한 집채와 같고 흉

포하고 영리하다. 멀리서도 냄새를 맡아 반드시 바람을 맞선 방향에서 숨어 기다려야 한다. 온몸에서 금빛을 내니 우리 또한 놈이 오는 것을 멀리서도 알 수 있을 것이다."

연천무가 참지 못하고 툴툴거렸다.

"대체 거북이는 왜 잡겠다는 거요?"

고목자도 그의 행태에 익숙해졌는지 가볍게 웃었다.

"영물의 피는 만병통치라 할 만한 효험이 있고 무림인에게 있어서는 내공의 엄청난 증진을 보게 되지. 천년금구(千年金龜)의 피는 너희들에게 새로운 세상을 열어줄 것이다."

무슨 말인지 알아들은 연천무가 탄성을 터뜨렸다.

"아, 그렇다면 그거 내가 먹어야겠다! 그걸 먹으면 나도 늙은이처럼 내공이란 걸 가진다는 말 아니오?"

막우와 반옥금의 눈빛도 반짝거렸다.

고목자의 얼굴이 회한으로 얼룩졌다. 갑자기 늙어버린 노인처럼 얼굴이 푸석해 보였다.

"삼숙칠악의 명성을 넘기 위해 난 이십 년이나 이곳에서 천년금구를 잡기 위해 기다렸다. 고서에는 그 피가 일 갑자의 내공을 증진시킨다고 했으니 그만하면 삼숙칠악에 뒤지지 않으리란 계산이었지."

막우가 어렵게 말문을 열었다.

"그런데 어찌하여 그것을 저희와 나누려는 겁니까?"

"너희와 나누려는 것이 아니라 너희들에게 주는 것이다. 내겐 이제 아무런 의미가 없으니까."

"어째서……?"

"난 구음마녀의 딸이 거느린 독각청사에게 목을 물렸다. 독을 단전에 몰아넣어 독기가 퍼지는 것을 막아 목숨은 연명했지만 다시는 내공을 사용할 수 없게 되었다. 단 한 번만 끌어낼 수 있을 테고 곧바로 죽음을 맞겠지."

"……."

막우와 반옥금은 충격적인 그의 말에 망연자실한 표정이었다.

연천무의 표정은 더욱 가관이었다. 그는 혼란스러운 표정으로 얼굴이 울긋불긋했다.

"우, 우리 때문에 그리된 거 아니오? 그렇다면 우리에게 화를 낼 것이지……. 우리가 미울 것 아니오?"

고목자의 입가에 단아한 미소가 담겼다.

"그래서 넌 내게 미안해하고 있느냐? 어찌할 바를 모르겠느냐? 그럴 것 없다. 모든 업은 스스로 자초하는 것이다. 나의 곧지 않은 명예욕이 내 화의 근원일 뿐이다. 그래서 내가 이 섬에 있는 게 아니더냐. 천 년 묵은 영물의 피로 나의 명리를 채우려는 욕심이 나로 하여금 이 섬에 있게 만들었고, 하늘이 나의 업을 가르침으로써 내게 모든 걸 좌절하게 만들었음이다. 그래서 그 화의 근원이 너희들에게 있는 게 아니라 내게 있음이다."

"……."

연천무의 눈이 금방이라도 눈물을 터뜨릴 것 같았다.

고목자의 얼굴에 웃음이 봉우리를 터뜨린 화사한 꽃처럼 번졌다.

"네 근본을 모른다고 했느냐? 아비가 누군지 어미가 누군지 모른다고 했고 절름발이 거지가 널 길렀다고 했느냐? 내가 단언하건대 너희의 근본은 대단하고도 화려할 것이다. 이 땅의 어느 누구도 기억조차할 수 없는 유아의 임독양맥(任督兩脈)을 타통시킨 사람은 없다."

임독양맥의 타통!

인간의 몸에 임맥과 독맥이 존재하고 그것은 서로 상충하며 조화를 갖지만 같이 교류하지는 않는다. 이는 임맥과 독맥이 스스로 막혀 있는 때문인데 내가고수들의 평생 숙원이 이 둘의 기운을 서로 흐르게 타통시키는 것이다. 그로써 신의 경지에 이른다고 믿으며 수명을 배 이상 늘리는 효능을 얻는다.

그런데 연천무가 바로 이 임독과 양맥이 타통되어 있단 말인가. 그것이 얼마나 놀라운 일인지조차 모르는 연천무는 의혹의 표정만 떠올렸다.

막우와 반옥금도 처음 듣는 얘기에 잔뜩 호기심 어린 표정으로 귀만 기울일 뿐이었다.

고목자의 말은 계속되었다.

"네게 있어선 기의 흐름을 모르니 응용할 수 없고 응용할 수 없으니 있어도 없는 것 같지만, 네 지칠 줄 모르는 힘의 근원이고 내상을 달리 크게 입지 않는 근본이다. 이런 경우는 아주 드물지만 이 축생이 아주 어릴 때 어느 고서에선가 삼 갑자 이상의 공력을 가진 세 명의 내가고수가 있다면 이른바 삼선신기대법(三仙神氣大法)으로 이를 실현할 수 있다는 것을 보았다. 내력의 기운은 불공(佛功), 도공(道功), 선공(仙功)으로 각기 달라야 하며 그 시전자의 내력은 삼 갑자를 넘어야 하고 유아는 그 부모로부터 인간으로서 가장 강한 양기와 음기를 피로 물려받은 천양천음지체(天陽天陰之體)여야 한다고 했다. 그러니 유추하건대 네 아비는 이 땅에서 가장 강한 양기를 가진 극양절맥(極陽絕脈)일 것이고 네 어미는 이 땅에서 가장 강한 음기를 가진 극음절맥(極陰絕脈)일 것이다. 이 두 사람은 서로 만나 각자의 기로 서로를 다스리지 못한다면 홀로서는 십팔 세를 넘지 못한다. 그때가 가장 기가 강한 나이이기 때문인데 널 낳았다는 건 이 땅 어딘가에 극양절맥과 극음절맥이 만나 함께 살고 있다는 것이겠지."

연천무의 어깨가 가늘게 경련을 일으켰다.

"거, 거짓말이오. 그렇다면 내가 왜 거지에게 길러졌으며 그는 왜 내게 나의 아비와 어미가 고기 잡으러 나갔다 풍랑을 만나 죽었다 했겠소."

"그 절름발이 거지는 어찌 되었느냐?"

"그는 내가 그를 이겨먹을쯤 되자 나를 비럭질시켜 먹은 데에 대해 앙심을 받을까 봐 내가 잠든 사이 야반도주했소. 내가 일곱 살 때였소."

고목자가 연천무의 몸에서 경련이 점차 격렬해지는 것을 보면서 단호하게 말했다.

"마을에는 네 부모를 안다는 사람들이 있었더냐? 잘 생각해 보면 그 말들은 절름발이 거지의 혼잣말이었을 게다."

"……."

연천무의 온몸이 파들파들 떨리고 있었다. 그의 아랫니와 윗니가 터덕터덕 부딪쳐 소리를 냈다.

막우가 다가와 연천무의 몸을 뒤에서 꼭 끌어안았다.

절름발이 거지는 그의 부모가 그가 갓난아기 때 죽었다고 했다. 한 번도 의심해 보지 않은 얘기였고 의심할 만한 이유도, 그럴 만한 여유도 없었다. 하루하루를 비럭질로 살아가야 하는 그에게 삶은 그저 악착스런 고난의 연속이었을 뿐이다. 기억에도 없는 과거의 내력 따위는 또 다른 고통에 지나지 않았다.

그는 가엾게 떨고 있었다. 비를 흠뻑 맞은 작은 새처럼 젖은 날개를 푸들푸들 떨었다.

반옥금은 조용히 연천무를 바라보았다. 이제 새로운 사실들에 맞게 연천무를 다시 봐야 한다면 어쩌면 그에게는 그녀가 거쳐 온 삶보다 더 큰 충격적인 일이 있었을지도 모른다.

그녀가 고목자에게 말을 건넸다.

"강호에서 삼 갑자 이상의 내공을 가진 사람이라면 그 수가 많지는 않을 테죠?"

고목자가 고개를 끄덕였다.

"많지 않을뿐더러 손가락에 꼽아야 할 정도지."

"더구나 그 셋이 한 사람은 승인이고 한 사람은 도인이며 한 사람은 선인이란 거 아닌가요? 그렇다면 그들을 찾는 게 어려운 일은 아닐 것 같군요."

"그렇다. 삼숙이 바로 그들이지. 내가 생각할 수 있는 사람들은 그들뿐이다."

연천무의 얼굴에 놀람이 가득했다. 그의 음성이 바람을 맞은 문풍지처럼 떨었다.

"삼숙칠악… 그 삼숙이란 말이오?"

고목자의 표정이 엄숙해졌다.

"삼숙의 하나는 살아 있는 부처라 일컫는 소림의 노선사 백미천불(白眉天佛)이고 삼숙의 또 하나는 세상에서 가장 많은 배움을 가졌다는 선인봉(仙人峯)의 대학유 조화선옹(造化仙翁)이며 삼숙의 나머지 하나는 나의 사백이기도 한 무당의 노도사 일양도백(日陽道伯)이다. 내가 이십 년이나 이 섬에 있던 관계로 그들의 지금 행적에 대해서는 아는 바가

없는 데다 모두 백 살이 넘으신 분들이라 생존해 계신지를 단언할 수가
없다."

연천무가 발악했다.

"살아 있을 겁니다! 살아 있어야 합니다! 내가 이렇게 살아 있으니
그들도 살아 있어야 합니다! 날 만나기 전까지는 죽으면 안 되죠! 시체
라도 깨워서 내가 물어볼 겁니다! 내가 누구인지, 내 부모가 어떤 분인
지, 내가 왜 이렇게 살아야 했는지!"

고목자는 일부러 귀를 막으며 그를 외면했다.

"정말 시끄러운 놈이로구나. 무식하고 머리 나쁜 놈이 그렇지 뭐."

"늙은이, 지금 뭐라고 했어? 이제 살 만큼 살았다고 주둥아리를 함
부로 놀린다 이거지!"

연천무는 돼지 멱따는 소리를 꽥꽥 질러대며 몸부림을 쳤다. 막우가
그러한 그를 놓아주지 않았다.

고목자는 그를 아랑곳하지 않고 쇠사슬을 붙들더니 갑자기 반옥금
을 향해 소리쳤다.

"이년아, 늙은이가 이렇게 무거운 걸 들면 달려와서 거들어야 할 것
아니냐!"

반옥금이 목석처럼 무표정하게 걸어와 쇠사슬의 한쪽 끝을 잡아서
어깨에 걸치더니 말없이 해변으로 걸음을 옮겼다.

절겅절겅!

쇠사슬의 양쪽 끝을 각기 잡은 고목자와 반옥금의 걸음을 따라 쇠사
슬이 땅에 끌리며 소리를 냈다.

거센 바람이 잦아들고 있었다.

빗발도 더 이상 날리지 않았다.

막우가 그들의 모습이 멀어지는 걸 확인하며 연천무의 몸을 감은 팔을 풀었다. 연천무의 몸이 미역처럼 힘없이 흐물대는 게 금방이라도 쓰러질 것 같았다.

"두령을 사랑한다고 하지 않았나? 지금 누구보다 고통스러운 건 두령이야. 잘 참아내고 있는 것처럼 보이지만."

연천무가 고개를 돌려 걸어가는 반옥금의 뒷모습을 응시했다.

'그래, 그랬지. 우리에겐 그런 일이 있었지. 잊고 싶어하지만 잘 잊히지 않을……. 그건 우리 사이에 어떤 벽(壁)일까? 얼마나 높고 얼마나 견고한 벽일까?

그는 있는 힘을 다해 주먹을 불끈 쥐었다.

'얼굴도 이름도 모르는 부모 따위는 중요하지 않아. 언제는 알면서 살았고 언제라도 연연해 본 적이 없는걸. 그런 것 따위는… 버려도 좋아. 내가 살아온 모든 걸 송두리째 부인하고 새로운 삶을 꿈꾸는 일 따위는 하지 않는다.'

그는 갑자기 터져 오르는 격정을 참을 수 없다는 듯 바다를 향해 포효를 터뜨렸다. 사나운 맹수처럼 먼바다의 거대한 격랑처럼 온몸으로 외쳤다.

"난 연천무야! 어제도 오늘도 내일도… 그 연천무다!"

고목자와 반옥금은 메고 온 쇠사슬을 해변 암석 뒤에 숨기고는 바라보이는 바다 쪽을 향해 앉아 쉬고 있었다.

반옥금이 바다를 바라보며 생각에 잠겨 있다가 시선을 고목자에게 던졌다.

"노도장이 그를 제자로 거두는 건 어때요?"

그녀의 뜬금없는 말에 고목자가 멀뚱하게 고개를 돌렸다.

"그에게 그만한 바탕이 있다는 것까지 알았잖아요. 책임을 지려면 확실히 져야죠. 아니면 아예 얘기를 꺼내지 말던가요. 그의 체내에 그만한 무한의 힘이 있는 거라면 그걸 운용할 수 있는 방법도 있을 거고 노도장께서 그 방법을 가르칠 수 있지 않나요?"

그가 너털웃음을 흘렸다.

"허허, 다른 일에 대해서는 한마디도 묻지 않는 년이 그놈의 일에 대해서는 잘도 입을 놀리는구나. 머리는 명석한데 피는 차갑고……. 필경 네년은 여러 사내를 잡아먹을 계집이 분명해."

그녀가 정색한 표정을 지었다.

"난 남자에게는 관심없어요."

그의 얼굴에서 웃음은 더욱 커졌다.

"관심이 없다고 단정하는 게 곧 관심이지. 애써 외면하고자 하지만 네 몸에 들끓는 욕망을 어찌 숨길 수 있으랴. 지금은 그저 복수심에 불탄 집착이 너의 다른 욕망들을 억누르고 있지만 그 일이 정리되고 나면 넌 네 안의 또 다른 너를 보게 될 것이다. 한 가지 길을 집요하게 걷는 자가 누구보다 욕망이 강한 자라는 걸 알아야 한다. 그게 복수의 미명을 가진 일이든 스스로의 성취이든 욕망이 성정에 따라 길은 달리할 수 있지만 결국 욕망은 같은 빛깔에 같은 모양이니까."

"내 말에는 대답하지 않았어요."

고목자의 얼굴에 웃음이 걷히더니 표정이 무거워졌다. 한참을 생각한 뒤에 그의 입이 열렸다.

"놈이 막우와 대련하는 것을 누차 보았지. 놈이 나에게 덤벼들어 상대하고서야 그 모진 매를 견디는 이유를 찾을 수 있었다. 앞서서 의아

심을 갖고 관찰했던 터라 쉽게 알게 되었지. 무엇보다 난 놈의 성정에 대해 고민했다. 놈의 온몸에 난 무수한 상처들이 이 세상에 대한 포악으로 저지를 수 있는 횡포를 걱정할 뿐이다. 너희 같은 무지한 것들이 세상을 어지럽히고 양민들을 괴롭히는 걸 무수히 보아왔으니까."

"무지한 사람만이 이 세상의 해악은 아니죠. 많이 배우고 영리한 자들이 저지르는 해악에 비하면 조족지혈이에요. 교활한 자들의 웃음 속에 숨겨진 간특함이 더 위험하죠."

"네 말이 옳다. 군주가 흉포하고 간특하면 나라가 어지러운 게 그런 때문이지."

"……"

"내가 무지하다는 건 배우지 못했다는 것을 말하지 않는다. 내가 무지하다는 건 바로 함께 살아가는 법을 알지 못하는 독단이다. 그 독단이 힘을 가졌을 때 얼마나 세상을 어지럽힐지 그것을 두려워함이다."

"무는 거칠어 보이는 것뿐이에요. 버릇없어 보이는 것뿐이죠. 눈에 보이는 게 그의 제대로 된 모습은 아니에요."

"삼선신기대법은 천양천음지체를 치료하기 위한 의술로써 행해졌다. 하지만 그의 임독양맥이 꼭 그가 천양천음지체이기 때문에 삼선신기대법이 행해진 결과로만 볼 수는 없다."

반옥금이 눈살을 찌푸렸다.

"그렇다고 했잖아요?"

고목자가 고개를 저었다.

"어린아이의 임독양맥을 인위적으로 뚫어놓아 아주 어릴 때부터 고강한 무공을 갖도록 배려하는 방법은 오히려 마도에서 더 많이 행해진다. 마문(魔門)의 주인들은 자신들의 자식으로 하여금 이 땅의 불세출의 마공을 갖도록 하기 위해 수단과 방법을 가리지 않지. 내가 삼선신기대법만을 설명한 건 한 가지 이유에서다. 놈이 자신의 출신 내력을 알고 싶어할 것이니 그를 알기 위해 삼숙을 만나게 하려 함이다.”

“…….”

“난 다른 이의 성정을 볼 수가 없다. 또한 삐뚤어진 성정을 교화시켜 줄 스승의 덕목도 내게는 없다. 사부께서 나를 오래도록 곁에 두었지만 결국 난 나의 명리에 눈이 뒤집혀 사문을 박차고 나왔다. 그런 내가 누군가에게 가르침을 내린다는 건 또 하나의 나의 명리일 뿐이다. 난 모든 것을 잃고서야 나의 아주 작은 본분을 얻었다. 놈에게는 큰 스승이 필요하다. 놈은 아주 위험하거든.”

“…….”

그녀는 고개를 끄덕여 수긍하지는 않았지만 연천무의 위험성에 대해서 마음속으로 인정했다. 연천무의 살아온 삶이 그에게 독(毒)을 심고 살(煞)을 심었을 테니까. 그것은 민초가 살아온 질박한 삶과는 또 다른 문제였다. 오로지 이기고 짓밟고, 그 위에 서기 위해 홀로 칼을 갈아온 날들이었다.

멀리서 뭐가 우스운지 연천무가 키득거리면서 막우와 함께 걸어오고 있었다.

고목자가 그녀를 보며 혼잣말처럼 중얼거렸다.

“사제의 연을 맺는 거야 불가한 일이지만 내공 구결을 일러주는 건 생각해 봐야겠는걸.”

반옥금의 눈이 반짝거렸다.

고목자는 그러나 바로 고개를 들어 하늘을 응시했다.

“십 년 만인데… 과연 놈이 나타날 것인가.”

＊　　　　＊　　　　＊

"뭣들 하는 거지?"

해안이 바라보이는 곳에서 금의위들은 긴장된 눈빛을 흘렸다.

금위어장 이곽의 명에 따라 반옥금을 감시하기 위해 남겨진 자들이었다. 굳이 숨어 있을 일도 아니었으므로 상대를 자극하지 않을 적당한 거리를 둔 채 따라다니고 있었다.

해안에서 무슨 일이 벌어지고 있는 것만은 분명했다. 용도를 알 수 없는 아주 굵은 쇠사슬을 끌고 모여든 고목자를 포함한 네 사람의 일거수일투족에 그들의 긴장된 시선이 따라다녔다.

비는 그쳤지만 바람은 아직 거셌다. 바다에서 울려오는 파도의 굉음이 여전히 요란했다.

이때 금의위 중 하나가 놀란 소리를 터뜨렸다.

"저게 뭐지?"

해안을 감시하기 위해 그들이 서 있는 높은 암석 지역에서는 바다가 한눈에 들어왔다. 그 바다로부터 이상한 현상이 일어나고 있었다. 마치 바다가 해를 그 안에 머금은 듯 금빛으로 물들며 그 금빛의 바다가 서서히 해안으로 밀려오는 것이었다.

무엇일까? 자정이 다가온 시각에 대체 바다에서 무슨 일이 일어나고 있단 말인가?

금의위들이 마른침을 삼키며 긴장한 채 얼어붙었다.

해안의 돌출된 바위 뒤에 몸을 숨긴 고목자 등은 바다로부터 밀려오는 금빛에 시선을 고정한 채 지켜보고 있었다. 그들의 움직임에서도 긴장된 분위기는 느껴졌다.

마침내 해안 가까이 금빛 물결이 접근하고, 이내 뭔가 바다로부터 고개를 쑥 솟구쳤다. 순간 금의위들의 눈은 경악으로 물들며 화등잔만 하게 커졌다.

그것은 거대한 금구였다. 온몸으로 금빛을 발산하는 집채만한 거대한 거북이였다. 금구라는 사실도 신기했지만 더욱 놀라웠던 건 거북이의 거대한 규모였다. 장생하는 영물이라는 걸 모르는 사람은 없었지만 너무도 거대한 거북이의 모습에 금의위들은 망연자실할 뿐이었다.

금구는 해안에 닿았지만 한동안 꼼짝도 하지 않고 죽은 듯 웅크리고 있었다. 가끔씩 고개를 돌려 전방을 살피는 게 여간 조심스러운 게 아니었다.

고목자 등은 바위 뒤에 몸을 잔뜩 낮게 웅크리고 금구의 움직임을 주시했다.

이윽고 가만히 있던 금구가 모래가 많은 백사장으로 엉금엉금 걸음을 옮겼다.

막우와 반옥금, 연천무는 고목자의 명을 기다리며 숨을 죽였다. 그들은 금구를 보고서야 굵은 쇠사슬의 용도를 깨달았다. 덩치가 집채만한 금구라면 그 힘이 얼마나 엄청난 것인지 상상이 가지 않는 일이었다.

금구는 걸으면서도 이따금씩 멈춰 서서 주위를 둘러보곤 했다.

연천무가 손에 쥔 칼에 힘을 주었지만 그의 손은 바로 고목자의 손에 붙들렸다. 고목자가 얼마나 긴장하고 있는지 그의 손에서 땀이 느껴졌다. 그의 책망 어린 시선에 연천무는 슬며시 힘을 풀면서 씨익 웃었다.

　그렇게 숨을 죽인 시간이 한 식경이나 이르러서야 금구가 적당한 장소를 찾았는지 앞발을 이용해 모래를 파내기 시작했다.

　금구는 대부분의 거북이가 한여름의 뜨거운 태양 빛을 이용해 알을 부화시키는 것과는 상이하게 한겨울에 알을 낳고 있는 것이었다. 상식을 뒤엎는 행동이었지만 오랜 세월 자생력을 터득한 금구에게 그건 지혜로운 일인지도 몰랐다. 겨울의 바닷가엔 새끼를 잡아먹을 천적이 그리 많지 않을 테니까.

　고목자가 연천무를 잡고 있던 손을 놓았다. 연천무가 쳐다보자 그는 고개를 끄덕였다.

　“가자!”

　연천무는 소리치며 쇠사슬의 한쪽 끝을 붙들고 신형을 날렸다. 그 다른 한쪽을 막우가 잡고 달려가고, 반옥금은 이미 그들의 머리 위를 넘어 가장 앞선 채 금구를 덮쳐 갔다.

　놀란 금구가 방향을 황급히 틀더니 바다 쪽으로 걸음을 옮겼다. 그 동작이 생각보다 빨라 짧은 다리의 멧돼지가 달리는 속도를 냈다.

　반옥금은 감히 금구의 앞을 가로막을 생각은 하지 못하고 엉겁결에 금구의 등짝에 내려섰다.

　“던져!”

　그녀가 연천무를 향해 뾰족한 소리를 외쳤다.

　연천무가 쇠사슬의 끝을 있는 힘을 다해 반옥금에게 던졌다.

　그녀는 날아온 쇠사슬의 끝을 향해 손을 뻗었지만 무거운 쇠사슬의 끝은 그녀의 앞에 닿기도 전에 힘을 잃고 아래로 떨어졌다.

　금구는 그녀를 태운 채 정신없이 바다를 향해 달리고 있었다.

“젠장!”

보고 있던 고목자가 공력을 끌어올리더니 신형을 차 올렸다. 거의 동시에 그의 단전에 억눌려 있던 독이 삽시간에 그의 온몸으로 펴져 나갔다.

반옥금은 검을 뽑아 금구의 목을 찔렀다.

카앙!

그러나 금구의 목은 상처를 입기는커녕 거대한 철벽처럼 그녀의 검을 뿌리쳤다.

반옥금이 몸의 균형을 잃고 비틀거릴 때 고목자의 신형이 그녀의 옆에 내려섰다.

고목자가 그녀의 손에서 검을 빼앗더니 금구의 목에 검을 내리찍었다.

“네 목숨을 빼앗지는 않을 것이다!”

푸욱!

그의 공력을 담은 검이 금구의 목을 뚫었다. 그러나 그의 말처럼 검은 그 끝만 걸쳐서 박혀 있었다.

고목자가 금구의 등 위에서 용맹한 장수처럼 외쳤다.

“서둘러라! 피는 한 모금이면 족하다!”

가장 먼저 금구의 목에 달라붙은 건 반옥금이었다. 그녀가 금구의 목에 매달린 채 흘러내리는 피를 빨았다.

금구는 그 와중에도 계속 바다를 향해 그 거대한 몸집을 달리고 있었다.

고목자가 막우와 연천무를 보며 소리쳤다.

“뭣들 하느냐?”

연천무가 막우를 쳐다보았다.

"뭐 하고 있소? 순서대로 해야 할 것 아니오."

"고맙네."

막우가 서둘러 금구에게 달려들자 반옥금은 서둘러 금구의 목에서 떨어졌다. 이어 달리는 금구의 옆으로 연천무가 달라붙더니 금구의 등짝으로 훌쩍 뛰어올랐다. 그곳에 얼굴이 시커멓게 죽은 고목자가 쓰러져 있었다.

"늙은이! 어떻게 된 거야? 얼굴이 왜 이래?"

고목자의 눈이 연천무를 보면서 그의 표정에 안도감이 번졌다.

"네놈이로구나, 네놈이야."

"빌어먹을! 무슨 일이냐니까? 내가 어떻게 해줘야 하는지 말하란 말이야?"

"나, 난… 거, 거북이 피… 가 필요하구나……."

"기다려!"

연천무는 부축한 고목자를 눕히고는 금구의 목으로 달려들었다.

고목자가 혼잣말로 중얼거렸다.

"그래도 놈에게 사람 같은 구석이 남아 있는 건 정말 다행스러운 일이야. 다행스러운 일이고말고."

연천무가 달려들자 막우가 얼른 떨어져 나가며 소리쳤다.

"서둘러야 돼! 노도장은 내가 모시고 있겠다!"

금구는 몸은 벌써 바다로 빠져들고 있었다. 연천무는 금구의 목을 끌어안고 붙든 채 검이 박힌 자리에서 흘러나오는 피를 빨았다. 많은 양이 흘러내리는 것이 아니어서 일부는 그의 목을 타고 넘어들어 갔지만 그는 되도록 많은 양의 피를 입 안에 머금었다. 온몸이 젖어들면서 그의 몸도 금구와 함께 바다로 빠져들었다.

쾨아!

아직도 기세를 누그러뜨리지 않은 파도가 그들의 몸을 떠밀었지만 금구는 파도를 헤치고 바다로 들어갔다.

그사이 막우와 반옥금은 백사장에 고목자를 눕혔다.

고목자의 얼굴은 시커멓게 독에 중독되어 죽어 있었지만 그 표정만큼은 여느 때보다 너그럽고 편해 보였다.

막우의 눈에 눈물이 글썽거렸다.

"노도장, 그냥 가만히 있지 않고 왜 나섰소. 공력을 쓰지 않았다면 이렇게 되지는 않았을 게 아니오."

고목자의 입가에 웃음이 번졌다.

"네가 언제부터 나를 안다고 눈물을 글썽이느냐. 그 또한 나의 명리였을 뿐이다. 내가 그놈의 피를 얻기 위해 이십 년이나 이 빌어먹을 섬에서 갇혀 있었던 게 내 과한 욕심이었듯 누군가에게라도 그놈의 피를 먹게 하고 싶었던 건 내가 이루지 못할 뜻을 다른 자를 통해서라도 이루려는 내 명리였을 뿐이다. 또한 더 이상 살아서 구차하게 삶을 연명하지 않겠다는 것도 내 명예를 지키기 위한 나의 명리지. 이건 모두 나의 선택이었을 뿐이다."

"노도장……."

막우의 눈에 울음이 점점 짙어졌다.

그럴수록 고목자의 얼굴에 드리운 죽음의 그림자도 짙어만 갔다.

"네놈은 살아서 말을 할 기회가 많을 테니 이젠 내 얘기만 하도록 하자……. 시간이 없구나… 시간이……."

"말씀하십시오."

"나의 침상 밑을 뒤지면 지필묵과 함께 한 권의 책자가 있을 것이다……. 명리에 집착한 나의 공부가 그간의 깨달음으로 자그마한 성취를 이루었다면 이루었을 터… 공부의 이름은 귀원심공(歸元心功)이다. 천지간의 음양을 하나로 모으는 방법이 적혀 있지……. 사실은 이것 때문에 너희들을 세상에 남겨놓을 수밖에 없었다……. 하지만 아직도 난 두렵구나. 너희들이 세상에 나가서 어떤 모습으로 살아갈지……."

"……."

"내겐 너희들에 대한 아무런 확신이 없어……."

"……."

"아무런 확신도……."

"……."

꺼져 가는 촛불이 잦아드는가. 그의 음성이 가늘게 그 꼬리를 흘렸다.

막우의 눈에서 눈물이 길게 흘러내렸다.

반옥금은 고개를 돌려 고목자의 죽음을 외면했다.

나하고는 상관없는 일이라고. 죽음은 수도 없이 보아왔고, 그 죽음을 딛고 서면서 마음에 심은 칼날을 세워왔노라고. 그 칼날이 무뎌지는 건 참을 수 없는 일이라고.

그녀는 목옥을 향해 걸음을 옮겼다. 찾아온 기회를 움켜쥐기 위해 주저하지 않았다. 뒤에서 적당한 거리를 유지한 채 따라붙고 있는 금의위들의 움직임이 느껴졌다. 어쩌면 이것이야말로 닥쳐온 위기를 벗어날 수 있는 가장 확실한 방법인지도 몰랐다. 내력을 증진시킨다는 금구의 피를 먹었고 그것을 바탕으로 고목자가 창안한 심공으로 새로운 경지에 접어든다면 얼마나 강해질 수 있는 걸까.

금구의 피 영향인지 온몸이 날아갈 듯 상쾌했다. 단전에서는 뜨거운 기운이 용솟음치는 것이 느껴졌다.

그녀는 걸음을 서둘렀다.

"꿀꺽!"

바다를 헤치고 나온 연천무는 죽은 고목자를 보면서 입 안 한가득 머금고 있던 금구의 피를 삼키고 말았다. 버릴 것도 아니었지만 굳이 삼키려고 했던 것도 아니었다. 눈앞에 놓인 기막힌 현실 앞에 그저 망연히 서 있을 뿐이었다.

'조금만 서둘렀더라면……'

막우가 두 손으로 고목자의 시신을 받쳐 들었다.

"그렇게 자책한 표정을 지을 건 없어. 노도장이 원한 건 금구의 피가 아니라 너였으니까. 그는 네가 금구의 피를 먹을 기회를 놓칠까 봐 네게 그렇게 말했을 뿐이야."

연천무가 두 눈을 껌벅거리며 물었다.

"늙은이가 그랬어? 또 뭐랬는데?"

막우의 대답엔 조금의 망설임도 담겨 있지 않았다. 어떤 거짓말은 결코 나쁜 것이 아니기 때문이었다.

"세상에는 많은 사람들이 이 땅에서 열 손가락 안에 드는 고수가 되고 싶어하지만 거의 대부분이 좌절을 겪는다고 말씀하셨지. 그러면서 우리 중 너만이 그 무한의 벽을 넘어설 수 있는 바탕을 가졌다고……. 물론 내 생각은 다르지만."

연천무가 고개를 흔들었다.

"아니야. 그건 늙은이의 말이 맞을 거야. 늙은이가 틀린 것도 있지만."
　막우가 물었다.
　"틀린 건 뭔데?"
　연천무가 히죽 웃었다.
　"내 목표는 이 땅에서 열 손가락 안에 드는 게 아니라 다섯 손가락
안에 드는 거니까."
　"……."
　막우는 조용히 연천무를 지켜보았다. 그의 눈에 슬픔이 담겨 있는
걸 보고 있었다. 울음보다 더 보는 이의 가슴을 아프게 하는 슬픔이었
다.
　'이상한 놈이다. 사람을 빨아들이는 강한 흡인력을 가지고 있다. 마
치 마력과 같아 벗어나기 힘든 힘이다.'
　막우가 걸음을 옮기며 말했다.
　"목옥으로 가봐. 두령께서 네게 줄 것이 있는 모양이던데."

海賊王

"비켜!"

연천무는 목옥 주위를 둘러싸고 있는 금의위들을 보며 노골적으로 불편한 심기를 드러냈다.

금의위들은 이렇다 할 표정도 없이 길을 비켜주었다. 애초부터 길을 막은 것도 아니었고 단지 연천무가 시비를 걸어왔을 뿐이었지만 그들은 그가 편하게 앞을 지나가도록 몇 걸음 더 물러섰다. 금위어장 이곽의 각별한 당부가 있던 터라 반옥금이 섬을 떠나는 일에만 관여할 수 있었다.

연천무는 그들의 싱거운 반응에 더 이상 시비를 걸지 못하고 목옥으로 향했다.

목옥의 문을 열고 들어선 안에서 그의 눈에 들어온 건 침상에 가부좌를 틀고 앉은 반옥금이었다. 그녀의 앞에는 한 권의 책자가 놓여 있었고 그녀는 삼매경에 빠진 모습이었다. 삼매라는 게 잡념을 떠나서 한 가지에만 몰두하는 경지라지만 그녀는 연천무가 들어온 것조차 모르는 것 같았다.

다가선 연천무가 침상 위에 있는 책자를 손에 들었다.

"귀원심공……."

책자 겉에 쓰여 있는 글을 읽는 그의 표정이 스스로도 대견한 듯 만족감에 물들었다. 불과 몇 개월밖에 배우지 않은 글이지만 귀원심공이라는 네 글자는 모두 그가 아는 글자였다. 그러나 한 장을 넘겼을 때 그의 표정은 곤혹스러움으로 가득했다. 아는 글자가 반이고 모르는 글자가 또한 반이라 뜻을 독해는커녕 독음조차도 되지 않았다.

툭.

그의 손에서 책자가 던져져 삼매경에 빠져 있는 반옥금의 앞에 떨어졌다.

반옥금이 흠칫 놀라며 눈을 뜨고 날카로운 반응을 보였다.

"뭐야?"

연천무는 어깨를 으쓱거렸다.

"미안. 방해할 생각은 아니었어."

반옥금의 표정이 차가웠다.

"벌써 방해했잖아."

"뭐 하는 건데?"

"내공 구결에 따라 기를 운용하고 있는 중이야. 노도장이 우리에게 그가 창안한 내공심법을 남겼어. 너도 보면……."

"별거 아니던데 뭘."

연천무는 퉁명하게 반옥금의 말을 끊어먹었다.

반옥금은 그의 반응에서 그가 곤경에 처해 있는 것을 깨달았다. 그녀는 한심하다는 듯 연천무를 쳐다보았다.

"글을 읽지 못하는 건 부끄러운 일이지만 그건 네가 글을 배우지 못한 탓이야. 더 부끄러운 건 네가 글을 게을리 했다는 거지. 이 비급이 우리에게 들어온 건 엄청난 행운이야. 하지만 네가 글을 읽지 못하고 글귀를 이해하지 못한다면 돼지 목에 걸린 진주 목걸이일 뿐이지."

"그럼 내가 돼지냐?"

그는 발끈해서 소리쳤다.

그녀의 표정이 더 차가워졌다.

"지금의 네 솜씨로는 밖에 있는 황실의 금의위 한두 명 정도밖에는 상대하지 못해. 그들 중 빼어난 실력을 갖춘 자들 몇은 네가 이길 수도 없어. 해적들 따위를 상대하는 것과는 질적으로 달라. 넌 지금 우리가 얼마마한 위험에 직면에 있는지 전혀 이해하지 못하고 있어."

그녀는 책자를 손에 들어 흔들면서 설명을 곁들였다.

"이 책자의 내용은 우리를 위험해서 구해낼 수 있어. 직면한 위험으로부터 우리 스스로 설 수 있게 도와줄 거야. 그렇게 보면 넌 지금 누군가의 도움이 필요한 게 분명하지. 도움을 얻기 위해선 좀 더 예의 바른 태도가 필요하고."

"아, 너의 잔소리는 좀 지나쳐. 그 책에 대한 설명은 막우에게 들으면 돼. 할 얘기는 다 끝난 거지?"

연천무는 서둘러 몸을 돌렸다.

반옥금도 그를 붙들지 않았다.

두 사람 사이에 이상한 공기가 흐르는 것만은 분명했다. 그날 그 일이 있고 난 후로 줄곧.

태도를 분명히 하기 위해 두 사람 사이에 어떤 정리가 필요하다는 것은 알지만 그들 중 어느 누구도 그 금단의 얘기에 대해 꺼내지 못했다. 이대로 그냥 잊혀져서 넘어갈 일이 아니라는 것을 알면서도 어색한 얼굴을 마주할 뿐이었다.

밖으로 나온 연천무의 얼굴에는 울음이 가득했다. 금방이라도 터져버릴 것 같았다.

'왜 전처럼 대해지지 않는 걸까.'

다정스럽고 살갑게 해주고 싶은데 그녀의 얼굴엔 경계의 빛이 뚜렷했다.

그는 아무렇지도 않는데 그녀는 줄곧 공무적인 형식으로만 그를 대했다. 얼굴은 한 겹 얼음이라도 두른 듯 차갑고 내쏘는 말끝에는 핀잔이 섞여 있었다.

'이런 건 아닌데…… 이런 걸 원하는 게 아닌데……'

상황에 대한 그의 불만이 엉뚱한 곳으로 튀었다. 그의 볼멘 외침이 금의위들을 향해 날아갔다.

"너희들이 지금 남녀상열지사를 훔쳐보기라도 하겠다는 거야? 너희들 때문에 도무지 진도가 나가지를 않잖아! 안 꺼져!"

금의위 중 털북숭이 얼굴을 한 대한이 거만하게 말을 받았다.

"우리는 계집을 감시하라는 명을 받았다. 명을 이행하고 있을 뿐이다."

"좀 멀찌감치 떨어져 있어도 되는 일이지! 그건 핑계일 뿐이야!"

"네놈이 숨을 아직 붙이고 있는 것도 명에 따른 결과다. 돌아가는 사정을 이해하면 오히려 감사해야 되는 건 아닌가."

"난 그렇게는 이해가 안 되는데 어쩌지? 한번 붙을까?"

"……."

대한 뇌을목은 평정심을 잃지 않기 위해 입을 다물었다. 상대의 자극에 반응한다면 명에 반하는 결과를 낳을 수도 있기 때문이었다. 그러나 연천무는 시비를 작정하고 걸어왔다.

"너희 놈들 따위가 황실의 금의위라니 개가 다 웃을 일이다. 누구 말마따나 쪽수로 밀어붙이면 나도 어쩔 수 없겠지. 하지만 일 대 일로 한다면 너희들 중 어떤 놈이 날 이길 수 있겠어? 잔뜩 겁을 먹고 꼬리를 마는 얼굴들이라니……."

반옥금의 말이 떠올라 호승심이 일어나기도 한 연천무는 거침없이 금의위들을 자극했다.

뇌을목의 얼굴에도 분기가 일었다. 애써 참으려고 이를 물고 있는데 연천무가 아예 그를 지목하고 떠들어댔다.

"보아하니 네가 이 떨거지들을 지휘하고 있는 모양인데 네가 한판 붙어보는 게 어때? 내 너를 꺾고 이 참에 황궁으로 가서 높은 자리 하나 내달라고 떼를 써볼 판이니까. 너희 같은 것들도 나라의 녹을 먹는데 나라고 못할 것 없잖아?"

금의위들의 시선이 뇌을목의 얼굴에 걸렸다. 아닌 게 아니라 뇌을목이 섬에 남겨진 금의위들의 수장이었다.

뇌을목의 눈빛이 흉험해졌다. 무인에게 자존심을 상처 입는다는 건 죽음과 같은 수치였다.

"네놈이 오늘의 일로 우리 이 무관님께 문제 삼지 않겠다는 걸 약조한다면 기꺼이 한판 붙어주마."

연천무가 흔쾌하게 소리쳤다.

"그야 당연하지!"

이상한 일이었다.

아니, 이상한 현상이었다.

반옥금은 경락을 따라 기를 운용하면서 단전이 불덩이처럼 뜨거워지는 것을 느꼈다. 내공이란 게 오랜 세월을 연공해야 축적되기 마련인데 불과 서너 시진 만에 내력이 형성되고 있는 걸 느꼈다. 그 내력의 단위에 대해서 설명할 만한 마땅한 지식이 없었지만 체내에서 그런 느낌이 감지되는 것 자체가 그녀에겐 일종의 충격이었다.

역시 금구의 피 때문일까? 그렇다면 금구의 피가 얼마만큼 효능이 있다는 걸까? 고목자가 이십여 년의 세월을 기다려 온 기연이라는 것을 감안하면 그 가치는 그녀가 생각하는 것 이상일지도 몰랐다.

아직은 내력을 그저 단전으로 모으는 수준에 불과했다. 그러나 책자의 내용은 모인 내력을 운용하여 실전에 활용하는 방법까지 상세하게 적고 있었다.

지금에서 더 많은 생각을 하는 것은 불필요하다.

그녀는 금구의 피의 효능을 한 방울이라도 더 살리기 위해 점차 무아지경에 빠져들었다. 바깥에서 무슨 일이 일어나는지 알 수도 없고 알려고 하지도 않았다.

점차 그녀의 얼굴에 송골송골 땀방울이 맺혔다. 단전에 모이기 시작한 내력은 뜨거움을 지나쳐 이제 그녀의 뱃속을 송두리째 태워 버릴 것 같았다. 열기가 아니라 불 그 자체처럼 뜨거워 그녀의 온몸을 땀으로 적셨다.

반옥금은 이를 악물었다. 뱃속이 화기에 끓고 뱃가죽이 당장에라도 터져 버릴 것 같았다. 순리적으로 풀어낸 내력이 아니라 외부의 기연으로부터 얻어진 갑작스런 내력에 그녀의 몸은 준비가 되어 있지 않았다.

'뭐, 뭔가 잘못되고 있는 것 같아.'

그녀는 정신이 아득하게 떨어지고 있는 것을 느꼈다. 거대한 불줄기가 단전으로부터 폭발하는 것 같았다. 그 뜨거움이 전신 혈맥을 타고 순식간에 그녀의 온몸으로 번졌다. 단전 아래 발가락 끝까지, 단전 위 손가락 끝과 정수리 위까지 맹렬하게 치달렸다.

그녀는 이를 악물고 버텼다.

'정신을 놓아서는 안 돼…….'

자신에게 다짐하며 혼미한 정신을 붙들었다. 그러나 온몸을 태워 버릴 것 같은 맹렬한 화기는 그녀의 강한 의지마저 허용하지 않았다. 화기가 정수리에 이르자 머리가 그대로 폭발하는 것 같았다. 실체는 멀쩡했지만 그 폭발은 곧 그녀의 의식을 나락으로 떨어뜨리며 그녀의 몸을 무너뜨렸다.

풀썩.

그녀의 몸이 썩은 나무 둥치처럼 한순간에 무너져 침상에 떨어졌다.

그리고 아무 생각도 할 수 없었다.

목옥 앞에는 금의위들과 해적들이 서로 편을 가른 채 대치하고 섰다. 연천무와 뇌을목은 목검을 손에 쥔 채 무리의 앞쪽에 서서 서로를 노리며 천천히 걸음을 움직였다.

막우의 시선은 연천무의 일거수일투족을 예의 주시했다.

금구의 피를 먹은 후 온몸이 날아갈 듯 상쾌했다. 이런 가벼움은 일찍이 느껴보지 못한 것이라 당장 초식을 전개하는 데 도움이 될 것이라 단정할 뿐이었다. 연천무도 같은 상황에 놓여 있을 것이 분명했고, 그 가벼운 몸 상태로 펼치는 초식이 얼마만큼 위력을 발휘할지 못내 궁금했다. 발을 차고 나가면 몸은 벌써 저만치 달려나가 있을 것 같았 다. 그의 몸 또한 이상 현상에 대한 근거를 알고 싶어 근질근질하기 이 를 데 없었다.

연천무는 시종일관 거만한 자세를 견지했다. 어차피 어느 때라도 된 맛을 보기 전에는 거들먹거리던 놈이니 이상할 건 없었다.

"황실의 무예가 오랜 세월 축적된 정통이란 건 알고 있지. 하지만 실전이라면 얘기가 달라지지. 겉만 화려한 무예로는 강호에서 살아남 기 어려워. 반면에 내 싸움은 실전을 바탕으로 되어 있거든."

막우가 웃음을 머금었다. 언젠가 그가 연천무에게 들려줬던 얘기의 일부분이었다.

뇌을목은 일단 싸움에 임하자 조금도 격기를 나타내지 않았다. 그의 변화없는 표정과 잘 정돈된 움직임은 그가 고수라는 걸 상대적으로 입 증했다.

그의 입가에 가벼운 웃음이 번졌다.

"실전이라면 목검 말고 진검으로 할 것 그랬나?"

연천무가 입술을 실룩였다.

"그랬다면 네 목숨을 보장하지 못하지. 물론 이 목검도 훌륭한 살상 도구이기는 하지만."

말이 끝나는 순간 그의 몸이 벼락처럼 땅을 박차고 뇌을목을 향해 날아갔다.

뇌을목은 긴장했다.

'빠르다.'

그는 숨을 한번 멈추면서 발끝을 차고 연천무를 향해 목검을 휘두르며 달려갔다.

두 사람의 몸이 서로를 향해 저돌적인 기세로 달리더니 허공에서 두 개의 목검이 빠르게 충돌했다.

투닥! 탁!

둔탁한 울림이 계속되면서 두 사람의 몸이 어지럽게 뒤엉켰다. 누가 누군지 구분할 수 없을 정도로 빠르게 초식이 전개되면서 그들의 어지러운 발놀림을 따라 땅거죽이 패어 사방에 날아다녔다.

연천무는 반옥금의 말을 떠올리며 분개한 표정으로 목검을 휘둘렀다.

"지금의 네 솜씨로는 밖에 있는 황실의 금의위 한두 명 정도밖에는 상대하지 못해. 그들 중 빼어난 실력을 갖춘 자들 몇은 네가 이길 수도 없어."

해적들 따위와는 질적으로 다르다고도 했다. 그러나 연천무는 승복할 수 없었다.

지금은 많이 달라졌으니까. 예전의 그와는 비교할 수 없다고 자부하는 마당이니까.

"으아아!"

연천무가 큰 소리를 내지르며 맹렬하게 뇌을목을 향해 목검을 어지럽게 날렸다.

뇌을목은 그러나 결코 평정심을 잃는 법이 없었다. 연천무의 기세가 강해지면 그는 수동적으로 수세에 임하며 허점을 파고들었다. 물 흐르듯 자연스러운 검식으로 번번이 연천무의 목검을 튕겨냈고, 그럴 때마다 연천무의 격기는 더욱 폭발했다.

투다다당!

성난 멧돼지처럼 상대를 몰아치는 연천무의 모습이 분명히 일견 돋보이는 것이긴 했다. 누가 봐도 뇌을목이 수세로 몰린 형국이었다. 그러나 바라보는 막우의 견해는 달랐다.

"저 녀석… 여전히 급하군. 그렇게 가르쳐도 저 더러운 성질만큼은 다스리지 못하는군."

연천무와 싸우는 뇌을목은 황실 무관 이곽이 남겨놓은 금의위들 중 상대적으로 강한 자였다. 막우가 지금까지 살펴본 느낌이었고, 실제로도 그가 금의위를 지휘하고 있는 걸 보아왔다. 황실의 무예가 처음부터 녹록한 것일 리 만무한 일이며 그중 최고를 자부하는 금의위 중에서 천거된 자라면 무림에서도 파란을 일으킬 만한 고수일 게 분명했다.

확실히 뇌을목은 강했다. 그러나 그조차 연천무를 상대하면 상대할수록 곤혹스러움을 금치 못했다. 오래 수세를 버틴다는 건 상대가 지치기를 바라는 것인데 연천무의 기세는 이미 백여 초의 공방에 이르도록 좀체도 수그러들 줄 몰랐다. 마치 끊임없이 밀려드는 격랑에 휩싸인 기분이었다.

연천무는 자신이 싸우는 상대가 강호에서 일류고수 이상의 솜씨를 가진 고수라는 건 생각하지 못했다. 격기 때문에 흥분해서 날뛰며 오직 승부에만 매달렸다.

"생각보다 센데? 하지만 쥐새끼처럼 도망치기에 급급해서야 웃음거리밖에 더 되겠어?"

그의 목검이 뇌을목의 가슴을 치고 들어갔다.

뇌을목은 그의 목검을 맞받아치며 한껏 옆으로 몸을 틀었다. 그의

몸이 땅으로 누여지는 것 같더니 그의 발이 어느새 올라와 연천무의
얼굴을 가격해 들었다.

퉁!

연천무의 신형이 빠르게 뒤로 튕겨지고, 뇌을목이 어느새 신형을 꼿
꼿이 세우더니 연천무의 앞으로 날아들었다. 수세를 공세로 전환하는
그의 동작이 전광석화와 같아 보는 이의 탄성을 자아내게 만들었다.

"그 시끄러운 주둥아리부터 닫게 해주마!"

뇌을목이 일단 공세에 임하자 그 기세는 가히 폭풍과 같았다. 한번
가까이 다가든 그의 움직임은 결코 연천무가 거리를 두도록 허용하지
않았다.

연천무의 얼굴에 당혹한 빛이 드러났다.

슉!

뇌을목의 목검이 그의 어깨를 가볍게 스치면서 날았다. 동시에 뇌을
목의 몸이 허공으로 뛰어오르더니 그의 정수리를 향해 목검을 내려쳤
다. 그대로라면 연천무의 머리통이 수박처럼 깨져 허연 뇌수와 붉은
피를 사방에 터뜨릴 판이었다.

빠악!

있는 힘을 다해 내려친 목검의 일격이 뭔가에 가로막히며 둔탁한 소
리를 울렸다.

연천무가 목검을 들어 뇌을목의 목검을 올려 막은 채 하얗게 웃고
있었다.

"헤헤, 이곽과 같은 공격이로군. 처음이면 틀림없이 당했을 거야.
내가 인정하지."

퉁!

뇌을목은 빠르게 목검의 반탄력을 이용해 신형을 뒤로 팅겼다. 그의 얼굴에 분기가 피어올랐다.

이때 막우가 두 사람 사이로 걸어왔다.

"그만들 하는 게 좋겠다. 비무를 지나쳐 살상을 할 의도를 품었다면 이쯤에서 싸움을 멈추는 게 좋겠어."

연천무가 발끈했다.

"뭔 소리야, 난 이제부터 시작인데? 겨우 놈의 어줍잖은 수작을 파악했는데 그만두라니! 다 이긴 싸움에 재를 뿌리겠다는 거야?"

막우가 그의 앞을 가로막고 서서 조용히 귀엣말을 넣었다.

"네가 이긴 게 맞아. 하지만 지금 더 싸우게 되면 필경 한쪽은 크게 다치게 될 텐데 금의위들이 흥분해서 한꺼번에 날뛰면 어쩌려고? 좀 약게 굴어. 우린 좀 더 시간이 필요하단 말이야."

연천무가 멀뚱하게 막우를 쳐다봤다.

"그, 그건 그렇지?"

"그럼. 네가 이긴 걸 내가 인정하잖아."

막우가 연천무의 어깨를 다독거렸다.

연천무가 흐뭇한 표정으로 목검을 쥔 손을 내리며 당당하게 소리쳤다.

"그냥 무승부로 하자! 뭐 반드시 이겨야 하는 건 아니지 않겠어?"

"……."

뇌을목은 숨을 죽였다. 심정대로라면 끝장을 봐야겠지만 일이 잘못되면 추상과 같은 이곽의 질타를 감당할 수 없을 것이다. 그는 조용히 목검을 잡은 손을 늘어뜨렸다.

금의위들은 연천무가 뇌을목과 동등한 싸움을 벌인 사실에 적지 않게 놀란 표정이었다.

연천무는 자신을 바라보는 그들의 표정을 보며 득의한 웃음을 참지 못했다.

"자식들, 꽤나 놀란 표정이네?"

막우가 어이가 없는지 헛바람을 내며 웃었다. 연천무의 단순함을 모르는 바는 아니었지만 작은 칭찬 한마디에 격기를 순식간에 접어버리는 태도가 쉽게 이해가 가지 않았다.

거들먹거리며 걸어가는 연천무의 등짝에 그의 나직한 음성이 매달려갔다.

"하여튼 연구 대상이라니까. 순진한 건지 무식한 건지 알 수가 없네."

연천무가 걸어가며 떠들었다.

"같은 거야 같은 거. 순진하니까 무식하고 무식하니까 순진한 거지. 내가 무식하다는 데에는 내 자신도 토를 달 생각이 없으니까 마음대로 지껄이라고."

막우가 입이 찢어질 듯 웃으며 중얼거렸다.

"무식도 자랑입네 떠들어대는 건 네놈밖에 없을 거다."

인체의 기가 다니는 길을 경락(經絡)이라 하고 경락은 경맥과 낙맥으로 나뉜다. 십이경맥(十二經脈)은 경락의 주체이고 기경팔맥(奇經八脈)은 경락 사이에서 조절 작용을 한다. 십이경맥은 강하(江河)와 같고 기경팔맥은 호택(湖澤)과 같아… 기경팔맥에는 독맥(督脈), 임맥(任脈)…….

책자를 훑어 내려가는 막우의 눈은 놀람으로 가득했다. 책자에는 내공 구결만 적혀 있는 것이 아니라 의술을 펼쳐 놓은 것처럼 논리적인 해석과 설명이 곁들여 있었다. 기경팔맥의 흐름이 인체에 미치는 영향을 상세하게 이해가 쉽도록 설명하고 있었으며 그 흐름에 따라 내공을 얻고 인체의 흐름에 가장 방해가 되는 어혈(瘀血), 즉 살 속에 맺힌 죽은 피를 푸는 게 왜 중요한 것인지에 대한 원리적인 논거가 들어 있었다.

대개의 무공 비급들은 기본적인 설명을 버려둔 채 중요한 인지만을 기록하여 두고 있지만 고목자가 남긴 귀원심공은 상세한 해석을 곁들였다. 이는 처음부터 비급을 얻은 사람으로 하여금 별도의 가르침 없이 홀로 익힐 수 있도록 한 배려라는 것을 미루어 짐작하게끔 했다. 그것은 사문을 버린 자가 제자를 거둠으로써 사문을 두 번 배신하고 싶지 않은 간곡한 뜻이 담겨 있다는 것을 막우도 반옥금에게 남긴 고목자의 말을 듣고서야 이해가 된 점이었다.

해가 떨어지면서 읽기 시작한 책자는 미명이 터오는 새벽이 되어서야 덮을 수 있었다.

창살을 비집고 들어온 미명이 그제야 눈에 들어온 막우였다. 청명한 아침 공기가 폐부 깊숙이 들어왔다. 어느 때와 같은 새벽, 어느 때와 같은 공기였지만 오늘따라 느낌이 달랐다.

반옥금은 내공 구결을 멋모르고 운용하다 자칫하면 주화입마에 빠질 뻔했다고 고했다. 그에게 그런 사실을 남기는 건 연천무에게도 전해달라는 속내가 있음을 어찌 모르랴.

막우는 차가운 새벽 공기를 맞으며 밖으로 나섰다.

새로운 경지를 접한다는 경이감으로 온몸이 뜨거운 열기에 휩싸여 있었다.

크게 호흡하여 폐부 깊숙이까지 새벽 공기를 삼키며 그는 다가올 미래에 대한 경이로운 환상을 꿈꿨다.

그때 그의 눈에 줄달음치고 있는 한 사람의 모습이 들어왔다.

"저 녀석, 언제나 씩씩하군."

연천무였다.

언제나 그랬고 새삼스러운 일도 결코 아니었지만 새벽의 미명을 달리는 연천무의 모습이 신선하기 이를 데 없었다. 그러다 문득 떠오르는 생각에 그는 눈살을 찌푸렸다.

"그런데 저 녀석… 정말 아무렇지도 않은 걸까?"

그날의 일에 대해 얘기를 꺼내지 않는 건 막우도 마찬가지였다. 그날 이후 가장 많이 달라진 건 반옥금이었다. 그녀는 귀원심공을 익힌다는 핑계 아래 아예 집 안에 틀어박혀 웬만해선 밖으로 나오지도 않았다. 금의위와의 충돌이 불가피한 상황이라 무공을 정진하는 데 진력하는 그녀의 모습은 칭찬받을 만하지만 딱히 이유가 그 하나뿐은 아닌 것 같았다. 그녀가 무슨 생각을 하는지는 알 수 없었지만 그날의 일을 함께 기억하고 있는 연천무와 자신을 만나는 걸 꺼려하는 것만은 분명했다.

막우는 길게 한숨을 내쉬었다.

닥쳐 있는 위험보다 연천무와 반옥금의 관계가 더 염려스러웠다. 한 집에 기거했던 두 사람은 그날 이후 반옥금의 명에 따라 연천무가 죽은 상관호의 거처로 옮김으로써 소원해진 상태였다.

막우가 거처로 들어가 비급을 들고 나오더니 연천무의 거처로 걸음을 옮겼다.

오늘부터 연천무에게 귀원심공을 가르칠 작정이었다.

반옥금은 깊은 숙면에서 깨어났다.

귀원심공을 익히게 되면서 깊은 잠을 자게 된 건 또 하나의 현상이었다. 가끔씩 가위에 눌려 잠을 깨기도 하고, 그것이 아니더라도 늘 긴장한 상태에서 잠을 자는 오랜 습관이 있었는데 정말 신기한 일이었다. 그렇다고 주위의 기척을 모를 만치 까부라지는 건 결코 아니었다. 경각심은 경각심대로 존재했지만 뜻밖에 엉뚱하게 잠에서 깨어나지는 않았다.

창문 틈새로 새어드는 빛을 보며 그녀가 창가로 걸어갔다.

이때 그녀의 귀로 가느다란 소리가 흘러들었다.

"지금쯤 놈을 눅신하게 때려눕히고 있겠지?"

"일곱 명이나 올라갔는데 제 놈 혼자서 별수있겠어? 그런 놈은 호되게 다루지 않으면 안 돼."

"낄낄… 여차하면 죽여서 묻어버리면 그만이지."

밖에서 그녀를 지키고 있는 금의위들의 속삭임이었다. 여느 때 같으면 들리지 않았을 작은 속삭임이었고 귀원심공을 익히면서 새로운 경지에 접어든 것이었지만 그녀 자신은 그것까지는 헤아리지 못했다.

"이게 무슨 말이야? 그럼 놈들이 무를……?"

그녀의 얼굴이 당장 격기에 휘말렸다.

연천무와 남겨진 금의위의 수좌가 비무를 나누었다는 얘기를 막우에게 들은 터였다.

그녀는 서둘러 옷을 걸치고 검을 들었다.

꽝!

그녀의 신형이 문짝을 차고 나가더니 집 주위를 가로막고 있는 금의위들을 향해 맹렬하게 달려갔다. 놀란 금의위들이 아연실색하며 병장기를 뽑아 들었다.

"계집이 도망친다!"

"막아!"

파악!

그러나 그들의 앞에 이르던 반옥금의 몸은 땅을 차고 오르더니 순식간에 그들의 머리를 넘어갔다. 그녀의 신형이 산으로 치달리자 금의위들은 소리를 지르며 그녀를 쫓아갔다.

"쫓아라!"

"모두 깨워! 비상이다!"

반옥금의 모습은 누가 보아도 포위망을 뚫고 도망친 행위였다. 그녀가 산으로 올라가는 의도에 대해서 아무도 짐작하지 못했다. 쫓아가는 금의위조차도.

조용하던 섬이 갑자기 소란스러워졌다. 미명을 깨뜨리는 외침이 적막한 섬을 뒤흔들어 모든 살아 있는 생물의 잠을 깨웠다.

막 연천무의 거처로 들어가던 막우는 갑자기 정적을 뒤흔든 외침에 황급히 몸을 돌렸다. 멀리 도망치는 반옥금의 모습과 그녀를 쫓는 금의위들의 모습이 눈에 들어왔다.

그의 머리가 불안감에 휘말렸다.

그들의 무리 중에서 금의위와 감히 맞설 수 있는 실력을 가진 자는 단 세 명뿐이었다. 워낙 실력 차이가 커서 반옥금과 막우, 연천무를 제외한 다른 자들은 상대가 되지 않았다. 셋이서 자그마치 오십이나 되는 금의위를 상대한다는 건 필사의 각오로만 될 일이 아니었다.

막우의 육중한 몸이 땅을 박차고 달려갔다.

“빌어먹을!”

연천무는 잔뜩 긴장한 눈으로 다가오는 뇌을목과 다른 여섯 금의위를 쳐다보고 있었다.

‘일곱······.’

그는 분개한 듯 이를 부득 갈았다.

“날 기다린 거냐?”

뇌을목이 입이 쭉 찢어졌다.

“내가 왜 기다렸다고 생각하느냐?”

파라락! 파락!

산정의 바람이 그들의 옷자락을 사납게 할퀴어댔다.

연천무의 눈썹이 꿈틀거리면서 그의 눈가를 찢어놓은 상처가 살아 있는 벌레처럼 따라 움직였다.

“무리를 끌고 나타난 건 네놈 스스로 날 이기지 못한다는 것을 자인하는 거냐?”

뇌을목이 빙그레 웃었다.

“그럴 수도 있지. 하지만 오늘 이후로 네놈이 날 이길 수 있다는 생각은 하지 못하게 될 거다. 왜냐고?”

“······.”

“넌 위험한 놈이니까 그냥 둬서는 안 되겠거든. 두 팔을 못 쓰게 해 줄 작정이지.”

연천무의 얼굴에 분기가 피어올랐다.

“겨우 일곱 명으로? 너무 적은 거 아니야?”

“허장성세로 판을 뒤집을 수 있다면 얼마나 좋겠냐? 우린 서로 밑천은 다 드러낸 사이가 아니었던가."

"……."

상황이 몰리자 말도 몰렀다. 상대의 비겁함을 탓하기 전에 자신의 부주의함을 먼저 탓해야 했다. 포구의 왈짜들이었다면 상대하는 방법을 달리했을 것이다. 황실의 금의위이기 때문에 스스로의 명예를 더럽히는 일은 하지 않을 것이라 지레짐작한 게 잘못이었다.

금의위들이 점점 거리를 좁히며 다가들었다.

그는 칼을 뽑아 들면서 생각했다.

주위에 나무며 바위며 방해물이 있는 게 그나마 다행이었다. 산에 익숙해진 그의 걸음과 주위 사물을 이용해 싸우는 수밖에 없었다.

"젠장, 난 또 황실 금의위라서 그런 놈들은 좀 다른가 했지. 배운 놈들이 지들 대가리만 믿고 더 협잡을 떤다더니."

금의위들이 다소 흥분한 빛을 띠었다. 부끄러운 짓을 저지르면서 어찌 부끄럽지 않으랴.

"네놈같이 흉악무도한 놈을 처치하는 데 무슨 정도가 있겠느냐?"

"아무래도 오늘 이곳에 네놈 무덤을 파야겠다!"

금의위 두 명이 소리를 벽력처럼 지르며 달려들었다.

연천무가 칼로 그들의 검을 막으면서 뒷걸음질쳤다. 그의 신형이 미리 살펴두었던 나무 뒤로 재빨리 돌아갔다. 금의위의 검이 나무 둥치를 치면서 나무에 박혔다. 그 순간을 놓치지 않고 연천무의 칼이 그의 목을 꿰뚫었다.

"으악!"

목에서 피를 철철 흘리며 금의위가 비명을 질렀다.

흥분한 금의위들이 일제히 움직여 연천무를 공격했다.

카앙! 캉!

연천무는 바위를 옮겨 다니면서 금의위들의 공격을 피했다. 하지만 그 못지않은 빠른 몸놀림을 가진 금의위들이 앞서거니 뒷서거니 하면서 번갈아 그의 앞을 가로막았다. 그들의 움직임이 흡사 여섯 마리 새가 뒤엉켜 모이를 쫓아 날아다니는 것 같았다.

일 다경이 채 흐르기도 전에 연천무는 숨이 거칠어졌다. 호흡을 물 틈을 주지 않고 몰아붙이는 금의위의 파상적인 공세에 그의 지칠 줄 모르는 체력도 한계를 느꼈다. 도무지 정신을 차릴 겨를이 없는 속공이 계속되었다.

카앙! 캉!

"네놈이 금의위와 싸움을 벌이고도 살기를 바라느냐?"

"오늘 네놈의 죽음은 결정되었다!"

여유가 있는 금의위들이 소리를 질러대면서 그를 윽박질렀지만 그는 대답하기는커녕 숨을 쉴 여유도 없는 형국이라 땀을 뻘뻘 흘릴 뿐이었다.

벌써 그의 온몸이 소나기를 맞은 듯 온통 땀에 젖어 있었다.

또한 뇌을목이 집요하게 연천무에게 달라붙었다. 그는 자신을 포함한 금의위 여섯을 상대로 일 다경을 넘게 버티는 연천무를 보면서 마음에 두려움이 깃든 상태였다.

'오늘 반드시 없애지 않는다면 후환이 두려운 놈이다.'

"놈은 지쳤다! 절대로 도망치게 두어서는 안 된다! 퇴로를 철저히 차단해라!"

오랜 훈련을 받은 금의위들이라 굳이 설명하거나 명령하지 않아도 이미 절도있게 움직여 연천무의 퇴로는 완벽하게 차단되고 있었다.

턱!

연천무의 뒷걸음치던 발이 바위에 걸리며 그의 몸이 균형을 잃고 뒤로 넘어갔다.

"엇!"

기회를 놓치지 않고 뇌을목의 검이 연천무의 목을 향해 쑤셔 들어왔다. 연천무가 금의위 하나의 목을 칼로 꿰뚫은 것처럼.

절체절명의 순간이었다. 연천무의 균형을 잃은 몸이 뇌을목의 작정한 일격을 피할 여지는 없어 보였다. 그러기에 너무 늦었다는 것을 누구보다 연천무 자신이 자각했다.

'죽었구나. 이제 좀 꽃을 피워보려고 했더니……. 이대로 죽기에는 너무 억울한데…….'

수유(須臾) 같은 짧은 순간 그의 머리 속에는 주마등처럼 많은 생각이 스쳐 갔다.

그는 탄식과 함께 눈을 감았다.

이때 어디선가 빠르게 날아든 날카로운 무언가가 뇌을목의 검을 불꽃을 일으키며 쳐냈다.

카앙!

연천무는 소리와 함께 눈을 떴다.

그의 얼굴 앞에서 뇌을목의 검을 쳐낸 반옥금이 얼음장 같은 냉기를 풀풀 날리며 소리치고 있었다.

"뭐 하고 있어, 어서 돕지 않고!"

금의위들은 벼락처럼 나타난 반옥금을 향해 거의 반사적으로 달려들고 있었다.

그녀는 함부로 맞서지 않고 위치를 옮기면서 금의위들의 공격을 막았다.

연천무는 순간적으로 퇴로가 열린 것을 발견했다. 그는 반옥금을 도와 금의위들의 공격을 막으며 퇴로를 확보했다.

"금, 날 따라와!"

그는 외치며 앞을 가로막은 뇌을목을 향해 맹수처럼 사납게 달려들며 칼을 휘둘렀다.

카앙! 캉!

뇌을목은 물러서지 않고 수세로 전환하면서 소리를 질렀다.

"막아라! 놓치지 말라!"

산 아래에서부터 반옥금을 추적해 온 금의위들이 벌써 소리를 지르며 달려들고 있었고, 그들의 머리 위를 넘어오는 장대한 인영의 모습이 돋보였다.

"퇴로는 내가 열겠다!"

누가 누군지 미처 파악하지 못한 상황에서 가장 먼저 장내에 달려든 건 막우였다. 그는 연천무와 맞선 뇌을목에게 달려들었고, 위기를 느낀 뇌을목은 성급하게 신형을 뒤로 뺐다. 예상했던 행동이었고 노림수였다. 그와 동시에 연천무와 막우는 반옥금과 싸우는 금의위들에게 노호를 터뜨리며 벽력처럼 달려갔다.

"비켜라!"

"두령님, 길을 여십시오!"

카앙! 캉!

그들의 공격에 금의위들이 주춤하는 모습이자 그 순간에 그들의 신형은 확보한 퇴로를 통해 산을 넘으며 도망쳤다. 금의위들이 곧장 추적에 들어갔지만 섬의 사정에 정통한 세 사람을 쫓는 건 쉽지 않았다.

뇌을목이 분통한 외침으로 명령을 내렸다.

"포위망을 넓혀라! 놈들을 한쪽으로 몬다!"

오십여 명에 가까운 금의위들이 단 세 사람을 모는 일은 그리 어려워 보이지 않았다. 당장은 도망쳤다고 하지만 좁은 섬이었다.

뇌을목은 차라리 잘된 일이라고 생각했다. 감시하는 것보다는 붙들어 잡고 있는 편이 훨씬 수월했다.

"명심해라! 계집만큼은 사로잡아야 한다! 다른 두 놈은 죽여도 좋다!"

어느새 섬엔 땅거미가 눕고 있었다.

토끼 몰이를 하는 듯한 사냥은 아침 일찍 시작되었지만 금의위는 오히려 두 명이 죽고 세 명이 크게 다쳤을 뿐이다.

섬은 뇌을목이 생각한 것보다 훨씬 넓었고 보다 문제가 된 건 반옥금 등의 무예가 그 하나하나로 따지면 금의위 중 가장 강하다는 뇌을목의 경지를 넘어선 것이었다. 맞서 싸우지 않고 도망쳐만 다니자 애써 포위망을 좁혀도 번번이 빠져나가 버렸다.

금의위들이 주위를 훑어 반옥금 등을 쫓는 움직임이 점점 둔해졌다. 산엔 이미 어둠이 깃들어 가까이 있는 사물에 대한 분별력조차 떨어진 때문이었다.

뇌을목은 점점 속이 탔다.

"요런 쥐새끼 같은 연놈들이!"

금의위 하나가 그의 곁으로 다가왔다.

"내일 아침 일찍 수색하는 게 좋겠습니다. 암행은 지형지물에 밝은 놈들에게 유리합니다."

“…….”

뇌을목은 분기를 가라앉히고 차분하게 생각에 잠겼다. 결정을 내리는 데까지는 그리 오래 걸리지 않았다.

“할 수 없지. 놈들이 야음을 틈타 배를 빼돌려 바다로 나갈 수도 있으니까.”

그는 금의위들에게 하산을 명령했다.

“내려간다!”

하루 종일 산을 달린 금의위들의 얼굴에 기쁜 표정이 가득했다. 일시에 피로가 몰려들었고 몸은 파김치와 같았다.

“으악!”

내려오던 일행 속에서 갑자기 단말마의 비명이 터졌다.

피를 날리며 썩은 고목처럼 무너지는 금의위의 뒤에 검은 그림자가 우뚝 서 있었다.

“가긴 어딜 가겠다는 거야? 일단 시작했으면 끝을 봐야지, 안 그래?”

연천무가 어둠 속에 우뚝 서서 비웃었다.

뇌을목의 신형이 그를 향해 검을 휘저으며 달려들었다.

“이놈!”

그러나 연천무는 그가 상대할 틈도 주지 않고 몸을 돌려 어둠 속으로 뛰어들었다.

뇌을목이 분통을 터뜨렸다.

“이런 우라질!”

그의 말이 채 목구멍에서 사라지기도 전에 이번에는 왼쪽의 어둠 속에서 순식간에 튀어나온 그림자가 금의위 두 명을 덮쳤다.

“으악!”

“커억!”

반옥금도 금의위 두 명의 목숨을 빼앗고는 황급히 어둠 속으로 몸을 숨겼다.

뇌을목 등의 얼굴에 낭패한 기색이 가득했다.

“이것들이 정말······.”

어둠 속에서 점잖은 막우의 음성이 들렸다.

“도포꾼 열 명이 도적 하나를 잡지 못한다지? 네놈들의 비겁한 수작이 화를 자초했다. 네놈들의 목숨은 오늘 밤을 넘기지 못할 것이다.”

“건방진 놈!”

뇌을목은 눈이 뒤집힐 지경이었다.

반옥금 등이 다시 어둠 속에서 튀어나왔다. 각기 다른 세 방향에서 먹이를 노리는 야조(夜鳥)처럼 금의위들을 덮쳐 왔다.

금의위들은 이미 거리를 두지 않고 모여 있었다. 경계를 게을리 하지 않던 그들이라 반옥금 등과 금세 접전이 벌어졌다.

카앙! 캉!

“으악!”

반옥금의 검이 또다시 금의위 한 명의 목을 날렸다. 그녀의 빠르고 날카로운 공격이 먹혀들었다. 금의위들이 그녀를 에워싸려 하자 그녀는 또다시 어둠 속으로 몸을 숨겼다. 연천무와 막우도 어느새 도망쳤다.

사태의 심각성을 깨달은 금의위들의 얼굴에 공포가 드리워졌다. 그들이 그나마 우왕좌왕하지 않고 일사불란하게 움직이고 있는 건 고도의 훈련을 거친 때문이었다.

뇌을목이 이를 부드득 갈았다.

“모두 거리를 두지 않고 붙는다! 학위세(鶴威勢)를 유지하고 산을 내려간다! 알아들었느냐?”

“예!”

금의위들이 우렁차게 대답하며 뇌을목을 중심으로 촘촘히 몰려들어 원을 그렸다. 경계를 게을리 하지 않는 학의 무리가 사방을 감시하는 진세를 구축해 한 걸음 걷고는 멈춰 서고 다시 한 걸음 내디디며 천천히 산을 내려가기 시작했다.

바람이 마른 나뭇가지를 흔들어댔다.

이미 어두워진 밤을 움직이는 그들의 모습은 굼벵이와 같았지만 기습을 막는 데는 더할 수 없이 적절해 보였다.

그렇게 금의위가 산을 내려간 것은 자정이 다된 시작이었다.

그들이 마을에 이르렀을 때 마을은 사람이 하나도 살지 않는 텅 빈 폐허로 보일 만치 인기척을 느낄 수 없었다. 불빛은 모두 꺼져 있고 아이들의 웃음이나 울음도 전혀 들리지 않았다. 자정이 넘어 모두가 잠든 때문이 아니라는 건 구태여 상황을 설명하지 않아도 짐작이 가는 일이었다.

금의위들은 긴장한 표정으로 마을로 들어섰다.

그들은 이미 곳곳에 숨어 있는 해적들의 움직임을 간파하고 있었으며 이에 긴장했지만 결코 두려워하는 빛은 보이지 않았다. 지금까지 겪은 경험을 토대로 할 때 숨어 있는 자들의 존재가 그들에게 큰 위협이 되지 않는다는 걸 알고 있었다.

마을의 중앙에 이르렀을 때 뇌을목이 걸음을 멈추며 다른 금의위들에게 조용히 말했다.

“감정적으로 대응하지 마라. 쉽게 제압할 수 있는 상대들이니 피를 보는 일은 삼가라."

그의 음성은 숨어 있는 자들에게도 들렸다.

"으아아아!"

사방에서 숨어 있던 자들이 칼과 검, 도끼와 창, 심지어는 곡괭이와 낫을 들고 달려왔다. 아이들은 보이지 않았지만 그중엔 허리가 굽은 노인의 모습도 보였다.

독안귀 여벽초가 앞장선 채 목발에 몸을 의지해 금의위의 앞에 선 뇌을목을 향해 열심히 뛰어오고 있었다. 그의 한 손에 들린 검의 서슬보다 그의 하나밖에 없는 눈이 뿜어내는 서슬이 더욱 시퍼랬다. 그러나 그가 휘두른 검초는 너무도 무력했다.

캉!

뇌을목은 선 자세 그대로 가볍게 수중의 검을 올려 여벽초가 내려친 검을 막았다. 여벽초의 검이 그의 손에서 벗어나 하늘 높이 날아올랐다.

금의위들은 달려든 해적과 양민들을 순식간에 제압했고 그 대부분이 바닥에 쓰러져 고통스런 신음을 흘리며 나뒹굴었다.

뇌을목은 여벽초의 목에 검을 들이댔다.

여벽초의 눈은 여전히 흉광을 뿜어냈다.

"네놈들이 우리를 다 죽일 것이면 그리 해라! 우린 죽음이 두렵지 않다!"

뇌을목이 고개를 흔들었다.

"우리가 필요한 건 그 세 연놈의 목숨일 뿐이다. 우리에 대한 경계는 우리에 대한 오해에서 비롯된 것이다."

여벽초의 얼굴에 환한 웃음이 떠올랐다.

"그렇구나! 그분들은 아직도 살아 계시는구나! 그러면 그렇지!"

그는 고개를 돌려 동료들을 향해 소리쳤다.

"여러분, 이자의 말을 들었습니까? 우리들의 두령들은 아직도 건재하시오!"

"와아!"

해적들과 양민들이 일제히 환호성을 터뜨렸다.

뇌을목의 입술이 벌레라도 씹은 듯 일그러졌다. 그의 검이 여벽초의 목을 파고들었다. 칼날을 타고 검붉은 피가 흘러나왔다.

"너희들의 두령 따위가 그렇게 대단한가? 쥐새끼처럼 도망가는 데에는 일가견이 있더군."

"그래서 오십 명이 넘는 금의위가 단 세 사람을 못 잡았단 거냐? 쥐새끼도 못 잡는 금의위들이 더 꼴불견이군! 우리 두령들이 네놈들을 다 죽이고 우리들을 해방시킬 거다! 우리는 믿는다!"

뇌을목의 입가에 조소가 피어올랐다.

"너희들이 그들을 믿는 만큼 그들도 너희들을 믿는지 모르겠군. 정말 그럴까?"

"자, 이로써 하룻밤은 벌었다. 놈들의 간담을 서늘하게 해놓았으니 날이 새기 전까지는 함부로 움직이지 못하겠지."

내려가는 금의위들의 뒷모습을 바라보며 반옥금이 말과 함께 막우에게 시선을 던졌다.

막우가 고개를 끄덕였다.

연천무가 곤혹한 표정을 하고 끼어들었다.

"뭐야? 무슨 암호를 주고받는 건데? 난 알면 안 되는 건가?"

막우가 짐짓 엄한 표정을 하고 연천무를 쳐다보았다.

"우리에겐 시간이 많지 않아. 그리고 지금 하고자 하는 일은 너무나 중요해."

"대체 무슨 뚱딴지 같은 소리인지 모르겠네?"

연천무가 두 사람의 얼굴을 번갈아 살폈다.

반옥금은 몸을 돌려 아예 그의 시선을 외면했다.

막우가 연천무의 어깨를 짚었다.

"지금부터 넌 노도장이 남긴 귀원심공을 배우게 될 거다. 하룻밤 사이에 네게 얼마만한 공력이 생길지는 알 수 없지만 우리에게 생긴 변화 이상의 변화가 네게 생기리란 건 자명해."

"하룻밤 사이에 뭐가 달라진다는 거야? 공연히 사람 이상하게 만드네?"

"그렇지 않아. 두령과 나도 분명히 몸의 변화를 느꼈어. 단전에 내력이 모이기 시작했다고. 내력이라는 게 그렇게 쉽게 얻어지는 게 아니라는 상식에 비추어보면 이건 금구의 피 때문에 얻어진 기연이겠지. 넌 우리와는 다르게 임독양맥이 타통되어 있다니까 분명히 우리와는 다른 뭔가가 있을 거야. 네 체내에 잠재된 크고 거센 기운들이야말로 우리를 이 위기로부터 구해낼 수 있을지 몰라. 지금부터 그 기운들을 하나로 결집시킬 수 있는 공부를 하는 거야."

"늙은이가 남긴 비급의 심공이 그렇게 대단하단 말이야?"

"지금부터 나를 따라해."

막우는 바닥에 가부좌를 틀고 앉았다.

연천무도 가부좌를 틀고 자리를 잡았다.

반옥금이 몸을 돌려 어디론가 걸음을 옮겼다.

연천무가 고개를 돌려 그녀를 쳐다보았지만 그의 동작은 막우의 음성에 제지당했다.

"귀원심공의 시작은 호흡을 통해 단전에 기를 불어넣는 것에 시작한다. 단전은 배꼽 한 치 아래를 말하며 모든 혈의 중심으로 맥을 통제한다."

배움이 턱없이 부족한 연천무에게 구결을 설명하는 것은 쉬운 일이 아니었다. 어쩌면 반옥금이 막우를 통해 연천무에게 귀원심공이 전해지도록 한 것도 그녀 자신이 충분한 설명을 할 수 없을 걸 염려한 때문인지도 몰랐다.

구결이 전수되면서 연천무는 천천히 몰아지경에 빠져들었다. 사상오행의 기묘한 정리를 따라 천지간의 음과 양의 기운을 끌어들여 단전에 끌어들였다. 처음 아무렇지도 않던 단전에서 변화가 느껴진 건 열기였다. 뭔가가 그 안에서 들끓어 충돌하고 얽히고설키며 열을 일으키고 불을 만들어냈다. 음과 양의 기운이 하나로 모이는 과정이고 급기야 귀원(歸元), 본래의 하나로 합일하고 그 뜨거운 기운이 다시 그의 전신 혈맥을 타고 머리 끝과 발끝까지를 때로는 부드럽게, 때로는 격렬하게 흘렀다.

바라보는 막우의 눈빛이 순간 빛났다.

"저건 뭐지?"

막 연천무의 코에서 두 줄기의 콧김이 연기처럼 피어오르고 있었다. 아니, 콧김이 아니었다. 콧김이라면 바람에 날리는 게 마땅한데 연기 같은 그것은 부는 바람에도 흐트러지지 않고 호흡을 따라 출입을 왕복했다. 더불어 그의 온몸에 은은한 서기가 감싸기 시작했다. 마치 스스로가 발광체인 것처럼 연천무의 몸이 빛을 내기 시작한 것이었다.

"저, 저럴 수가……?"

막우의 두 눈이 휘둥그레졌다. 사람의 몸에서 일어나는 현상이라고는 믿어지지 않는 일이 벌어지고 있었다.

그 자신이 운기행공했을 때도 같은 현상이었을까?

그는 고개를 흔들었다. 그렇게 믿기에는 그 자신의 공부가 미미한 것을 기억했다. 온몸에 힘이 충만하고 몸짓이 믿을 수 없을 정도로 가벼워진 것은 분명했지만 아직 내력이라 할 만하기에는 충분치 않은 기운이었다.

"저 녀석… 마침내 우리 모두를 능가하는 고수가 되려 하는구나. 노도장이 강호에 내보내기를 두려워한 건 두령이나 내가 아닐 것이다. 바로 저 녀석의 얘기였어."

임독양맥이 타통되었다는 게 어떤 경지를 뜻하는지 막우는 이해하지 못했다. 그러나 막연히 그 경지가 자신으로선 감히 오를 수 없는 지고한 경지임을 미루어 짐작했다. 불우했던 어린 날의 상처와 한을 한꺼번에 보상받듯 허물을 벗고 날아오르는 나비처럼 그렇게 탈태환골(奪胎換骨)은 진행되고 있었다.

얼마의 시간이 필요한 걸까.

몰아지경에 돌입한 연천무의 모습은 장엄하기까지 했다.

이때 마을 쪽으로부터 쩌렁쩌렁 뇌을목의 고성이 들려왔다.

"반옥금, 막우, 연천무, 내 말을 들어라! 너희들이 나오지 않는다면 이자들을 차례차례 죽이겠다! 너희들이 가까이 있는 걸 안다!"

막우가 벌떡 신형을 일으켰다.

"이런 미친놈이……."

연천무는 아무것도 들리지 않는 듯 가부좌를 튼 자세로 미동도 없었다. 급기야 말 그대로 몰아지경이 되어 그 자체가 하나의 자연이었다.

반옥금은 어디로 간 것일까? 어디에 있던 지금 들리는 뇌을목의 외침을 그녀도 듣고 있을 것이다.

막우는 비장한 표정으로 산을 내려가기 시작했다.

한편 자리를 떠난 반옥금이 찾은 곳은 마을에서 다소 떨어진 대장간이었다.

바골은 대장간을 찾아온 반옥금 앞에 공손하게 허리를 숙였다.

"찾아오실 줄 알았습니다."

반옥금이 고개를 끄덕였다.

"다 되었느냐?"

바골의 얼굴에 환한 웃음이 번졌다.

"예."

그는 대장간 안으로 들어가 깊이 숨겨두었던 뭔가를 찾아냈다. 작은 표창이 이백여 개가 박힌 어깨에 두르는 대(帶)였다. 그는 두 손으로 공손히 대를 반옥금에게 내밀었다.

반옥금은 그중 표창 하나를 뽑아 얼굴 앞에 들었다. 아무런 장식도 되어 있지 않았지만 그 날만큼은 날카로운 서슬을 뿜어냈다. 그녀의 입가에 미소가 돌았다.

"장인이로군. 솜씨가 놀라워."

바골이 겸연쩍어하며 머리를 긁적거렸다.

"과찬이십니다."

반옥금이 표창대를 어깨에 둘렀다. 그녀의 모습이 전사(戰士) 같았다.

　바골이 그녀의 몸 여기저기를 살폈다. 여자의 몸 구석구석을 보는 그의 모습이 오해받기 딱 좋았지만 반옥금은 기분 좋게 웃었다.

　"다친 데 없으니까 염려 마라. 아직까지는 아무도 다치지 않았어."

　"그렇군요. 아까 산에서 내려오는 금의위들을 보고 그럴 거라고 생각했습니다."

　이때 밖으로부터 고함 소리가 울려들었다.

　"반옥금, 막우, 연천무, 내 말을 들어라! 너희들이 나오지 않는다면 이자들을 차례차례 죽이겠다! 너희들이 가까이 있는 걸 안다!"

　반옥금의 얼굴이 굳어지더니 그녀의 입가에 냉소가 피어올랐다.

　"올 게 왔군."

　이미 짐작이라도 했다는 듯 그녀의 반응은 명쾌했다. 막우는 금의위의 신분을 생각해 인질극은 예상치 않았지만 그녀는 금의위가 벌인 비겁하고 졸렬한 짓에서 이미 최악의 상황을 예상해 놓고 있었다.

　그녀가 밖으로 걸음을 옮기자 바골이 뒤로 따라붙었다.

　"저도 같이 가겠습니다."

　반옥금이 고개를 돌렸다.

　"저들은 해적과는 다르다. 하나하나가 상승 무예를 갖춘 고수들이지. 이번 싸움만큼은 네가 아무런 도움이 되지 않는다. 내가 널 소중하게 생각하듯 너도 네 자신을 소중하게 생각하기를 바란다."

　그녀가 표창대를 툭툭 치며 환하게 웃었다.

　"이것을 봐. 네 할 일은 다 했잖아. 싸움은 네 몫이 아니야. 지금부터 다른 할 일을 찾아보는 건 어때?"

　바골의 눈에 눈물이 핑 돌았다. 반옥금의 걸어가는 뒷모습을 물끄러미 바라보며 그의 볼이 축축이 젖어들었다.

"그럽죠. 네, 그러고말고요."

금의위들은 넓은 평지를 골라 그 중앙에 해적들을 무릎 꿇려놓고 있었다. 그 앞에서 뇌을목이 여벽초의 목에 검을 들이대고 소리쳐 댔다.

"내 말을 듣고 있는 걸 알고 있다! 어서 나와라!"

여벽초의 얼굴은 분기에 들끓었다. 칼날에 목숨을 위협받고 있는 사람이라고는 믿어지지 않았다.

"비겁하구나! 이게 황실의 금의위가 할 짓이냐? 너희들이 진정 황실의 최고 정예라는 금의위란 말이냐?"

해적들은 중앙에 무릎 꿇려진 채 금의위에 둘러싸여 있었다.

뇌을목이 여벽초의 얼굴을 보면서 잔인한 웃음을 머금었다.

"순순히 나올 것이라고는 나도 생각하지 않지. 대부분의 사람이 관을 보기 전에는 눈물을 흘리지 않는 법이거든."

"비겁하구나! 금의위가 이토록 간특한 짓을 일삼고서 어찌 이 나라 명부의 최고 무관임을 자처할 수 있단 말이냐?"

"역적의 무리를 다스리는 데 법도가 따로 있을 리 없다!"

"죽일 테면 죽여라! 두령들이 너희들의 피로 나의 묘를 적실 것이……!"

여벽초의 외침이 미처 끝나기도 전이었다.

쉭!

한줄기 서늘한 바람이 그의 목을 스치며 날았다. 그리고 말, 아무도 듣지 못하도록 흘린 작고 낮은 음성이 귓가에 흘렀다.

"나도 이러고 싶지는 않아. 하지만 내가 살기 위해선 어쩔 수 없는 일이야. 이렇게 졸렬한 짓을 하는 날 내 자신도 용서가 되지 않으니 네게 용서를 구하지는 않겠다."

여벽초의 수급은 눈을 부릅뜨고 분노한 표정을 드러낸 채 붉은 핏줄기를 터뜨리며 허공에 떠올랐다. 수급이 바닥에 떨어져 갓 잡은 생선처럼 펄떡거리며 뛰어다녔다.

"여 소두령!"

해적들의 목이 찢어지는 외침을 터뜨렸다. 그들이 여벽초의 시신에 달려들어 엉겨붙더니 울음바다를 만들었다.

그러나 뇌을목의 표정은 차가웠다. 그의 엄숙한 모습은 비장하기까지 했다. 그의 우렁찬 외침이 다시 섬을 울렸다.

"다시 한 번 분명히 경고한다! 너희들이 나서지 않는다면 이들은 모두 죽게 된다! 황상의 뜻을 거역하는 자를 역적의 무리로서 처단할 것이다! 어찌하겠느냐?"

그에겐 물러날 수 없는 위기이기도 했다. 만일 반옥금이 이대로 사라지기라도 한다면 그의 격기로부터 비롯된 일련의 내용들이 밝혀질 것이고 모든 결과에 대한 책임을 져야만 했다. 그로서는 최소한 반옥금이 섬을 빠져나가는 것만은 어떻게든 막아야 하는 절박한 처지였다.

그는 무릎 꿇려진 해적 하나의 목에 다시 칼날을 들이대며 소리쳤다. 그가 두 번째로 선택한 자는 장품이었다.

"들어라! 열을 헤아릴 때마다 한 놈씩 벨 것이다! 이자들의 생사가 너희들의 결정에 달려 있음을 명심해라! 결정해라! 어떻게 하겠느냐?"

"……."

주위는 고요했다. 멀리서 들려오는 파도 소리와 가지를 흔들어대는 바람 소리가 적막감을 더했다.

"하나!"

뇌을목의 외침은 섬의 높은 산과 먼바다까지 울려 나갔다.

"셋!"

칼날에 목이 겨눠진 장품의 얼굴엔 핏기가 보이지 않았다. 원래부터 겁이 많아 싸움을 하기보다는 잔꾀를 부리며 연천무에게 알랑거리던 자였다. 그는 용기를 내서 격렬한 전투에도 참가해 봤지만 막상 눈앞에서 서슬 퍼런 칼날이 번득거리자 온몸을 바람 맞은 사시나무처럼 떨었다.

"사, 살려주십시오. 이 나라의 백성을 보호하는 금의위가 아닙니까."

"아홉!"

뇌을목이 검을 잡은 손에 힘을 주어 장품의 목에 들이댔다.

"허거걱!"

장품이 숨넘어가는 소리를 냈다. 칼날이 그의 살갗을 파고들어 붉은 피가 목 선을 타고 흘러내렸다.

뇌을목이 잔뜩 일그러진 표정으로 검을 허공으로 쳐들었다. 졸렬한 행위에 대한 부끄러움이 분노로 변질되어 갔다. 스스로에 대한 책망이 상대에 대한 오기로 바뀌어갔다.

'나오지 않는다면 다 죽일밖에! 나도 정말 이러고 싶지는 않아. 이들의 죽음은 내 탓이 아니다.'

"열!"

외침과 함께 그의 검이 장품의 목을 향해 내려쳐졌다.

"멈춰!"

이때 정적을 흔드는 노호(怒號)가 들려왔다. 순간 뇌을목의 검이 장품의 목 한 치 앞에서 아슬아슬하게 멈추었다. 내려치던 기세를 순간적으로 멈춘 것 또한 뇌을목이 고수라는 것을 입증해 주고 있었다.

금의위들이 외침이 터진 어둠 속으로 시선을 던졌다.

숨어서 지켜보고 있던 막우가 마침내 참지 못하고 모습을 드러내고 있었다. 그의 걸음을 따라 금의위들이 통로를 여는 한편 삽시간에 사방에서 둘러쌌다.

뇌을목의 입가로 비릿한 미소가 스쳤다. 자신의 계산이 적중한 것에 대한 기쁨을 그는 굳이 숨기지 않았다.

"그렇지. 그래야 마땅하지. 그런데 왜 혼자냐?"

막우는 자신을 둘러싼 금의위들을 살피며 거칠게 소리쳤다.

"너희들이 하는 짓은 나에게나 먹히는 짓이다! 애초에 이곳의 주인이었던 난 나의 식솔들에 대한 책임을 져야 하니까! 하지만 너희들이 오랫동안 추적해 온 두 사람은 본래 이곳의 사람이 아닌데 그들이 책임을 지려 할 리가 없지 않느냐? 책임을 지고자 내가 왔으니 이제 그들은 풀어줘라!"

어딘가에 숨어서 보고 있을 반옥금에게 하는 말이기도 했다. 그 하나의 죽음으로 모든 것을 책임지겠다는 희생에 대한 간곡함이 담겨 있었다. 생각해 보면 그의 말엔 설득력이 충분했다.

뇌을목은 그러나 단호했다. 그의 입장에서도 쉽게 물러설 수 없는 형국이었다.

"내가 원하는 건 너희 세 연놈 모두이다! 어서 다른 두 연놈을 불러내라!"

그가 장품의 멱살을 붙잡아 일으켰다.

"당장 나오라고 해라! 아니면 이놈의 목숨부터 끊어놓겠다!"

막우가 고개를 설레설레 흔들었다.

"그들은 나오지 않는다! 믿지 못하겠다면 그의 목숨을 뺏어도 좋다!"

그의 말이 끝나기가 무섭게 뇌을목의 검이 장품의 목에 깊은 혈선을 그렸다.

"으악!"

처절한 단말마의 비명과 함께 몸에서 분리된 장품의 수급이 허공에 피를 뿌리며 날아올랐다.

"이런 간악한 놈!"

막우가 분노한 몸짓으로 검을 뽑아 들며 외친 것과 거의 동시에 어둠 속에서는 한줄기 인영이 빠르게 장내로 날아들며 금의위를 덮쳐들었다.

허공에 뜬 인영의 몸은 가냘폈다. 그러나 인영의 섬섬옥수가 허공을 흔들자 막 고개를 돌리던 금의위 두 명이 단말마의 처절한 비명을 지르며 쓰러졌다.

"으악!"

"컥!"

반옥금이 날린 건 세 개의 표창이었고 그중 하나는 판단이 빠른 금의위가 엉겹결에 검으로 쳐냈다.

"계집이다! 잡아라!"

금의위들이 각축이라도 벌이듯 반옥금을 향해 달려들었다.

"나서지 말라고 그렇게 암시를 줬거늘……."

막우는 탄식했다.

연천무가 가세한다고 해도 중과부적이기는 매한가지였다.

그는 검을 움켜쥐었다.

"오냐! 어디 끝까지 해보자!"

그는 앞을 막고 있는 금의위들을 향해 노호를 터뜨리며 성난 멧돼지처럼 달려들었다. 대여섯 명의 금의위가 그를 향해 마주쳐 왔다.

카앙! 캉!

그의 모습이 사납기 이를 데 없었지만 금의위들은 역시 녹록치 않았다. 십여 초의 공방이 흐르면서 막우는 어느새 금의위에게 포위되어 쩔쩔매는 모습이었다.

"으악!"

또다시 비명이 터졌다.

반옥금이 허공에 떠올라 달려드는 금의위에게 표창을 날려 그중 하나의 눈에 적중시켰다. 눈알에 표창이 박힌 금의위가 고래고래 비명을 지르며 바닥을 뒹굴고 다녔다.

무릎을 꿇고 있던 해적들은 적수공권으로 금의위에게 달려들어 팔로 목을 휘감고, 다리를 붙들고, 주먹으로 치고, 이로 물어뜯었다. 그러나 순간적일 뿐이었다. 황실의 정예로 고도의 수련을 거친 금의위와 싸움이 될 리 만무했다.

분노한 금의위들이 닥치는 대로 해적들을 베기 시작했다.

"이런 하찮은 놈들이 감히!"

그들 분노의 밑바닥엔 신분에 대한 자긍심이 깔려 있었다. 누가 제지할 틈도 없이 해적들의 반이 삽시간에 금의위들에 의해 도륙되어 팔과 다리가 잘리고 목숨을 잃었다.

반옥금이 그사이 표창을 날려 금의위 둘을 또 거꾸러뜨렸다.

금의위들은 쉽게 그녀에게 접근하지 못했지만 이미 그녀를 사방에서 철통같이 에워싸고 있었다. 막우가 가까스로 달려와 그녀와 등을 맞댔다.

반옥금이 양손에 표창을 세 개씩 손가락 사이에 낀 채 거리를 좁혀 오는 금의위들을 노려보며 등에 붙은 막우에게 말을 건넸다.

"무는?"

막우가 경계를 늦추지 않으며 대답했다.

"연공 중이오. 아마 세상모르고 무아지경에 빠져 있을 거요."

"……."

반옥금은 더 이상 묻지 않았다. 하나의 힘이라도 아쉬운 상황이었지만 그 하나가 사태를 반전시키지 못하는 이상 불필요한 생각일 뿐이다.

막우는 힐끔 산 쪽을 쳐다보았다.

'어쩌면… 그래, 어쩌면… 연천무가 우리를 구해낼 수 있을지도 몰라. 놈에게서 우리와는 전혀 다른 현상이 일어난 것을 내 눈으로 목도했으니까. 놈이 깨어나기 전까지 버틸 수만 있다면… 어쩌면… 어쩌면은…….'

막연한 기대일지도 몰랐다. 지푸라기를 잡는 심정에 다름 아닌지도 몰랐다.

그래도 왠지 그는 기대가 됐다.

연천무는 처음부터 그들과는 다른 무언가를 갖고 있었으므로.

연천무의 겉으로 드러난 피부는 이미 시뻘겋게 붉어진 지 오래였다. 단전에서 들끓어오른 뜨거운 기운은 그의 혈맥을 따라 봇물에서 터져 나온 강물처럼 맹렬하게 흘러다녔다.

뿐이랴. 그 맹렬한 기운은 걷잡을 수 없는 고통을 동반하며 그의 의지를 제압하더니 더 이상 그의 통제에 따르지 않았다.

‘뭐, 뭐야, 이건?’

그는 소스라치게 놀라며 이를 악물었다. 오장육부가 송두리째 타는 고통이었다. 그의 몸 전체가 불길 속에서 타는 것 같았다. 격렬하고 뜨거운 기운이 그의 억지로 붙들고 있는 실낱같은 이성과 싸우기 시작했다.

‘안 돼. 이렇게… 이렇게 죽을 수는 없어……’

연천무의 악문 잇새를 비집고 붉은 핏물이 입가를 타고 흘러내렸다.

이때 그의 몽혼한 의식을 뚫고 반옥금의 얼굴이 선연한 인장처럼 머리에 떠올랐다.

‘널 지켜주겠다고 했는데 약속을 지키지 못했어……. 네가 당한 그 끔찍한 고통에 대해 난 아무 말도 어떤 위로도 하지 못했어. 널 향한 나의 마음이 명백하고도 명백한 사랑임을 고백하지 못했어. 그날 이후로 감히 네 눈을 바라보지도 못했지. 너무나 미안해서… 너무나 미안해서……’

고통을 억누르고 있는 그의 눈을 비집고 눈물이 흘러내렸다.

몸 자체가 불길에 타는 듯한 고통이었다. 옷이 타고, 머리카락이 타고, 뼛속까지 타 들어가는 고통이었다. 겉에서 보기에는 온몸의 혈관이 팽창하여 핏줄이 터질 듯 불거져 나와 있었다. 그 자체도 끔찍한 모습이었지만 연천무 자신이 느끼는 고통은 이미 몸은 산화되고 혼백만 열화지옥에 빠져 있는 것과 같았다.

‘뭔가가 잘못된 게 분명해. 하지만 이대로… 이대로 죽을 수는 없어. 그녀를 위해서라도 이대로는……’

그러나 고통은 참혹했다. 이를 악물고 버텼지만 끝내 고통은 그의 이성을 마비시켰다. 마침내 그의 악문 이를 비집고 한 줌의 핏물과 함께 비명이 터져 올랐다.

"으아아아아아아아!"

"으아아아아아아아!"

비명이 얼마나 컸던지 섬 전체를 흔들었다. 산천초목이 지진이라도 만난 듯 요란하게 출렁거렸고 둥지를 틀고 있던 산새들이 기겁하고는 일제히 하늘로 날아올랐다.

덩달아 싸움도 멈추었다.

그 비명의 울림으로만 따지자면 그건 분명 사람이 내지른 비명이 아니었다. 지진과 같은 진동으로 땅거죽을 흔들어댄 그 비명으로 여러 명이 피를 토하고 대부분의 사람들이 귀를 막은 채 고통스러워했다.

무엇이었을까?

사람들의 얼굴이 섬을 바라보면서 망연자실했다.

반옥금이 막우의 표정을 힐끔 살피며 말문을 열었다.

"뭐가 잘못되기라도 한 걸까?"

막우의 표정이 어두웠다.

"그, 그런 모양이오. 아니라면 온몸이 한꺼번에 폭발하는 것 같은 저런 비명이 어찌 사람의 입에서 나올 수 있겠소."

반옥금이 검을 움켜쥐며 결연하게 외쳤다.

"가봐야겠어!"

뇌을목이 어느새 그녀의 앞을 가로막고 섰다.

"저놈들은 어떻게 하고? 모두 죽어도 좋단 말이냐?"

반옥금이 고개를 뒤로 돌려 결박 지어진 채 무릎을 꿇고 있는 해적들을 쳐다보았다. 하나같이 낯익은 얼굴들이다. 이젠 한솥밥을 먹는 식구와 뭐가 다르랴.

그녀의 입에서 볼멘 음성이 터져 나왔다. 동시에 그녀의 신형이 땅을 차고 뛰어올랐다.

"참으로 간악한 놈이로구나! 오냐! 내 오늘 네놈들과 사생결단할 것이다!"

우수에는 검을 들고 좌수에는 표창 세 개를 손가락 사이에 낀 그녀의 신형이 날아들자 뇌을목은 잔뜩 경계한 표정으로 소리쳤다.

"계집을 쳐라!"

예닐곱 명의 금의위들이 신형을 날려 반옥금을 향해 달려들고 그사이 막우는 벌써 반옥금과 보조를 함께하며 노호장성과 함께 뛰어들었다.

"네 이놈들! 너희들이 이러고도 정녕 금의위란 말이냐?"

카앙! 캉!

출중한 무예로 따지자면 황실 금의위란 이름은 이미 이 땅의 일류고수로 자타가 인정하는 바였다. 그 속에서 안간힘을 쓰며 버티는 반옥금과 막우의 목숨은 경각에 달려 있는 것과 진배없었다. 하지만 반옥금과 막우의 기세도 녹록치는 않았다.

"으악!"

"커억!"

반옥금이 기회를 틈 타 날린 표창 세 개 중 두 개에 금의위 둘이 비명을 지르며 숨을 꺾었다. 표창 하나는 이마에, 또 다른 하나는 목줄에 정확하게 격중되었다.

뇌을목의 얼굴에 분개한 표정이 역력했다. 그의 신형이 먹이를 노리고 달려드는 맹조 독수리처럼 반옥금을 향해 덮쳐 갔다.

“내 오늘 반드시 네년의 숨통을 끊어놓겠다!”

“누가 할 소릴!”

반옥금이 지지 않고 맞서며 표독한 외침을 터뜨렸다. 그러나 뇌을목의 공격이 가세되자 그녀의 기세는 곧바로 무디어지며 수세로 내몰렸다.

이미 십여 명의 금의위에게 포위당한 막우는 자신을 막기에도 급급했다.

중과부적이며 사면초가의 신세였다.

한번 내몰린 수세의 국면에서 헤어날 길이 없었다.

뇌을목의 공격이 한껏 기세를 떨치며 반옥금을 궁지로 몰았다. 그녀의 숨결이 점차 거칠어지더니 다리에 힘이 풀렸는지 걸음을 휘청거렸다. 그때를 놓치지 않고 뇌을목이 달려들어 그녀의 옆구리를 발로 내질렀다.

퍼억!

“악!”

반옥금이 비명을 내지르며 나가떨어졌다. 그녀의 몸이 수어 차례나 바닥을 굴러서 멈추었다. 쓰러진 그녀의 몸 위로 서너 명의 검이 날카로운 서슬을 뿜어내며 겨누어졌다.

“두령!”

무릎 꿇려져 있는 해적들의 입에서 일제히 비분강개한 외침이 터져 올랐다.

막우는 사태를 짐작할 뿐 사방을 가로막고 그를 위협하는 금의위들의 공세를 막기에만 급급할 뿐이었다.

“으아아아!”

급한 마음에 소리를 지르며 칼을 휘둘러 대지만 이미 그의 손도 힘을 잃고 부질없이 허공만 그어댈 뿐이었다.

퍼억!

그의 등짝을 금의위의 발이 걷어차고 그의 몸은 썩은 고목 둥치처럼 앞으로 고꾸라졌다.

그의 등짝을 자랑스럽게 짓밟고 선 금의위가 뇌을목을 향해 소리쳤다.

"이놈을 어찌할까요?"

뇌을목의 입가에 살의가 섬뜩하게 머금어졌다.

"필요한 건 계집 하나다! 위험한 놈이니 숨통을 끊어라!"

명령을 받은 금의위가 검을 하늘로 쳐들었다.

이때였다.

"우아아아아아아아!"

긴 장소와 함께 그들을 향해 달려들고 있는 그림자가 있었다. 그 존재를 느끼기도 전에 이미 금의위 속으로 달려든 인영의 움직임은 흡사 광풍과 같았다.

"으악!"

"커억!"

그는 삽시간에 두 명의 금의위 허리를 두 동강 내고는 잇달아 서너 명의 금의위를 향해 맹렬하게 달려들고 있었다.

뇌을목 등 금의위들은 워낙 벼락같이 뛰어든 인영의 기세에 주춤거렸다.

"저놈은……?"

바로 연천무였다. 그러나 뇌을목은 연천무의 모습을 보는 순간 모골이 송연해지는 섬뜩함에 몸이 경직됐다.

금의위를 향해 달려드는 연천무의 두 눈에서 그야말로 무시무시한 귀광이 번뜩거리고 있지 않은가. 그건 사람의 눈이 아닌 어둠 속에서 튀어나온 피에 굶주린 야수의 눈빛처럼 형광을 뿜어내고 있었다. 잠재된 의식을 뚫고 나온 미친 자의 살의였다.

"으아악!"

"크악!"

또다시 두 명이 목과 허리가 잘려 피분수를 터뜨리며 처참하게 비명을 터뜨렸다.

주위의 상황과는 무관하게 병기를 쥐고 있는 모든 상대들에 대한 살의를 표출하며 닥치는 대로 칼을 휘둘러 대는 연천무의 모습이 끔찍하기도 했지만 그가 펼치는 무위는 더욱 끔찍한 상황을 예고하고 있었다.

천하의 금의위가 속수무책으로 그의 칼 아래 추풍낙엽처럼 쓰러지고 있는 이 상황을 어찌 이해할 수 있으랴.

다급해진 뇌을목이 비명처럼 소리쳤다.

"힘을 합쳐라! 모두 한꺼번에 놈을 공격해라!"

그의 외침에 정신이 번쩍 든 금의위들이 부산하게 움직여 연천무를 에워쌌다. 그러나 연천무는 포위에도 개의치 않고 눈앞의 금의위들을 향해 방어 없는 공세를 휘둘렀다.

"으아악!"

"크악!"

포위망은 구축될 새도 없이 뚫리고 또다시 서너 명의 금의위를 동강 낸 연천무가 피를 뒤집어쓴 채 뇌을목을 향해 달려오고 있었다. 급박해진 뇌을목이 반옥금의 몸을 일으켜 자신의 앞을 가리며 그녀의 목에 검을 겨누었다.

"이 계집의 목숨을 살리고 싶다면 칼을 내려놓라!"

"으아아아아아!"

연천무의 몸은 허공에 떠 있고 그 칼은 이미 뇌을목의 머리를 내려치고 있었다. 이대로라면 뇌을목과 반옥금의 몸을 통째로 반으로 가를 기세였고 멈출 기미는 조금도 느껴지지 않았다.

뇌을목은 황급히 오른쪽으로 신형을 던졌다. 설마 했던 반옥금도 혼비백산하여 다급한 나머지 뇌려타곤의 수법으로 바닥을 데굴데굴 굴렀다.

겨우 구르던 몸을 멈춘 반옥금이 또다시 뇌을목에게 달려들고 있는 연천무를 보며 놀란 눈을 부릅뜬 채 중얼거렸다.

"뭐, 뭐야, 저 녀석? 미, 미쳤잖아."

사람이 미치면 본래 지닌 힘의 몇 배를 낸다고 하던가. 광기에 휩싸여 달려드는 연천무의 맹위는 그야말로 가공했다. 뇌을목은 가까스로 연천무가 휘두른 칼을 막아냈지만 그때마다 손목이 시큰거리는 고통에 공포에 떨어야 했다.

사방에서 금의위들이 날아들어 연천무를 공격했다. 그러나 연천무의 가공할 무위는 금의위들 속에서도 도리어 그들을 핍박하며 또다시 금의위의 비명을 불러냈다.

"으악!"

"크아아악!"

허리가 잘리는 놈, 목이 잘리는 놈, 머리통이 깨지는 놈 등 무수한 죽음이 그의 칼날에 묻어났다. 피를 뒤집어쓴 연천무의 모습은 악귀와 다름없었다.

반옥금과 막우는 넋을 놓은 채 바라보고만 있었다.

무릎 꿇려진 해적들조차도 공포에 휘감긴 표정을 드러냈다.

"으아아악!"

연천무의 칼이 피를 날리고 비명을 내지른 뇌을목의 수급이 허공에 떠올랐다.

"으아아아아아아!"

괴성을 지르며 울부짖는 연천무만이 땅을 딛고 두 발로 서 있는 자의 전부였다. 그의 광기에 찬 두 눈이 형광을 번들거리며 사방을 두리번거렸다. 무의식 중에도 적아를 구분하는지, 아니면 땅을 딛고 서서 감히 그와 견주고자 하는 자가 있는 것을 확인하는지 일일이 사람들을 훑어보는 그의 눈이 아직도 살기를 멈추지 않았다. 그런 그의 눈빛이 반옥금에게 던져졌다. 그는 그녀의 손에 들고 있는 검을 보더니 성큼성큼 그녀에게 걸어갔다. 무시무시한 살의가 그의 두 눈에 흐르고 있었다.

반옥금이 벌떡 신형을 일으켰다.

"야, 이 미친놈아! 정신 차리지 못해! 하마터면 네놈이 날 죽일 뻔했어! 내가 누군지 똑바로 봐!"

순간 연천무의 몸이 흠칫 놀라더니 그 자리에 굳어 섰다. 그는 거친 숨을 몰아쉬며 주위를 살피기를 서너 번 되풀이하더니 이내 칼을 들고 바다를 향해 내달리기 시작했다.

"으아아아아아아아아!"

그가 사라진 자리에 남은 건 참혹한 살육의 전시장이었다. 그 많던, 어찌해 볼 수 없을 것 같던 금의위들이 반옥금과 막우 대신 처참하게 핏물 속에 뒹굴고 있었다.

막우가 연천무가 사라진 곳에 시선을 고정한 채 더듬더듬 입을 열었
다.

"그, 그래서 늙은 도장이 저 녀석의 존재를 이 땅에 남겨놓는 걸 두
려워했을까? 그, 그래서 내게 그런 당부를……."

제13장
살수암행(殺手暗行)

海賊王

여기서 대체 내가 무슨 짓을 하고 있지?

연천무가 정신이 돌아온 것은 바다에서였다. 그리고 물속에서였다. 한참을 허우적거리고 있다가 가까스로 정신이 돌아왔다.

대체 무슨 일이 있었던 걸까?

그는 섬 쪽으로 시선을 던졌다.

분명히 무슨 일인가 있었던 게 분명했다. 그는 손에 움켜쥔 칼과 몸에 배인 짙은 피비린내에 당혹한 표정을 지었다. 누군가와 싸웠으며 많은 사람들을 죽인 느낌이었다. 불명확하지만 간헐적으로 사람을 베던 영상이 머리에 스쳐 갔다.

"빌어먹을……."

그는 참담한 표정으로 물속에 머리를 처박았다.

'왜 아무 생각도 나지 않는 거냐고!'

머리 속에서 반옥금의 외침이 모기 날갯짓 소리처럼 왱왱거렸다.

"야, 이 미친놈아! 정신 차리지 못해! 하마터면 네놈이 날 죽일 뻔했어! 내가 누군지 똑바로 봐!"

그는 수십 번이고 물속에 머리를 처박는 동작을 반복했다.

바다에서 걸어나와 마을로 향하는 그의 걸음은 천 근처럼 무겁기만 했다. 정신이 나간 사이 그가 해치운 사람들이 자신의 동료일 수도 있다는 생각을 떨쳐 낼 수가 없었다. 많은 사람을 죽인 것은 분명한데 그 얼굴들이 생각나지 않았다.

마침 멀리서 막우의 걸어오는 모습이 보였다. 그는 잔뜩 긴장한 표정으로 마른침을 꿀꺽 삼키며 걸음을 멈추었다.

막우가 천천히 그에게 다가왔다.

"괜찮냐?"

연천무는 말없이 고개를 끄덕였다.

막우의 오른손이 뻗어와 그의 어깨를 짚었다.

"초혜에게 좀 가봐라. 아무하고도 얘기하려고 하지 않아."

연천무가 그의 표정을 조심스럽게 살피며 말을 더듬거렸다.

"나 말인데… 내가 혹시……."

막우의 얼굴에 가벼운 웃음이 일었다.

"내력을 운용하는 중에 잡생각을 했지? 기혈이 역류해서 정신이 나갔던 거야. 정말 다행이다, 멀쩡해서."

"내, 내 말은……."

"네가 금의위들과 싸웠어. 네가 아니면 우리 모두 정말 큰일날 뻔했는데 네 덕분에 모두 살았다. 모두 네게 고마워하고 있다.”

“정말이지?”

연천무의 얼굴이 한결 밝아졌다.

막우가 동생을 대하듯 그의 어깨를 토닥거렸다.

“내력을 운용할 때 다른 생각은 하지 마라. 자칫하면 주화입마에 빠져 영영 정신을 놓을 수도 있다. 그때는 정말 적아를 구분하지 못할 수도 있어.”

“오, 옥금은?”

“두령은 가벼운 상처를 입었을 뿐이다. 염려하지 않아도 돼.”

“그래? 정말 다행이다.”

연천무는 안도의 한숨을 내쉬었다.

오랜만에 날은 쾌청하게 맑았다. 겨울 햇볕을 받으며 담장에 쪼그려 앉아 있는 양초혜의 얼굴은 그러나 밝아 보이지 않았다. 그녀의 얼굴 위로 긴 그림자가 드리워지며 햇살을 가로막고 섰지만 그녀는 굳이 고개를 들려 하지 않았다.

우뚝 선 그림자의 주인공이 말을 건넸다.

“글공부 해야지. 안 가르쳐 줄래?”

양초혜는 고개도 들지 않고 고개를 가로저었다.

연천무는 양초혜의 앞에 쪼그려 앉았다. 언제 그렇게 정신이 나갔었냐는 듯 멀쩡한 얼굴이었다.

“가르쳐 주기 싫어?”

양초혜는 말없이 고개를 끄덕였다.

연천무가 그녀의 무릎을 손가락으로 찔렀다.

"왜?"

그제야 양초혜가 고개를 들어 그를 쳐다보았다.

"나한테는 아무도 관심이 없잖아. 사백단 해적들에게 아버지를 잃었지만 난 복수할 힘도 없고… 아무도 우리 아버지의 죽음에 대해서는 얘기하지도 않잖아."

연천무가 양초혜의 옆에 엉덩이를 걸치고 그녀와 같은 자세로 앉았다.

"그건 네 아버지의 얘기를 꺼내면 네가 슬퍼할까 봐 그런 거지. 생각해 봐. 아버지를 잃은 아이는 너뿐만이 아니야. 네 아버지는 널 지키기 위해서 싸웠어. 나 같으면 자랑스러워했을 거야. 아버지도 네가 자랑스러워 해주기를 바랄걸?"

양초혜의 서글서글한 눈이 그의 얼굴을 바라보았다.

연천무가 환하게 웃었다.

"난 부모 얼굴도 몰라. 만일 내게 나를 지켜주다 돌아가신 부모가 있었다면 언제나 자랑스럽게 얘기했겠지. 초혜의 아버님은 용감했어. 누구보다 용감했고 죽음 또한 장렬했지."

"정말?"

"그럼, 그렇고말고."

"하지만 우리 아빠를 해친 사백단 해적들을 용서할 수는 없어. 반드시 복수하고 말 거야."

"그 복수, 오빠가 대신 하면 안 될까?"

"오빠가?"

양초혜의 눈이 동그래졌다. 놀람과 기쁨이 함께 어우러졌다.

연천무가 그녀의 머리를 쓰다듬었다.

"넌 나의 글선생이니까, 내가 초혜의 도움이 되는 건 너무나 당연
해."

"고마워, 오빠."

그녀의 작은 몸이 연천무의 가슴에 파고들었다.

연천무는 시선을 들어 허공을 바라보았다.

세상에 대한 미움과 배척으로 가득했던 가슴이 언제 이렇게 따스해
진 것일까. 반옥금이 나타나기 훨씬 이전에는 단 한 사람에게도 열어
놓지 않은 가슴에 그녀에 대한 배려가 사랑이라는 이름으로 생성되더
니 급기야 더 많은 사람들을 가슴에 품을 수 있게 되었다. 그게 무엇보
다 큰 기쁨이라는 걸 알게 된 건 신선한 충격이었다. 그래서 더욱 반옥
금의 존재가 소중해지는 연천무였다.

돌연한 발소리에 연천무가 고개를 돌렸다.

그곳에 얼음처럼 차가운 신색을 한 반옥금이 우뚝 버티고 서 있었
다.

"금……."

반옥금의 얼굴엔 표정이 없었다. 차라리 냉담하기조차 했다.

"이곽이 다시 돌아올 거야. 우리 중 그들과 맞설 수 있는 사람은 너
와 나, 막우 셋뿐이야. 놈이 돌아오기 전에 준비를 해야 돼."

"그, 그래야지."

연천무는 낯선 여자처럼 냉랭함으로 일관하는 반옥금의 어투에 적
이 당황한 표정이었다.

그녀의 얼굴에 결연한 표정이 떠올랐다.

"사백단을 쳐야겠어. 천수마도 상량의 목을 따고 사백단을 내 휘하
에 거느려야겠어. 이 참에 아예 본거지도 비적군도로 옮기고."

"그건 그렇게 간단한 문제가 아닐 것 같은데?"

"어려울 것도 없어. 천수마도 상량의 목만 따면 돼."

"그럼 암행을?"

"너와 나, 막우 셋이서 간다."

그녀는 연천무의 동의도 구하지 않고 몸을 돌렸다.

"따라와."

반옥금이 연천무를 데리고 간 곳은 대장간이었다. 바골이 공손하게
두 사람을 맞았다.

"어서 오십시오."

반옥금의 시선이 바골이 들고 있는 한 자루 칼에 걸렸다. 투박하고
칙칙한 칼은 모양은 제대로 갖춰져 있지만 칼날이 제대로 서지 않았는
지 예리한 서슬을 전혀 뿜어내지 못했다.

바골이 연천무에게 두 손으로 공손히 칼을 내밀었다.

"소두령의 것입니다."

연천무가 어이가 없는지 칼을 들고는 실소를 흘렸다.

"이게 뭐야? 전혀 날이 없잖아? 무겁긴 왜 이렇게 무거워?"

바골이 치열을 드러내며 하얗게 웃었다.

"검은 가벼움으로, 도는 무거움으로 그 가치와 효용을 갖는다고 알
고 있습니다. 그 칼을 만든 쇠는 노도장이 뭍에서 가지고 온 쇠사슬입
니다. 제 얕은 지식으로도 보통 쇠가 아님을 한눈에 알았죠. 쇠의 성질
이 어느 쇠에 비할 수 없이 차갑고 또한 질량이 배는 무겁습니다. 제
생각에는 산동성에서 생산되는 만년한철(萬年寒鐵)이 아닌가 합니다.
이는 명검이나 명도, 각종 명품을 만드는 귀한 철로 실로 진귀한 것입
니다."

연천무가 새삼스럽게 바골의 위아래를 훑어보았다.

"당신, 검둥이 맞아? 어떻게 이 나라 사람인 나보다 더 아는 게 많아?"

바골이 머쓱한 표정을 지었다.

"페르시아 상선에서 일할 때 주워들은 것입니다. 돈이 될 만한 것에 대한 정보가 늘 대화의 소재였죠."

연천무는 다시금 칼의 이모저모를 세밀하게 살폈다. 그러나 다시 보아도 칼은 여전히 투박해 보일 따름이었다.

"이것도 날이라고……."

그는 손가락 끝을 칼날에 대며 중얼거렸다. 순간 칼날이 스친 손가락 끝이 시큰거렸다. 그냥 갖다 대었을 뿐인데 살이 베어져 피가 번졌다.

그제야 그의 눈이 경이의 빛으로 출렁거렸다.

"이것 봐라? 보는 것하고는 영 딴판일세?"

그의 손이 가볍게 칼을 놀리자 육중한 칼의 무게가 실려 풍풍 바람 소리를 일으켰다. 공기를 가르는 칼바람 소리조차 다른 칼과는 기분이 달랐다.

풍풍풍풍!

"오호! 아주 좋은데?"

연천무는 칼을 휘두르며 대장간 밖을 벗어나 한차례 춤사위를 펼쳤다. 그의 동작이 때로는 거칠게, 때로는 부드럽게 땅을 차고 미끄러졌다. 격렬할 때는 거친 광풍노도와 같고 유연할 때는 물 위에 떠서 흐르는 나뭇잎 같았다.

어느새 자연과 일체감이라도 가진 것일까? 상승공부는 흐르는 물과 같아 초식에 얽매이지 않는다고 했다.

바라보는 반옥금의 눈이 파문이 일 듯 가볍게 흔들렸다. 슬픔처럼 눈빛이 물기를 머금고 반짝거렸다.

밤.

한 척의 배는 멀리 보이는 비적군도를 바라본 방향으로 머리를 대고 바다에 떠 있었다. 워낙 먼 거리라 비적군도 쪽에서는 배가 보이지 않을 것이다.

선상에 선 사람들의 얼굴에는 긴장감이 가득했다.

막우가 사람들을 향해 결연한 표정으로 입을 열었다.

"전령이 온다면 반드시 우리 세 사람 중 한 명일 것이다. 만일 우리가 아닌 누군가가 배를 몰고 온다면 그건 우리들의 죽음을 의미한다. 다가오는 게 우리 세 사람 중 하나가 아니거나 내일 아침 해가 뜨도록 아무도 오지 않는다면 모두 이곳을 떠나는 거다."

그를 바라보는 사람들의 눈에 눈물이 글썽였다.

막우가 고개를 흔들었다.

"울지 마라. 우리는 죽기 위해 가는 것이 아니다. 더 좋은 터전에서 뿌리를 내리기 위해 가는 것이다."

연천무가 가슴을 주먹으로 때리며 소리쳤다.

"젠장! 날 믿어! 이 연천무를 믿어! 내가 반드시 사백단 괴수의 목을 베고 섬을 접수할 테니까! 그러니까 그런 불쌍한 눈으로 쳐다보지 말란 말이야!"

막우가 몸을 돌리더니 연천무의 등덜미를 잡아끌었다.

"가자."

배 아래에는 미리 준비해 둔 뗏목이 떠 있었다.

노를 젓는 건 연천무의 몫이었다.

반옥금과 막우, 연천무를 태운 뗏목이 멀리 보이는 비적군도를 향해 어둠을 타고 아스라이 흘러갔다.

섬의 비경이 한눈에 들어오자 연천무는 노를 바다에 던졌다. 그는 곧이어 품속에서 조그만 칼을 꺼내더니 뗏목을 묶은 줄을 끊으며 물속에 몸을 담갔다.

반옥금과 막우도 물속에 몸을 집어넣고 통나무 하나에 몸을 의지했다. 사방으로 풀린 뗏목의 잔해들이 물살을 타고 흘러갔다. 그중 세 개의 통나무만이 자맥질의 힘으로 섬을 향해 접근해 갔다.

군도에 섬은 제법 규모가 큰 것만 해도 십여 개에 이르렀다. 사백단의 본거지가 섬들의 중앙에 위치하고 있다는 건 사전에 알고 있던 터라 그들이 그곳에 이르기 위해선 섬과 섬 사이를 지나지 않으면 안 되었다.

바다 위에 둥둥 뜬 통나무에서 사람의 모습은 여간해서 느껴지지 않았다. 그들이 바닷속으로 누워 아래에서 통나무를 끌어안고 있기 때문이었다. 호흡은 통나무 옆으로 삐죽 나온 손가락 굵기의 대나무를 통해 하고 있었다.

큰 섬은 물론 작은 돌출된 바위 곳곳에서도 사백단 해적들이 횟불을 든 채 경계를 서고 있었지만 한겨울에 떠내려 온 통나무를 굳이 의심하는 자는 없었다. 설마 불과 몇 되지 않는 자들이 그들의 괴수를 노리고 잠행하리라고는 생각도 하지 못한 때문이었다.

막우가 코와 눈만을 물 밖으로 내놓고 주위의 상황을 살폈다. 멀리 제법 밝은 불빛 더미가 보였다. 띄엄띄엄 드러난 횟불이 아닌 건축물에서 흘러나온 등빛이었다.

그는 통나무의 방향을 불빛 쪽으로 향하고는 다시 물속에 잠겨들어 자맥질을 쳤다. 세 개의 통나무가 한 방향으로 좀 더 빠르게 흘러나갔다.

일 다경쯤 지났을까.

그들은 섬 근처에 이르자 통나무를 버리고 잠수하여 해안까지 헤엄쳐 갔다.

촤아!

철썩! 철썩!

해안은 바위에 부딪치는 파도 소리만으로도 충분히 시끄러웠다. 그들의 움직임은 굳이 소리를 죽일 필요도 없이 흩어지는 파도 소리에 묻혀 사라졌다.

"너희들은 이곳에 있다가 정확히 이각 후에 교란을 시도해."

반옥금은 엄중한 표정으로 명령을 내렸다.

막우는 고개를 끄덕여 명령에 수긍했지만 연천무의 표정은 불만스럽고 불편해 보였다.

"정말 혼자서 할 수 있겠어? 같이 움직이는 게……."

반옥금의 차가운 시선이 연천무의 얼굴에 바늘 끝처럼 날카롭게 꽂혔다.

"이건 내 전문이야. 내가 살수라는 걸 잊지는 않았겠지? 세 사람이 한꺼번에 섣불리 움직였다간 놈들의 경계에 걸릴 위험이 크다는 걸 알아야지."

막우가 연천무의 옆구리를 쿡 찔렀다.

“시키는 대로 해.”

“…….”

연천무는 할 수 없다는 듯 억지로 고개를 끄덕였지만 불안한 안색을 감추지 못했다.

반옥금의 신형이 벌써 자리를 차고 앞에 보이는 건물을 향해 어둠 속을 내달리고 있었다. 그녀의 움직임이 신기하게도 고양이 같아 바람 소리 이상의 소리를 내지 않았다.

연천무가 그녀가 사라져 버린 어둠 속을 바라보며 중얼거렸다.

“정말 괜찮을까?”

“믿자. 두령에게는 그만한 능력이 있어.”

막우가 고개를 돌려 연천무를 보면서 말을 이었다.

“두 사람… 계속 그렇게 서먹서먹하게 지낼 건가?”

연천무가 고개를 떨어뜨렸다.

“도무지 틈을 주지 않잖아. 평소에 농담도 잘하고 잘 삐치고 잘 웃던 그녀가 아니야. 얼음장 같아.”

그날 이후 확실히 반옥금의 분위기엔 변화가 있었다. 연천무를 대하는 분위기만 달라진 게 아니라 막우를 대하는 분위기도 달라졌다. 그날의 충격에서 헤어나는 것이 쉽지는 않을 것이다.

“네 태도가 중요해. 네 의사를 분명히 할 필요가 있어. 상처를 받은 건 네가 아니라 두령이니까 두령의 입장에서 먼저 다가들기는 힘들잖아?”

순간 연천무의 눈이 원한을 품은 자의 그것처럼 불덩이를 품었다. 주위의 상황이 상황이니만큼 소리를 죽여 작은 음성을 냈지만 잇새로 흘러나오는 그 음성은 충분히 사납고 흉흉했다.

“그건 막 형이 모르고 하는 얘기지! 내가 사랑하는 여자야! 그런 여자가 내 눈앞에서 끔찍한 일을 당했어! 내가 그 일을 잊을 수 있을 것 같아! 밤마다 악몽에 시달리는 내 심정 알아? 감히 그녀의 눈을 쳐다볼 수조차 없는 내 심정을 아냐고!”

“…….”

“지난 일이라고? 상처라고? 자신의 일이 아니라고 그렇게 쉽게 생각하지 마! 내겐 더할 수 없는 끔찍한 지옥이야! 내가 그녀 앞에 살아 숨 쉬고 있는 그 자체가 내겐 견딜 수 없는 지옥이라고! 지금 이 순간도 할 수만 있다면 난 내 머리를 통째로 부숴 버리고 싶단 말이야!”

“…….”

막우는 조용히 그런 연천무를 바라보았다. 그의 눈에 맺힌 눈물을 바라보았다. 그의 심연 깊숙한 곳에 들끓는 불에 데어 지울 수 없게 된 화인 같은 고통을 바라보았다.

그가 더 이상 말하지 않았으므로 연천무도 더 이상 입을 열지 않았다.

정적과 침묵은 서로 상충했다. 정적 속에서 침묵은 연천무의 더 큰 아우성처럼 그의 찢어지는 고통과 울분을 대변하고 있었다. 주위의 정적이 더 깊을수록 그의 침묵은 긴 울음처럼 막우의 가슴을 메웠다.

지붕 위에 몸을 납작하게 엎드려 있던 반옥금의 몸이 아래에서 경계를 서고 있던 해적을 덮친 건 그야말로 순식간이었다. 그녀의 몸은 홀로 서 있던 해적의 앞에 거꾸로 떨어져 내리더니 어느새 손을 갈고리처럼 뻗어 그의 목을 움켜잡았다.

“컥.”

숨통이 졸린 해적의 얼굴은 사색이 역력했다.

그의 눈을 들여다보는 반옥금의 얼굴은 달빛 속에서 귀기스럽기 이를 데 없었다.

"내 말에 순순히 따른다면 목숨만은 해치지 않겠다. 난 너희들의 두령을 찾고 있다. 네 두령이 묵는 곳을 손가락으로 가리켜라."

"……."

해적은 이미 그녀의 정체를 파악하고 있었다. 이미 사백단 해적들의 사이에 널리 회자된 살수 귀매 반옥금이 아니고서야 이곳에 올 여자가 없으며 이곳에 올 이유도 없을 것이다.

이미 그의 바짓가랑이 사이로 오줌이 줄줄 흐르고 있었다.

반옥금은 해적이 손가락으로 가리킨 방향으로 시선을 던졌다. 제법 큰 규모의 건물이었고 그중 밖으로 드러난 몇 개의 방은 불이 아직도 꺼지지 않았다. 가는 곳까지의 거리와 주위를 경계 서는 해적들의 위치를 파악하는 데는 그리 오래 걸리지 않았다. 그녀는 잡은 해적의 수혈(睡穴)을 찍어 모퉁이에 숨기고는 곧바로 건물의 그림자 속으로 빠른 고양이처럼 소리없이 달려가더니 한순간 처마 밑으로 숨어버렸다.

입구를 지키고 있는 해적 서너 명의 경계는 엄중했다. 부동의 자세로 움직임이 없는 중에 간헐적으로 눈알만 데굴데굴 굴려서 주위를 살피는 것을 게을리 하지 않았다. 그들의 머리 위 처마 밑에서 움직이는 반옥금의 존재는, 그러나 이미 그들의 위치를 넘어 입구의 안을 향해 숨어들고 있었다. 숨은 귀식법(龜息法)으로 죽였다고 하나 그 움직임은 작은 바람 소리에도 민감하게 파동할 주위의 깊은 정적을 감안한다면 그야말로 귀신이라도 곡할 일이었다.

입구의 안은 긴 복도로 일정한 거리를 두고 벽에 횃불이 밝혀져 있었다.

반옥금의 신형은 천장 대들보를 살금살금 타면서 깊숙이 잠행했다.

이때 불이 켜진 방 하나로부터 가느다란 비음이 들려왔다.

"아아… 아……."

반옥금은 순간적으로 긴장했다.

이미 복도에 들어설 때 남녀 간의 교합이 진행되는 소리를 들은 터였다. 그러나 지금 들려온 신음은 이전의 느낌과는 상이했다. 깊고 낮았던 신음 소리가 높고 뾰족해졌다.

계집의 신음을 따라 사내의 굵고 걸쭉한 음성이 뒤따랐다.

"이년 보게? 오늘따라 안 하던 짓을 하네? 드디어 네년이 진정으로 계집이 되는가 보구나. 쾌락을 알기 시작했어."

"아아… 아흑!"

'뭐지?

반옥금은 눈살을 찌푸렸다. 계집이 흘리는 신음이 계속 커졌다. 왠지 일부러 소리를 높인다는 느낌을 지울 수 없었다.

그녀의 신형이 방문으로 다가가 대들보에 다리를 걸고 거꾸로 매달렸다. 방문의 틈새로 들여다보이는 안에는 육중한 체구의 사내가 그에 반밖에 되지 않은 하얀 계집의 나신에 올라타 땀을 뻘뻘 흘리고 있었다.

반옥금의 시선이 차가워졌다.

사내는 바로 그녀가 찾고 있는 사백단의 괴수 천수마도 상량이었다.

안을 훔쳐보던 그녀는 일순 흠칫했다. 상량의 밑에 깔려 있는 나신의 여자와 눈이 마주친 때문이었다. 그 눈이 아직도 그녀를 보고 있고 그녀 또한 그 눈을 마주하고 있었다.

'이건 뭐지? 저 여자는 뭐야?'

반옥금의 머리 속으로 잠깐 사이 많은 생각들이 실타래처럼 얽히고 설켰다. 현재로선 적아를 구분하기 어려웠지만 그녀가 신음 소리를 갑자기 높여 자신을 부른 게 분명했다. 그녀가 적이라면 지금 뛰어든다는 것은 매우 위험한 일이었다. 아니, 그렇지 않았다. 그녀가 자신에게 적의를 품고 하는 일이라면 어차피 존재가 드러난 이상 위험에서 벗어날 방도는 이미 없는 상황이었다.

바라보이는 눈은 아무런 감정도 느껴지지 않았다. 입은 뾰족하고 높게 신음을 흘리고는 있었지만 그녀의 얼굴 어디에도 홍분한 빛은 보이지 않았다.

반옥금은 오른손을 검에 가져갔다. 왼손은 뻗어서 문틈에 붙였다. 숨을 들이마서 한 호흡을 가득이 입에 물었다. 그녀가 문을 밀어젖히고 몸을 방 안으로 뛰어든 것은 그야말로 한순간에 일어났다.

텅!

천수마도 상량은 고수답게 반사적으로 반응하며 상체를 들어 올렸다. 그러나 그의 움직이는 몸의 동작을 그의 다리를 꼬고 있는 또 다른 다리가 방해했다. 그 다리로부터 빠져나오기 위해 그의 몸이 균형을 잃고 흐트러졌다.

반옥금의 신형이 어느새 그의 얼굴 앞에 들이닥쳤다. 그녀의 손에서 시퍼런 서슬을 품은 검이 그의 목을 향해 날았다. 계집의 몸에서 겨우 몸만 반쯤 일으킨 상량의 목이 뎅강 잘리며 단말마의 비명을 터뜨렸다.

"으아아악!"

피분수가 허공으로 뿜어지더니 벌거벗은 계집의 나신 위로 후드득 떨어져 내렸다. 그녀의 얼굴 위로도 핏방울이 점점이 붉은 꽃처럼 피

어울렸다.

밖으로부터 비명을 들은 해적들의 움직임이 부산해졌다.

"무슨 소리냐?"

"어디서 난 거야?"

"두령님 방에서 들린 것 같은데?"

밖의 소란함과는 달리 방 안의 분위기는 차분했다.

반옥금의 차가운 눈빛이 계집의 시선과 마주쳤다.

"넌 뭐냐?"

계집이 그제야 상체를 일으켰다.

반옥금은 자신도 모르게 검을 쥔 손에 잔뜩 힘을 불어넣었다.

계집이 침대보로 드러낸 하부와 가슴을 가리며 그녀를 쳐다보았다.

"하루꼬라고 하지요. 보시다시피 창부입니다."

"왜인이란 말이냐?"

반옥금의 얼굴에 적개심이 드러났다. 머리 속으로 주마등처럼 스쳐가는 어린 날의 처절한 기억들이 살기를 일으켰다.

계집 하루꼬는 순간적으로 어깨를 움츠렸다. 여차하면 반격할 준비를 한 채 반옥금을 쳐다보았다.

"내가 왜인이어서 문제가 되는 건가요?"

"돼."

"왜죠? 내가 아니면 당신이 이곳 괴수를 그렇게 쉽게 찾아내지 못했을 텐데요? 또한 내가 당신의 존재를 드러냈다면 당신은 쉽게 목적을 이루지 못했죠."

"그건……."

이때였다.

꽈앙!

큰 소리를 내며 거칠게 열리는 문짝과 함께 병장기를 꼬나쥔 해적 십여 명이 우르르 안으로 들이닥쳤다. 그들의 몸이 바닥에 쓰러져 있는 수급과 분리된 천수마도 상량의 시신을 보며 굳어졌다.

반옥금이 그들을 향해 검을 겨누며 소리쳤다.

"내가 누군지 알 것이다! 너희들의 두령은 죽었다! 이곳은 오늘부터 내가 접수한다!"

"미친년!"

해적 하나가 분개한 얼굴로 온몸을 던져 날아들었다. 반옥금이 가볍게 피하면서 해적의 허리를 검으로 쑤셨다.

"으악!"

그사이 해적들이 반옥금을 에워쌌다.

그녀는 뒤에 있는 하루꼬의 존재가 거슬리는 듯 슬쩍 시선을 던졌다. 살수로서 잠행술을 익힌 그녀의 움직임을 알아낸 하루꼬의 존재라는 건 결코 가벼운 느낌이 아니었다.

'대체 뭐야, 저 계집?'

마음이 무겁고 불편해졌다. 등 뒤에 언제 쑤시고 들어올지 모르는 칼을 놓고 적과 대치한 기분이었다.

해적들이 병장기를 휘두르며 달려들었다.

"으아아!"

"이아아!"

반옥금의 손에서 검이 어둠 속에 작렬하는 번개처럼 그들을 마주쳤다.

"이건 너희들 해적의 법이다! 내가 너희 두령을 꺾었으니 내가 곧 너희의 두령이다!"

카앙! 캉!

병장기가 충돌하여 불꽃이 튀고 앞장 서 있던 두 명 해적이 가슴과 배에 검이 쓸려 비명을 질렀다.

"으악!"

"커억!"

해적들이 주춤거렸다.

반옥금이 그들의 면전을 향해 똑바로 검을 겨눈 채 매섭게 질책했다.

"너희들의 안전을 도모하는 건 강한 두령이다! 난 너희들의 두령이 되기 위해 왔다! 그게 우리의 법이다! 해적의 법이다!"

"……."

해적들이 혼란스러운 표정을 지었다. 눈앞의 상대는 여자이기 이전에 그들의 두령을 꺾은 거침없는 고수였다. 두려움 때문이라도 쉽게 용기를 낼 상황도 아니었다.

밖으로부터 또 다른 무리들이 들이닥쳤지만 반옥금은 조금도 망설임없이 죽은 상량의 가슴에 한 발을 올렸다.

"이제 너희들이 따라야 할 사람은 나다! 내가 너희들의 두령이다!"

투다다다당!

막우와 연천무의 신형은 맹목적으로 달려오는 성난 멧돼지 같았다. 그러나 그들이 움켜쥔 칼과 검에서 뿜어내는 광휘는 그 빛이 이를 때마다 어김없이 피분수를 허공에 흩날렸다.

"으아악!"

"크악!"

"커윽!"

애초에 상대도 되지 않는 허수아비며 오합지졸이라는 듯 그들이 지나는 곳에 해적들은 추풍낙엽처럼 쓰러졌다. 바람처럼 그들이 쓸고 지나가는 곳에 죽음이 날렸다.

연천무은 급한 마음에 앞을 가로막는 것이라면 닥치는 대로 베었다. 뒤를 따르는 막우가 오히려 좌우와 후방의 협공을 막느라 더 정신이 없는 모습이었다.

어느새 해채의 중심에 들어선 연천무의 시선에 제법 그럴듯한 규모의 건물이 들어왔다. 굳이 확인하지 않아도 사백단의 괴수 천수마도 상량이 머무는 곳임을 직감했다.

"비켜!"

악다구니를 터뜨리며 그의 몸이 쏜살처럼 앞으로 달려갔다. 수십 명의 포위를 뚫고 들어간 건물 앞은 텅 비어 있었다. 그는 주저없이 입구와 복도를 거쳐 안으로 뛰어들었다.

부서져 있는 문, 그리고 사람들의 그림자.

"뭐야?"

상황을 분석할 것도 없이 그는 험악한 표정으로 소리부터 질렀다.

해적들이 놀라며 우르르 좌우로 몸을 비켰다.

바닥에는 시체 몇 구가 뒹굴고 있고, 그 시체 속에 우뚝 오연한 얼음공주처럼 서 있는 반옥금의 모습이 눈에 찼다. 그리고 또 다른 한 사람, 침상에 앉아 침대보로 벗은 몸을 가리고 태연하게 앉아 있는 여자의 모습이 마지막으로 그의 시선에 걸렸다.

그의 입이 쭉 찢어져 귀에 걸렸다.

"해냈네?"

반옥금이 표정 하나 흐트러뜨리지 않고 퉁명하게 말했다.

"밖에 나가서 싸움이나 말려."

"그, 그러지 뭐."

너무나 차가운 그녀의 태도에 연천무는 풀이 죽어버렸다.

그날 이후 그녀의 태도는 일관됐다. 그가 가까이 다가들 여유와 기회를 주지 않았다.

반옥금은 고개를 돌려 하루꼬를 쳐다보았다. 사백단 해적들과의 문제는 이미 정리가 끝났다는 듯 주위의 상황에는 아랑곳하지 않았다.

"넌 뭐냐?"

하루꼬의 얼굴에는 이렇다 할 표정이란 게 없었다. 그 하얀 얼굴이 마치 하얀 회칠을 한 듯했다.

"당신들이 말하는 동왜(東倭)의 여자죠. 동왜에 있을 때 닌자와는 좀 구별되지만 일종의 닌자로서 수업을 받았죠. 사람을 해치는 일보다는 정보를 얻기 위한 역할을 맡았고 바다에서 풍랑을 만나 배가 난파되었는데 그때 마침 대륙으로 떠나는 해적선을 만나 목숨을 연명했죠. 왜인 해적의 수장 키요타카 구로다가 사백단과 협약을 맺으면서 협약의 선물로 날 이곳에 남게 했어요. 그때부터 해적들의 노리개가 되어 살고 있죠."

"네 능력이라면 탈출하는 건 어려운 일이 아니었을 텐데?"

"난 바다를 몰라요. 배를 모는 건 내게 아주 생소한 일이죠. 난 기회를 엿보고 있었지만 섣불리 움직일 만큼 가볍지는 않아요."

"노리개로 지내는 게 수치스럽지가 않았단 말이냐?"

"그게 뭐 어떻단 말이죠? 육체는 그저 육체일 뿐이에요. 진정으로 사랑하는 남자를 만난다면 얘기가 달라지겠지만 그들이 즐길 동안 나도 같이 즐기는 거죠. 그들이 가지는 건 내 몸이지 나의 마음은 아니에요.”

“…….”

반옥금은 갑자기 할 말을 잃어버렸다. 조금도 부끄러워하지 않는 하루꼬의 모습에 오히려 그녀의 얼굴이 화끈거렸다.

밖은 혼란이 수습된 듯 조용해졌다.

그녀는 한참 동안 하루꼬를 쳐다보았다. 왜인이라는 게 마음에 들지 않았지만 특별히 해가 될 것 같지는 않았다.

그녀는 판단을 보류하기로 하고 하루꼬로부터 몸을 돌렸다.

“네 얘기는 차차 하기로 하자.”

제14장
풍운서곡(風雲序曲)

海賊王

海賊王

산동성(山東省)의 해안 포구 광여(鑛黎)는 동북 교역으로 일찍부터 발달해 수많은 상선들에 의해 발전했다. 산악이 험한 산동의 특성상 육로의 발달이 미진해 포구의 규모는 그리 크지 않지만 나름대로 유구한 역사를 지녔다.

이를 상징하듯 광여관청은 포구의 규모에 비해 두 배가 넘는 인원이 배치되어 있었다. 나라가 교역을 금지한 물품에 대한 통제와 입출 물품에 대한 정확한 수량과 그에 따른 세금을 징수하는 일을 하며 인근 일대에 출몰하는 산적과 해적 등으로부터 포구를 지키는 일을 했다.

이곽은 벌써 보름째 광여관청에 묵고 있었다.

우여곡절 끝에 겨우 흑풍사의 살수들을 태운 배를 발견했지만 그들은 이미 대륙으로 숨어들고 말았다. 서둘러 관청을 찾아 관군을 동원하여 수색에 임하는 한편 사방으로 파발을 보내어 용모파기된 살수들의 흔적을 찾고자 했다.

하루하루 지내는 게 속이 탔지만 도망친 살수를 잡는 게 화급을 다투는 일이라 어쩔 수 없었다. 섬에 남겨진 살수와 도망친 살수와는 그 중요성에서 비교가 되지 않기 때문이었다.

그러나 벌써 보름째 아무런 수확이 없다. 오늘 중에 별다른 소식이 없다면 섬으로 돌아가 반옥금이란 계집이라도 황실로 압송할 생각이었다.

이곽이 초조한 마음으로 마당을 서성이고 있는데 요란한 발걸음 소리가 들렸다.

광여관청의 청주 곽부차가 군졸 세 명을 거느리고 다급하게 뛰어들고 있었다. 그의 얼굴이 시뻘겋게 달아오른 게 심상치 않은 사태를 예감하게 했다.

"어장 어르신, 큰일났습니다!"

이곽은 눈살을 찌푸렸다.

"큰일이라니요?"

곽부차가 고개를 뒤로 돌리더니 군졸들을 물리쳤다. 군졸들이 서둘러 몸을 뒤로 뺀 후에도 그는 쉽게 입을 열지 못하고 이곽의 팔소매를 잡아끌며 후미진 곳으로 데려갔다.

"대체 무슨 일인데 이러시오?"

이곽의 표정에도 긴장감이 스쳤다.

곽부차가 똥 마려운 강아지처럼 땀을 뻘뻘 흘리더니 조심스럽게 말을 꺼냈다.

"놀라지 마시오. 황상께서……."

무슨 말인가?

이곽의 몸이 일순 불길한 생각에 통나무처럼 굳어졌다.

곽부차가 그의 얼굴을 보면서 결연한 표정으로 말을 이었다.

"황상께서… 살해당하셨소."

"……."

이곽은 한동안 말을 하지 못하고 곽부차의 얼굴만 쳐다보았다.

곽부차가 고개를 끄덕여 다시 한 번 사실을 인지시키자 이곽의 몸이 크게 흔들렸다.

"어, 어디서 전갈을 받았소?"

"산동성주의 파발이오."

풀썩!

이곽이 무릎을 꿇더니 상체를 바닥에 엎드려 짐승처럼 울부짖었다.

"폐하!"

곽부차가 당황한 표정으로 이곽을 일으키려고 애썼다.

"이, 이러지 마시오. 산동성주께서 이 어장께 사실을 알리되 다른 사람들이 알게 하지 말라 하셨소. 폐하의 붕어가 알려지면 천하가 급격한 혼란에 빠질 것이외다."

"나 때문이오. 나 때문이외다. 내가 곁에서 지켜 드리지 못하였소. 폐하의 곁을 비우는 게 아니었소이다."

이곽의 눈에선 굵은 눈물이 뚝뚝 떨어지고 있었다.

곽부차가 그런 이곽에게 귀엣말을 건네듯 말했다.

"산동성주께서 이 어장을 뵙길 청하오. 서둘러 산동성주께서 계시는 제남성(濟南城)으로 가셔야겠소."

이곽이 어깨를 들먹거리는데 오열이 쉽사리 멈추지 않은 모양이었다. 그러나 겨우 진정하며 가까스로 말문을 열었다.

“가장 빠른 길을 알려주시오.”

“험하긴 하나 산로를 택해 지름길로 간다면 워낙 걸음이 잰 분들이니 족히 삼 일이면 닿을 수 있을 거요.”

“서둘러 건량을 준비해 주시오. 일각 후에 바로 출발하겠소.”

＊　　　＊　　　＊

구룡포반점의 주인 왕명은 지금 두 눈이 휘둥그레져 있었다. 반점을 막 들어서는 사람들은 죽을 줄만 알았던 왈패 연천무의 무리였기 때문이다.

바로 염포와 장춘 등이었다.

“오랜만이오.”

염포가 빈자리를 점해 엉덩이를 털썩 주저앉히며 대거리를 하듯 퉁명하게 말했다.

왕명의 개기름이 긴 얼굴에 습관처럼 간사한 웃음이 일어났다.

“헤헤… 이게 얼마만인가? 그런데 연천무가 보이지 않는구먼?”

염포가 버럭 소리를 질렀다.

“그놈 얘기는 입에 담지도 마시오! 내 그놈 때문에 사경을 헤맨 것을 생각하면 치가 떨리니까! 그놈 얼굴, 다시는 볼 일 없을 거요!”

“주, 죽었단 말인가?”

“국밥이나 줘! 배고파 뒈지겠어!”

“아, 알았네.”

여간 험상궂지 않게 나오는 염포의 대거리에 왕명은 후닥닥 주방으로 달려갔다.

"여기 국밥 좀 내와라! 서둘러!"

염포 등은 며칠 굶주렸는지 두세 그릇씩 허겁지겁 먹어치웠다. 배가 불러서야 비로소 떠들어댔다.

"빌어먹을! 진평이란 놈이 우릴 속인 거야! 애초부터 돈을 줄 생각은 없었던 거라고! 우리가 너무 놈을 철석같이 믿었어! 죽음을 각오하고 모험을 했는데 한 푼도 손에 못 넣고 헛고생만 한 거지!"

"좋게 생각해야지. 목숨을 부지한 것만 해도 다행이라고 생각해. 관병부장 나후문은 그 잔인한 살수 늠한테 죽었잖아. 우린 그나마 살아 있고."

"이게 다 연천무 그 새끼 때문이야! 그놈이 돌아올 일도 없겠지만 돌아오면 내 그놈을 가만두지 않을 거야!"

"가만두지 않으면? 네가 연천무를 이길 수 있을 것 같아? 앞에 있으면 당장 꼬랑지를 말걸?"

"뭐야?"

한바탕 싸움이라도 벌어질 것처럼 장춘과 염포가 멱살잡이에 들어갔다. 알게 모르게 연천무의 빈자리를 두고 주도권 싸움이 시작되고 있었다.

왕명이 가만히 보고 있을 리 만무했다. 반점에서 싸움이 벌어지면 기물이 부서질 테고, 땡전 한 푼 없는 파락호들한테 배상을 받아낼 방법이 없었다.

"이, 이것들 봐. 그거 알아?"

"뭘?"

염포와 장춘이 동시에 고개를 돌리며 물었다.

왕명의 말이 이어졌다.

"연천무의 아비, 아니, 연천무를 기른 절름발이가 다시 나타났어. 며칠 전부터 연천무를 찾더라고."

"그래서?"

염포가 눈을 부라렸다.

왕명의 얼굴이 해쓱해졌다.

"그, 그래서는… 그, 그랬다는 거지 뭐."

"똥개보다 못하게 연천무에게 얻어맞고 쫓겨 나간 늙은이가 다시 돌아온 게 뭐가 중요해! 연천무가 사라지고 없다니까 다시 돌아온 거겠지! 아가리를 찢어놓기 전에 가서 술이나 내와! 오늘은 기분도 더럽고, 꼭 한잔 걸쳐야겠으니까!"

장춘도 목청을 돋웠다.

"그래, 오늘은 진탕 마셔보자! 구룡포에서야 우리가 왕이지! 누가 감히 우리를 건드리겠어?"

순간 염포의 주먹이 장춘의 얼굴에 우악스럽게 꽂혔다.

"넌 좀 조용히 찌그러져 있으란 말이야!"

퍽!

"억!"

장춘의 몸이 앉은 의자와 함께 뒤로 벌렁 넘어갔다.

그 후 장춘의 목소리는 술자리가 끝날 때까지 한마디도 들리지 않았다.

*   *   *

삼십여 명이 넘는 그림자가 산을 타고 넘는 모습이 멀리서 보기에는 흡사 고라니 떼 같았다. 뛰는 듯 나는 듯 바위를 차면서 오르는 몸놀림들이 가볍기 이를 데 없었다.

이곽과 금의위들은 쉬지 않고 산을 탔다. 벌써 만 하루를 꼬박 달리고 있었으며 그 때문에 그들의 몸은 비 맞은 생쥐처럼 땀에 흥건히 젖어 있었다. 금의위들은 지친 기색이 역력했지만 갈 길을 쉬지 않고 재촉하는 이곽의 예사롭지 않은 분위기에 질려 감히 말도 건네지 못했다.

밤이 되면서 잔뜩 낀 구름 때문에 주위를 분간하는 것조차 힘들었다.

"으아악!"

기어코 금의위 하나가 발을 헛디디면서 절벽 밑으로 굴러 떨어졌다.

이곽이 비로소 걸음을 멈추고 절벽 밑으로 시선을 던졌다.

"제가 내려가 보겠습니다."

서난개가 말과 함께 몸을 돌렸지만 그의 움직임은 바로 이곽에 의해 제지당했다.

"그만둬. 살아 있을 리가 없잖아."

"시신이라도 수습해야 하지 않습니까?"

서난개가 볼멘소리를 냈다. 황제의 죽음을 알지 못하는 금의위들의 얼굴에 불만이 가득했다.

이곽은 그러나 단호한 어조로 그들의 불만을 일축시켰다.

"촌각을 다투는 일이다. 내일 저녁까지 제남성에 들어간다. 어서 가자."

서난개가 분통한 마음에 소리를 지르고 대들었다.

"어장, 어찌 당치 않은 결정입니까? 장수가 부하의 죽음을 가볍게 다루면서 어찌 부하들에게 장수를 따르라 하십니까?"

이곽의 얼굴에 격기가 스쳤다.

"네놈의 목이 베어져야 그 경망한 입을 다물겠느냐?"

"……."

서난개는 순간 입을 다물었다. 십여 년 동안이나 이곽을 옆에서 음으로 양으로 보좌했지만 그의 이런 추상같은 표정을 본 적이 없었다. 한 번도 흔들리는 모습을 보이지 않던 이곽이었다. 뭔가에 대한 격노가 이 뿌리 깊은 거인을 뒤흔들고 있단 말인가.

"어장, 대체 무슨 일이십니까? 어인 일이 이토록 어장을 진노하게 만드신 겁니까?"

"너희들은 불문곡직하고 명에 따른다. 내가 할 말은 이것뿐이다."

말과 함께 이곽이 먼저 몸을 돌렸다.

"가자!"

사태의 심각성을 깨달은 금의위들이 이곽의 뒤를 주저없이 쫓아갔다. 굳이 말하지 않음은 그만한 속내가 있음이며 누구보다 이곽 자신이 힘들어하고 있음이리라.

얼마쯤 갔을까.

돌연 앞장서던 이곽이 갑자기 걸음을 멈추었다.

서난개의 얼굴에도 긴장한 표정이 역력했다. 금의위들의 손은 어느새 병장기에 가 있었다.

이곽이 전면의 숲을 보면서 서툰 으름장을 놓았다.

"도적질도 상대를 봐가면서 할 일이다. 조용히 물러나라."

그러자 숲으로부터 인기척이 일며 나무 뒤에 몸을 숨기고 있던 흉험하게 생긴 산적들이 모습을 드러냈다.

"흐흐흐흐… 용케도 알았구나. 과연 황실의 녹을 먹는 놈들이라 뭔가 달라도 다르구나."

"우리의 신분을 안단 말이냐?"

말하는 이곽의 표정이 굳어 있었다.

산적들은 하나같이 흉험한 얼굴과 날카로운 눈빛을 번뜩이는 게 녹록치 않아 보였다. 수적으로도 오십 명이 훨씬 넘어 보였고 주위 숲으로 또 다른 인기척도 느껴졌다.

이곽은 함정에 빠졌다는 것을 깨달았다.

무리의 수좌로 보이는 가장 앞에 서 있는 자는 긴 생머리였다. 머리카락에 가려 얼굴이 잘 보이지 않았지만 두 눈에서 뿜어내는 녹광이 보는 이를 섬뜩하게 만들었다.

"알다마다. 네놈이 금위어장 이곽이라는 것도 알고 있는걸?"

"한낱 녹림배들이 감히 황실 어위와 맞서려 하다니! 대체 어느 놈의 사주를 받은 거냐?"

이곽은 상대의 정체를 캐보는 한편 주위의 상황을 살폈다. 금의위들의 숨결이 여간 흐트러져 있는 게 아니었다. 꼬박 하루를 쉬지 않고 달렸으니 누적된 피로에 녹초가 되어 있는 것이다.

산적 수좌의 누런 이가 날리는 머리카락 사이로 마치 금빛처럼 빛났다.

"네놈의 목에 자그마치 황금 만 냥이 달렸다. 내 네놈의 처지를 간특하게 여겨 네놈의 수하들은 굳이 해치지 않을 테니 바로 떠나보내도록 해라. 나 장발마귀(長髮魔鬼) 엽술을 만나 목숨을 건지는 건 쉬운 일이 아니다."

장발마귀 엽술!

산동성 묘악산(墓嶽山) 일대를 무대로 활동하는 묘악채(墓嶽寨)의 채

주로 산적이기보다는 마두로 강호에 널리 명성이 알려진 자였다. 그가 이끄는 무리의 수가 물경 오백에 이르고 산동성에 적을 둔 여러 산채를 휘하에 규합하고 있기도 했다.

그러나 이곽으로서는 생소한 이름이었다.

"네놈이 누가 되었든 네놈이 어찌 우리의 신분을 알며 어찌 우리가 이곳을 지난다는 것을 알고 있는지 소상하게 밝혀야겠다. 황실에 누를 입히려는 자는 모두 대역죄인이다."

"저놈이 아직도 사태 파악을 못하는구나."

엽술이 고개를 뒤로 돌려 말하자 산적들이 한바탕 낭탕대소를 터뜨렸다.

"하하하하! 한 놈 잡아 껍질을 벗겨내기 전에는 전혀 알려 하지 않을 모양입니다!"

"낄낄낄."

이곽이 슬며시 옆에 있는 서난개의 발등을 밟았다.

순간 이곽과 서난개의 신형이 빛살처럼 산적들을 향해 날아갔다.

"쳐라!"

동시에 숲 속에서는 그들의 움직임을 발견하고는 날카로운 외침이 터졌다.

"쏴라!"

피잉! 핑!

숲으로부터 미리 화살을 장전하고 있던 산적들이 시위를 놓았다. 날카로운 파공음과 함께 수십 개의 화살이 금의위의 좌우에서 날아들었다.

"으악!"

“컥!”

화살에 격중당한 금의위 두 명이 비명을 지르며 고꾸라졌다.

이곽의 신형은 곧장 장발마귀 엽슬을 향해 달려들었다. 엽슬이 쇠도리깨를 흔들며 마주쳐 왔다.

카앙!

엽슬의 쇠도리깨에 실린 힘은 엄청났다.

이곽은 어깨까지 충격이 전해지는 것을 느끼며 뒤로 한 발을 뺐다.

엽슬의 입술이 징그럽게 웃고 있었다.

“어디, 금위어장의 솜씨를 구경 좀 할까? 내가 네놈을 꺾고 그 자리에 한번 앉아볼까 하는데 말이야.”

이곽이 입술을 질끈 물었다.

“네놈이 이후 내 옷자락이라도 한번 건드리면 내 그 자리에서 목숨을 내주마!”

소리치며 이곽의 신형이 엽슬을 향해 솟구쳤다.

엽슬이 허공에 뜬 이곽을 향해 쇠도리깨를 휘둘렀지만 이곽의 신형은 벌써 그의 머리 위로 넘어갔다.

“이, 이런…….”

엽슬이 당황한 얼굴로 몸을 황급히 뒤로 돌렸다.

이곽의 신형이 땅에 착지하기 무섭게 그를 향해 전광석화와 같이 날아왔다.

그 빠름이라니.

엽슬로서는 상상할 수 없는 쾌(快).

그러나 엽슬도 그냥 당하지만은 않았다. 그는 긴 쇠도리깨를 이용해 검을 찔러오는 이곽의 어깨를 후려쳤다. 이곽의 검이 엽슬의 목을 찌르면 엽술의 쇠도리깨는 이곽의 어깨를 으깨 버릴 것이다.

이곽이 어쩔 수 없이 검을 거두며 몸을 옆으로 틀었다.

엽술이 그사이 자세를 가다듬고는 주위를 향해 소리쳤다.

"구호! 종막! 나 좀 도와야겠다!"

금의위와 싸우던 산적들 중에서 날랜 몸집의 두 명이 빠르게 달려와 엽술의 좌우에 자리를 잡고 섰다. 태양혈이 혁혁하게 솟은 게 한눈에 보아도 일류고수임을 알게 했다.

이곽은 눈살을 찌푸렸다.

도처에서 금의위들이 곤경에 처해 있었다. 대부분 두 명 이상을 상대했고 서난개는 일시에 다섯 명과 싸움을 벌였다.

막 숲 속에서 오십여 명의 또 다른 산적들이 싸움에 가담하기 위해 달려왔다.

사백단 해적들과의 전투를 경험한 이곽으로서는 낭패스러운 일이 아닐 수 없었다. 산적들의 무예가 해적들과는 비교할 수 없이 출중하니 당혹할밖에. 동냥질을 해도 촌구석과 성도의 비렁뱅이 수준이 다른데 하물며 도적질을 하는 데 있어 각기 섬과 대륙을 무대로 활동하는 해적과 산적의 수준은 다르기 마련이었다. 그 때문에 산적이 강호의 한 부류로 오래전부터 녹림으로 불려온 터였다.

"으아악!"

금의위 하나가 또다시 산적의 도끼에 목이 날아가며 단말마의 비명을 터뜨렸다.

이곽의 신형이 엽술을 향해 쏘아져 나갔다.

"중과부적이다! 내 말을 듣는 즉시 금의위는 이곳을 탈출하라! 제남성 성부에서 만나자!"

최대한 금의위의 탈출을 도와야 했다. 그는 성난 노호처럼 엽술을 덮쳤다.

엽술 역시 두 명의 소두령과 함끼 이곽을 마주쳐 왔다.

"네놈이 이제야 엄중한 사태를 파악한 모양이로구나! 다른 놈들은 몰라도 네놈만큼은 오늘 이곳에 머리를 떼어놓아야겠다!"

육중한 무게가 실린 쇠도리깨가 바위라도 부술 듯 날아오고 양쪽으로는 날이 시퍼런 도끼와 창이 쑤시고 들어왔다.

투다다당!

이곽이 병장기들을 쳐내면서 소리쳤다.

"뭣들 하느냐? 네놈들이 빠져나가야 내가 빠져나갈 것 아니냐? 이건 명령이다! 모두 명령에 따르라!"

서난개가 산적 하나의 가슴을 길게 찢으며 외쳤다.

"탈출하라! 탈출하라!"

금의위들이 산적들의 포위망을 뚫고 속속 사방으로 흩어져 어둠 속으로 도망쳤다. 그들로부터 홀가분해진 산적들이 재빠르게 움직여 이곽의 주위를 에워쌌다.

서난개가 온몸을 날려 장발마귀 엽술에게 덮쳐들었다.

"어장! 어서 몸을 피하십시오!"

"부관! 안 돼!"

이곽은 예기치 않은 사태에 크게 소리치며 서난개의 뒤를 따랐다. 서난개의 좌우에서 구호와 종막으로 불린 소두령 둘이 협공을 하고 엽술의 쇠도리깨는 벌써 서난개의 머리통을 노리고 맹렬한 파공음을 쏟아냈다.

"제 희생을 헛되게 하지 마십시오."

카앙! 캉!

서난개는 소두령 둘의 도끼와 창을 검으로 걷어내자마자 다급하게 머리 위를 날아오는 쇠도리깨를 막아갔다.

"안 돼!"

이곽의 외침은 거의 울부짖음 같았다.

카앙!

위에서 내려쳐진 쇠도리깨가 아래에서 올려 막은 검과 충돌해 불꽃을 일으켰다.

순간 서난개는 흠칫했다. 쇠도리깨에 실린 막중한 힘에 검이 무력하게 밀리는 것이 아닌가.

퍼억!

"아아악!"

그의 머리를 터뜨린 쇠도리깨가 피와 함께 허연 뇌수를 사방에 뿌렸다.

그 날리는 핏물 속으로 서난개의 뒤를 바싹 따라붙던 이곽의 신형이 날아들었다.

허공엔 어둠을 가르는 노호(怒號)와 일섬(一閃).

"으아아아아아아!"

엽술이 미처 쇠도리깨를 거두어들이기도 전에 이곽의 검이 그의 수급을 목에서 잘라냈다.

"아아악!"

이곽의 얼굴이 후두두 숫구친 핏물을 뒤집어썼다.

실로 창졸지간에 빚어진 일이었다.

산적들의 얼굴에도 순간적으로 당황한 빛이 스쳤다.

그사이 이곽의 신형이 무너지는 엽술의 몸을 발판으로 한 번 딛고 뛰어오르더니 어둠 속으로 날랜 비조처럼 숨어들었다.

"놈을 잡아라!"

"쫓아라!"

산적들이 이곽이 사라진 숲 속으로 서둘러 달려갔다.

*   *   *

절름발이 늙은이의 이름은 본래 고맹하였지만 그의 이름을 부르는 자도 그의 이름을 아는 자도 없었다. 따지고 보면 그 자신도 이름을 잊고 산 지 아주 오래되었다. 그의 이름은 언제부터인가 늙은이였다.

"늙은이, 이게 얼마 만이야?"

염포는 마침 저잣거리에서 마주친 절름발이 고맹하에게 말을 건네고 있었다.

거의 폐인과 다름없는 고맹하는 반백의 봉두난발이었다. 더덕더덕 기워 입은 옷과 피부병이 번진 얼굴에선 악취가 풍겼다. 염포 등의 무리는 그 때문에 감히 가까이 할 생각은 하지도 못하고 적당히 거리를 두고 서 있었다.

고맹하가 듬성듬성한 이를 드러내며 징그럽게 웃었다.

"자, 자네 염포로군. 정말 반갑구먼. 오랜만에 봤는데 나 따뜻한 국밥이라도 한 그릇 먹여줘. 내 은혜는 절대로 잊지 않을게. 응?"

그가 아는 척을 하며 시커멓게 대에 전 손을 뻗어오자 염포는 기겁했다.

"빌어먹을! 저리 안 비켜!"

염포가 발을 들어 고맹하의 얼굴을 냅다 차버렸다.

"어이쿠!"

고맹하의 몸이 실 끊어진 연처럼 날아 땅바닥을 뒹굴었다.

아주 어린 시절 연천무나 염포 자신에게 몽둥이를 휘두르며 포악깨나 떨던 자였다.

고맹하가 바닥을 엉금엉금 기면서 애처로운 눈빛으로 염포를 쳐다보았다.

"이, 이보게. 그러지 말고 한 푼만 적선하시게. 우리가 어디 한두 해 알고 지낸 사이인가? 천무의 얼굴을 봐서라도……."

"치도곤을 놓기 전에 썩 꺼지지 못해! 앞으로는 아는 척도 말아! 공연히 아는 척하다가는 그나마 성한 뼈도 성치 못하게 될 테니까!"

"천무가 돌아오면 내 신세진 거 다 갚아줄 테니 제발 이러지 말고 좀 도와주게."

"그놈이 돌아오긴 어떻게 돌아와! 바다 저 멀리 외딴 섬에 처박혀 버렸는데! 놈이 무슨 낯짝으로 돌아오며, 무슨 좋은 추억이 있다고 오겠어? 우리 몰래 금덩이라도 숨겨놨으면 몰라도!"

"아니야. 돌아올 거야. 내가 놈의 비밀을 가졌거든. 더구나 그놈은 그렇게 호락호락한 놈이 아니야."

눈치가 빠른 장춘의 눈알이 데굴데굴 굴렀다.

"비밀은 뭐고 호락호락하지 않다는 건 뭐야?"

고맹하가 징그러운 소리를 내며 흐드러지게 웃었다.

"<u>으흐흐흐</u>… 이제야 좀 얘기가 통하는군. 뭔가 감이 오지? 그러니 내게 잘 보이란 말이야."

염포는 성질을 버럭 냈다.

"이 개뼈다귀 같은 늙은이! 수작 부리지 말고 어서 토설하지 못해!
감히 누구한테 얼토당토않게 수작질이야!"

고맹하는 아예 바닥에 엉덩이를 퍼질러 앉았다.

"나도 이판사판이야! 이렇게 사나 저렇게 사나 죽지 못해 사는 놈인
데 어쩌겠어! 단칼에 죽일 거면 죽여봐! 내가 무서운 게 있는 놈 같아?
내 꼴을 좀 보라고!"

장춘이 그 앞에 쪼그리고 앉았다.

"우리도 뭔가 확실한 냄새를 맡아야 할 거 아니야. 그래야 국밥을
사 주든 말든 하지."

고맹하가 음흉한 웃음을 머금었다.

"비밀은 절대로 얘기 못해. 하지만 다른 건 얘기해 줄 수 있지."

"다른 것? 어떤 것?"

"그놈이 오래전부터 딴 주머니를 차고 있었거든. 내가 알아보니까
맨몸으로 도망친 모양이던데, 그렇다면 이곳 어딘가에 놈이 그동안 모
아놓은 돈이 있다는 거지. 그러니 놈이 그 돈을 찾기 위해서라도 분명
히 한 번은 들를 거란 얘기지."

"돈?"

장춘이 고개를 뒤로 돌려 염포를 쳐다보았다.

염포가 고개를 끄덕였다.

"그럴듯해. 사실 연천무가 그동안 벌어들인 돈이 적지 않은데 쓰는
걸 못 봤지. 포구가 다 아는 자린고비 아니야. 술과 계집도 공짜가 아
니면 먹지 않는 놈이었으니까."

"한 푼도 쓰지 않고 모았다면 정말 많겠는걸?"

장춘이 흥분되는 듯 코를 킁킁거렸다. 그가 다시 고맹하에게 의중을

떠보듯 넌지시 말을 건넸다. 어투가 말할 수 없이 부드러워졌다.

"하지만 놈의 돈을 뺏을 수 있는 방법이 없잖아. 알다시피 우리로선 놈을 죽일 수 있는 힘이 없어. 자칫하면 도리어 우리가 위험해. 방법이 있을까?"

"물론 있지."

"……."

"내가 놈의 비밀을 쥐고 있다고 했잖아. 놈에게는 돈으로 바꿀 수 없는 엄청난 비밀이지."

"……."

고맹하의 웃음에 담긴 의미를 해석하는 데는 오래 걸리지 않았다.

장춘의 입이 쭉 찢어졌다.

"조건은?"

고맹하가 두 손을 움켜져 장춘의 얼굴 앞에 내밀었다.

"놈이 나타날 때까지 배 터지게 국밥만 사주면 돼. 물론 일이 다 끝난 뒤에 이 두 손이 움켜쥘 수 있는 만큼의 돈을 가지도록 허락하고."

"국밥도 사주고 술도 사주면?"

"으흐흐흐… 물론 충성이지!"

장춘이 다시 고개를 돌려 염포를 응시했다.

염포가 고개를 끄덕였다.

거래는 간단하게 이루어졌다.

＊　　　＊　　　＊

어떻게 된 걸까?

　녹림의 산적들이 어떻게 자신들의 길목을 알고 미리 기다리고 있었던 것일까?

　차가운 계곡물에 머리를 거꾸로 처박은 채 이곽은 생각에 잠겼다.

　물론 정보를 흘린 자는 둘 중 하나였다. 광여관청주 곽부차가 아니면 산동성주 남궁제였다. 산동성주에게서 왔다는 파발을 확인하지 못한 건 실수였다. 만일 정말로 산동성주로부터 파발이 온 것이라면 시간과 정황상 산동성주를 의심해야 마땅했다. 그러나 파발이 온 사실이 없다면 그를 함정에 몬 사람은 광여관청주였다.

　이제 어떻게 해야 옳은가? 과연 어디부터 먼저 가야 하는 것일까?

　만일 이 모든 함정이 주도면밀하게 준비된 것이라면 함정은 여기서 끝나지 않을 것이다. 생각보다 역도를 꾀한 자들의 뿌리도 깊을 것이다. 뒤집어 생각하면 그들의 힘은 이미 천하를 뒤집어엎을 만큼 막강할 것이다.

　그렇지 않고서는 역모를 결행할 수 없으므로.

　"폐하……."

　비분강개한 그의 눈에서 절로 눈물이 흘렀다.

　'폐하… 폐하는 어떻게 되신 것일까? 정녕 붕어하신 걸까?

　갑자기 마음이 급해졌다. 그는 계곡물에 처박고 있던 머리를 들더니 긴 호흡을 한 번 내쉬고는 계류 아래를 향해 내달리기 시작했다. 야음(夜陰)을 달리는 그의 모습 한 마리 큰 맹호 같았다.

　제남성이 산동성의 중심이라는 걸 알게 하듯 성을 향하는 관도에는 행인들이 즐비했다. 대개가 짐 보따리를 꾸린 보부상이었지만 성에 가까이 다가갈수록 유난히 삼삼오오 짝을 지어 다니는 관병들의 모습이 등골이 서늘하게 잦아졌다.

이상한 일이다. 관도에 웬 관병들이 이렇게 깔려 있는 걸까?

이곽은 죽립을 깊이 눌러쓰고 있었다. 만일의 상황에 대비해 신분을 숨길 수밖에 없었다. 또 어떤 함정이 그를 기다리고 있을지 알 수 없는 일이었다.

제남성에 들어서자 마주치는 사람의 반이 관병이었다. 서둘러 움직이는 모습이 심상치 않은 상황을 짐작케 했다.

마침 관병 서너 명이 달려오더니 성벽에 벽보를 붙였다.

행인들이 우르르 몰려들더니 떠들어댔다.

"황, 황제가 죽었다!"

"무, 무슨 소리야? 황제가 죽다니?"

"여기 이 용모파기를 봐! 황제를 죽인 범인이라잖아!"

이곽은 사람들 사이를 밀치고 들어갔다. 벽보에 붙은 용모파기를 본 순간 그의 얼굴은 청천벽력이라도 맞은 듯 경악한 표정이었다.

벽보에 용모파기된 얼굴은 바로 이곽 그 자신의 것이었다.

옆에 있던 보부상 하나가 고개를 숙여 힐끔 그의 얼굴을 훔쳐보았다. 이곽과 눈이 마주친 그의 동공이 너무 크게 떠져 터져 버릴 것 같았다.

"이자다! 황제를 죽인 금위어장 이곽이 여기 있다!"

벽보의 용모파기에는 그의 신분과 이름까지 낱낱이 적혀 있었다.

"황제 살해범이 여기 있다!"

이곽의 주위에서 튄 사람들이 삽시간에 입에서 입으로 고함을 쳐 주위에 널리 알렸다.

관병들이 사방에서 몰려들고 있었다.

“저놈이다! 죽립을 쓴 놈이다!”

“놈을 잡아라!”

이곽은 하늘이 무너지는 기분이었다.

“폐하! 폐하……!”

통곡해도 시원치 않을 일이었다. 역적을 잡으러 나온 신분으로 오히려 역적으로 몰렸으니 어찌 비통하며 분통하지 않을까.

그는 입술을 질끈 깨물었다.

역모는 아주 오래전부터 진행되어 왔고 그가 빠진 함정은 쉽게 헤어날 수 없이 깊을 것임을 직시해야 했다. 그들과 싸우기 위해서는 그들에 대한 보다 철저한 연구와 준비가 필요했다.

그는 자리를 박차고 몰려드는 관병들을 피해 벌써 도망치고 있었다.

죽은 황제를 위한 애도의 눈물이 그의 발걸음을 쫓아가며 떨어져 내렸다.

제15장

상인(商人) 해하돈

海賊王

해하돈(海河豚)이라는 별명은 하돈(河豚:복어)에서 유래
됐다. 굳이 해(海)를 넣어 불리는 건 바닷사람들이 복어와 그를 분리해
서 부르게 위한 편의적인 발상이었다. 그는 오래전부터 이렇게 해하돈
이라 불리었고 그 자신의 이름은 더 이상 쓰지 않아 모르는 사람들은
그의 성이 해이고 이름이 하돈인 줄 알고 한바탕 웃어대기도 했다.

"소인은 광여의 상인으로 사백단과는 일곱 해씩이나 아주 오래 거래
를 해왔습죠. 섬에는 소인이 삼 개월에 한 번씩 들러 식료품과 포목 등
을 가지고 오며 다음에 올 때 가지고 들어올 품목들을 주문받고 있습
죠."

해하돈은 별명의 원인이 된 볼록한 배를 우스꽝스럽게 내민 채 얼굴
가득 웃음을 피워 올렸다.

탁자에 앉은 세 사람을 바라보는 그의 얼굴 한구석엔 그러나 두려움

이 깊게 배어 있었다. 사백단의 새로운 주인이 된 세 사람으로 그 존재에 대한 공포가 쉽게 지워질 리 만무했다. 싸늘한 표정으로 단 한 마디로 입을 열지 않고 있는 두령이라는 젊은 여자와는 되도록 눈을 마주치는 것조차 피했다.

실물에 이가 밝은 막우가 물었다.

"네가 장사치라면 물건만 팔고 그 대금만 취하면 그뿐일 텐데 어찌 두령님을 뵙겠다고 청한 것이냐?"

해하돈이 우물쭈물한 끝에 입을 열었다.

"저, 정녕 모르고 물으시는 겁니까?"

답답함을 참고 있던 연천무가 기어코 분통을 터뜨렸다.

"이놈아, 그걸 말이라고 해! 모르니까 물어보는 거 아니야!"

영리한 해하돈의 눈길이 막우에게 던져졌다. 무식하고 포악한 놈을 상대하다가는 언제 날벼락을 맞을지 모르는 일이었다. 가만히 보니 말이 통하는 상대는 막우뿐이었다.

"소인이 뵙기를 청한 것은… 그동안 훔쳐 놓은 돈이 될 만한 물건을 내주십사… 제가 뭍에 나가 팔아서 돈을……."

"알아들었다. 그러니까 네놈이 장물아비 짓도 겸하고 있다는 것 아니냐."

"그렇습죠! 그것입니다!"

해하돈의 입이 게걸스럽게 벌어졌다.

"오래전에 황제의 명을 받은 관군이 이곳을 토포하러 나선 적이 있었습죠. 군사가 무려 일천 명에 이르렀고 동원된 군선만도 대선이 열아홉 척에 중선, 소선을 합쳐 무려 팔십 척이 넘지 않았겠습니까. 그때 소인이 바로 배를 몰아 목숨을 걸고 달려와 알려줬다는 거 아닙

녀까."

연천무가 지루한지 늘어지게 하품을 해댔다.

"정말 말이 많은 녀석이로군."

그러나 해하돈은 개의치 않고 떠들어댔다. 내친김에 자신의 존재에 대한 필요성 내지는 중요성을 인식시키려는 속내였다.

"소인이 비록 장사치이기는 하나 의리를 빼면 시체입니다. 소인이 거느린 상단의 식솔이 자그마치 이백여 명에 달하고 줄을 넣지 못하는 곳이 없습죠. 대규모 군사의 움직임이라면 벌써 한 달 전쯤 알 수 있습죠. 이번에 황제가 살해당한 일도 산동성 일대에서는 소인이 가장 먼저 알았습죠."

막우의 얼굴에 경악의 빛이 출렁거렸다.

"황제가 살해당했단 말이냐?"

그럴 줄 알았다는 듯 해하돈이 어깨를 으슥했다.

"아직 모르고 계실 줄 알았습니다. 황실의 내정을 아는 사람이라면 이번 일의 배후에 황제의 셋째 아들 경평(傾坪)이 있다는 것을 알죠. 혹시 둘째 경여(傾勵)인지도 모른다그 하지만 내시 청며(靑旀)가 경평과 손을 잡은 이상 십중팔구 경평의 짓이 맞습죠."

막우조차도 해하돈이 떠드는 말의 진위를 알지 못했다. 경평과 경여, 혹은 첫째인 경무(傾霧)의 이름 정도는 들어본 적이 있지만 그도 자금성의 사정에는 문외한이나 다름없었다.

"그럼 황제를 살해한 자는 잡히지 않은 거냐?"

"당연히 붙들리지 않았습죠. 들리는 말에 의하면 사냥을 하던 황제를 덮친 자객의 수가 이십여 명에 불과했지만 놈들의 무위가 얼마나 뛰어난지 이백여 명에 이르는 금의위를 거의 반이나 해치우고 사라졌

답니다. 겨우 그중 한 명의 신분만이 밝혀졌는데, 글쎄 황실의 녹을 먹던 금위어장 이곽이라는 겁니다.”

“…….”

이건 무슨 개뼈다귀 같은 말인가?

막우는 물론 반옥금과 연천무도 순간 망연자실한 표정을 지었다.

이상한 분위기를 눈치챈 해하돈이 눈알을 데굴데굴 굴렸다.

“뭐, 뭐가 잘못되기라도 했습니까? 소인은 그저 사실을 말한 것뿐인데…….”

막우의 얼굴이 엄중해졌다.

“뭔가 잘못된 게지. 금위어장 이곽은 얼마 전만 해도 우리와 함께 있었다. 헤어진 지 불과 보름도 되지 않는데 그가 언제 자금성에 가서 황제를 시해할 수 있단 말이냐?”

“그럴 리가 없습니다. 소인은 분명히 그렇게 알고 있습니다.”

반옥금이 입을 열었다. 해하돈이 들어선 후 처음이었다.

“네 말에 거짓이 없다면 역모를 꾀한 자들이 황실을 비운 지 오래된 이 무관에게 죄를 뒤집어씌운 것이겠지. 이 무관은 충정이 깊은 자라 역모를 꾀한 자들에겐 골칫거리니까 이 참에 그까지 제거하는 일석이조의 간계일 수 있다.”

기회를 놓치지 않고 해하돈이 무릎을 쳤다.

“듣고 보니 그렇습니다! 정말 명쾌하신 해석입니다!”

내용이야 어떻든 잘 보이려는 수작이었지만 반옥금의 반응은 냉담했다.

‘빌어먹을… 얼음물을 뒤집어썼나 차갑기는 왜 저렇게 차가워.’

막우가 고개를 끄덕였다.

“아무래도 그런 것 같습니다. 이 무관의 처지가 우습게 됐습니다.”

연천무의 표정이 심드렁했다.

“놈과 한번 겨루어보려고 잔뜩 벼르고 있었는데 만나기는 틀렸군. 어쩐지 올 때가 됐는데 오지 않는다 했지.”

도저히 참을 수 없다는 듯 그는 크게 기지개를 켜며 자리에서 일어났다.

“나가서 해적질이라도 해야지 무료해서 못……..”

갑자기 그의 눈빛이 반짝였다.

“아니지. 섬에서 틀어박혀만 있을 게 아니라 마침 나가는 배도 있는데 뭍에 나가 놀다 오면 되잖아.”

이때 막우가 해하돈을 향해 성큼성큼 걸어갔다.

“나와 나가서 물목들을 살펴보자. 뭐가 얼마나 있는지 나도 아직 아는 게 없으니 좀 뒤져 봐야겠다.”

“소인이 그래서 기다리고 있는 게 아니겠습니까.”

해하돈이 기다렸다는 듯 막우의 뒤를 따라갔다.

반옥금과 연천무는 막우가 일부러 자리를 비켜준 것을 알고 있었다.

연천무가 힐끔 반옥금을 쳐다보았다.

반옥금은 모른 체하며 찻잔에 손을 가져갔다.

연천무가 어렵게 말을 꺼냈다.

“나, 나갔다 와도 될까?”

반옥금은 고개조차 돌리지 않았다. 그녀의 입술이 찻잔에 붙으며 열렸다.

“넌 내 수하도 아니니까 내 허락을 구할 것 없어.”

“수, 수하가 아니면 뭔데?”

그의 말에 반옥금이 찻잔을 내려놓으며 비로소 고개를 돌려 그를 쳐다보았다. 그 시선이 싸늘하기 이를 데 없었다.

"네가 여기 있는 건 위계 질서에도 문제가 돼. 내 수하가 아니라면 이곳에 있을 필요가 없어."

"그 말은 나보러 정말 네 수하가 되란 말이야? 막우처럼?"

"막 소두령이 네 위야! 함부로 말하지 마!"

반옥금이 갑자기 날카롭게 반응했다. 그녀의 뾰족한 일갈에 연천무의 얼굴은 당황한 표정을 역력히 드러냈다.

"오래전부터의 생각이야. 네가 나나 막 소두령을 함부로 대하니까 수하들이 함부로 입방아를 찧어대지. 아예 이번 기회에 뭍으로 보내줄 테니까 다시는 돌아오지 않았으면 좋겠어."

"……."

연천무는 한마디도 반박하지 못하고 고개를 숙였다.

얼음장처럼 차갑고 칼날처럼 단호한 반옥금의 태도에 기가 꺾였다. 마치 약점이라도 잡힌 것처럼 그는 그녀 앞에만 서면 죄인이나 다름없었다. 그의 마음을 눈곱만큼도 헤아려 주지 않는 그녀에게 야속한 마음이야 왜 없으랴. 그러나 그것을 따져 그녀의 마음에 상처를 주고 싶지 않은 연천무였다.

'언제고 풀리겠지. 겨울 계곡의 살얼음 밑에도 물은 흐르니까.'

그는 힘없이 어깨를 늘어뜨리고 그녀로부터 몸을 돌렸다.

그가 밖으로 사라지자마자 반옥금의 눈에 살기가 스쳤다.

"날 죽이겠다는 거냐?"

뜬금없는 그녀의 말에 대한 답변은 천장에서 들려왔다.

"언제부터 알고 계셨습니까?"

반옥금의 얼굴에 순간적으로 가벼운 경련이 스쳐 갔다.

바로 내 머리 위에 있는 거란 말인가?

그녀가 고개를 들어 천장을 올려다보았다. 그녀의 시선이 천장에 닿기도 전에 천장에서 내려온 가는 줄에 매달린 하루꼬의 모습이 가로막혔다.

하루꼬가 몸에 의지한 줄은 너무 가늘어 눈에도 잘 띄지 않았다. 그녀의 체중을 버텨내고 있는 것이 신기할 정도였다. 가벼운 경장 차림으로 바꿔 입은 하루꼬의 모습이 새로웠다.

"소녀의 재주를 보여주기 위하여 부득이 결례를 범했습니다."

"네 재주를 내게 보여주는 뜻은 무엇이냐?"

"새로운 주군으로 모시고자 합니다. 소녀, 동왜에서도 한 분의 주군만 섬기도록 훈련되었습니다. 그리 사는 게 소녀에게는 너무나 익숙한 일입니다."

"내가 널 살려주는 건 왜구들에 대한 정보를 얻고 장차 그들을 상대할 때 의사를 소통하기 위함이다. 난 왜구의 여자인 너를 믿을 수 없다."

"믿어주길 바라지 않습니다. 소녀가 따를 뿐입니다."

"물러가라."

"예."

반옥금은 조용히 하루꼬가 사라지는 소리를 듣고자 했다. 그러나 하루꼬의 움직임은 소리가 없었다.

그녀는 등골이 서늘해지는 것을 느꼈다.

우려했던 생각이 맞았다. 그녀가 하루꼬의 존재를 알아챈 것조차 하루꼬가 일부러 소리를 내 자신의 흔적을 알린 것이었다.

실수와는 또 다른 움직임. 그 움직임엔 소리가 없다. 어떻게 이해해야 하는 것일까. 동왜의 무예가 이 정도 경지라면 왜구들 중에도 상당한 고수들이 산재할 게 아닌가. 그녀가 찾고자 하는 원수의 무예를 가늠할 수는 없지만 왜구들의 두령인 이상 쉽지 않은 상대임은 분명했다. 무엇보다 그를 찾기 위하여 숱한 왜구들과 맞부딪치지 않으면 안 되었다.

반옥금은 어두운 낯빛으로 한숨을 길게 내쉬었다. 그녀의 상념 속으로 연천무의 얼굴이 떠오르고 있었다.

"결정을 내려야 한다. 보낼 것인가, 남길 것인가……."

그녀의 사랑에 대한 입장은 의외로 명쾌했다.

애초에 사랑 따위를 가슴에 품은 일이 없다. 그녀는 오직 일념으로 사는 복수의 화신이었다. 연천무를 향한 마음이 다른 사내를 대하는 마음과 사뭇 다른 게 사실이라 해도 그녀의 그런 감정은 지루한 여정의 가벼운 일탈이라고 믿었다. 그에 대한 좀 더 복잡해진 생각이 가끔씩 그녀 자신을 놀라게 하기도 하지만 순식간에 흥분을 가라앉히고 본연으로 돌아올 수 있게 하는 건 역시 복수에 대한 의지가 굳건하기 때문이었다.

흔들리지 않으려 했다.

그 맹세를 가슴에 수천 번이고 되뇌기도 했다.

곁에 두어서 흔들릴 사내라면 보내야 할 것이며 곁에 남길 것이라면 인정을 극복해야 한다.

복수를 이루기 위해서는 연천무의 힘이 필요했다. 이미 그녀보다 더 강해진 그의 존재는 매력적이었다. 곁에 두어서도 그녀 자신이 흔들리지 않고 오히려 자신을 깊이 사모하는 그를 이용할 수 있다면 금상첨

화(錦上添花)였다.

'강해져야 해. 복수를 위해선 다른 사람의 인생 따위는 돌아보지 않아야 해.'

그녀는 깊은 상념에서 쉽사리 깨어나질 못했다.

"두령이 뭐래?"

"나가서 돌아오지 말래. 자기나 막 형한테 내가 너무 함부로 대해서 위계 질서가 잡히지 않는다는 거야."

막우와 연천무는 바다를 바라보며 앉아 있었다.

혼자 술을 마시고 있는 연천무를 막우가 찾아낸 것이었다.

연천무의 눈빛이 파도에 출렁이듯 가늘게 흔들렸다.

"그녀는 대체 무슨 생각을 하고 있는 걸까? 정말 날 다시는 보지 않아도 좋다고 생각하는 걸까?"

막우는 달리 대답할 말을 찾지 못했다. 화제를 엉뚱한 곳으로 돌렸다.

"그러지 말고 말이 나온 김에 바람 좀 쐬고 오는 게 어때? 난 그것도 괜찮다고 생각하는데……."

"떨어져서 시간을 좀 가져 보는 게 도움이 될 수도 있겠지. 나도 그래서 나갔다 오겠다고 한 거였으니까. 하지만 그것도 아무 도움이 되지 않을 것 같아. 나한테 정을 떼려고 작정한 것 같아."

"넌 어때? 정말 두령과 떨어진다면."

"그녀는 할 일이 아주 많아. 원수를 갚자면 망망대해를 떠돌며 왜구들을 찾아야 하고 때론 위험에 처하겠지. 그녀를 얻는 게 목적이 아니라도 내가 그녀 곁에 있어야 돼. 그녀를 지켜준다고 약속했으니까. 정말이야. 다시는 어느 누구도 그녀를 함부로 대할 수 없게 할 거야. 다시는."

슬픔을 털어내기라도 하듯 그는 벌린 입에 술병을 처넣고 술을 벌컥벌컥 마셨다. 눈 끝에 매달린 이슬 같은 눈물 방울이 달빛을 받아 별처럼 빛났다.

막우는 차라리 그런 연천무가 부러웠다.

여자에게 목숨을 매달고 사는 인생도 분명한 목적이 있다.

황제에 대한 충정으로 열정을 사는 황실 무관 이곽의 인생도 분명한 목적이 있다.

그러나 그에겐 삶에 대한 아무런 목적도 존재하지 않았다.

'난 뭔가……?'

그는 자신에게 끊임없이 반문했다. 공허한 메아리였다. 참을 수 없는 존재에 대한 가벼움으로 울혈이 차 가슴이 답답했다.

그는 벌떡 신형을 일으켰다.

"어쨌든 나갔다 오자. 이곽의 신세가 그 모양이 됐으니 놈이 올 일도 없고 나도 오랜만에 땅 냄새 좀 실컷 맡아봐야겠다. 두령에게는 내가 허락을 맡으마."

연천무가 뭐라 대답할 새도 없이 막우는 성큼성큼 어둠 속으로 사라져 버렸다.

"저 사람은 왜 저러는데?"

다시 홀로 남은 연천무는 술병을 들어 입에 처박았다. 그러나 입으로 흘러 들어온 건 몇 방울 되지 않았다.

"젠장."

그는 먼바다를 향해 분풀이를 하듯 술병을 날렸다.

‘외롭다······.’

갑자기 찾아든 외로움이 뼈에 한기를 몰아온다.

“으아아아아!”

바라보이는 바다를 향해, 그보다 더 먼 창공을 향해 그의 짐승처럼 울부짖는 포효가 퍼져 나갔다.

연천무는 칼을 빼 들었다.

습관처럼 칼을 휘두르기 시작했다. 그의 온몸이 빠르고 느리게, 때론 무겁고 가볍게 발의 움직임을 따라 칼과 혼연일체가 되었다.

풍! 풍풍!

손에 쥔 육중한 칼이 그 무게가 휘둘림에 따라 파공성을 크게 일으키며 땅에도 그 영향을 미쳐 분진을 뽀얗게 피워 올렸다. 마치 흩날리는 세우(細雨) 속에 그의 모습이 갇힌 듯 보였다. 한 마리 거대한 붕조의 춤이 달빛 아래 선연했다.

막우는 걸음을 멈추고 어둠 속에 서 있는 작은 인영의 존재를 확인했다.

반옥금은 벌써 오래전부터 그곳에 서 있었던 게 틀림없다. 연천무를 바라보는 그녀의 눈은 그러나 끝내 아무런 감정을 드러내지 않고 있었다.

“무슨 생각을 합니까? 천무의 두령을 향한 마음이 바뀌리라 믿습니까?”

“내 마음이 바뀌지 않으니 그의 마음이 중요하지 않지.”

“두령의 마음은 어떤 것입니까?”

“내겐 일념뿐이다. 그 하나의 의지가 아니었다면 난 자의로든 타의

로든 내 삶의 종지부를 찍어도 벌써 찍었을 사람이다. 여덟 살 이후로
는 한결같았지.”

“그렇다고 놈을 저렇게 내버려 둘 수도 없지 않습니까?”

“고민하고 있어. 녀석의 장래를 위해서라면 어떡하든 녀석을 떼어놓
아야겠지. 하지만 굳이 녀석이 내게서 떨어지려 하지 않는다면 녀석을
좀 더 적극적으로 이용할밖에.”

“이용이라고 했습니까?”

막우의 인상이 일그러졌다.

반옥금의 차가운 시선이 그의 얼굴에 꽂혔다.

“난 할 일이 많아. 보다 많은 수하들을 거느리고 할 수 있다면 동영
이라도 쳐들어갈 생각이거든. 내 손으로 반드시 피를 묻혀야 할 놈이
있으니까.”

“……”

막우는 가슴이 서늘해졌다.

여자가 한을 품으면 오뉴월에도 서리가 맺힌다고 했다. 그녀의 가슴
에 품은 한이 지독해 한기를 풀풀 날렸다.

반옥금은 몸을 돌려 걸어가고 있었다.

막우는 자신도 모르게 한숨을 길게 내쉬었다. 한 치 앞도 예측할 수
없는 두 사람의 운명이 결코 순탄하지 않아 보였다.

*　　　　*　　　　*

“소인이 이 광여에서는 방귀깨나 뀌는 축에 낍죠.”

해하돈은 말마따나 그들이 포구에 들어서자 그와 마주친 대부분

의 사람들이 머리가 땅에 닿도록 허리를 굽혔다. 이처럼 큰 상단을 거느린 상인이라면 늘 십여 명의 무사를 대동하기 마련이고 그런 점에서 막우와 연천무가 무리 중에 끼어 있는 건 조금도 어색하지 않았다.

연천무는 태어나서 처음으로 큰 포구 구경에 나섰다. 작은 구룡포를 무대로 왈짜 노릇을 하던 그에게는 규모가 다른 광여의 모습이 생경하기도 하고 신기하기도 했다.

"광여에 대한 얘기는 많이 들었는데 과연 대포(大浦)답군. 우선 계집들이 다르잖아."

그와 달리 막우는 긴장을 늦추지 않는 표정이었다.

포구에서 저잣거리로 들어서기까지 곳곳에 깔린 관병들의 모습이 발견되었다.

황제의 죽음은 곧 천하를 걷잡을 수 없는 혼란에 빠뜨릴 것이다. 그 깊고 큰 정쟁의 그늘에서 고통받을 민초들을 생각하면 한숨만 절로 나왔다.

해하돈이 막우에게 말을 붙였다. 막우에게 여타 해적과는 다른 성정을 발견한 터라 줄곧 그의 옆에 붙어 서 있었다.

"오늘은 먼 해로에 피로가 누적되었을 테니 기루에 들어 가볍게 한 잔 걸치고 주무시죠. 이곳 광여관청의 청주가 자주 찾는 광여제일의 기루로 소인이 모시겠습……."

막우가 말을 잘랐다.

"그럴 필요 없소. 남들 눈에 띄는 짓은 하지 않는 게 좋겠소."

"경계할 필요 없습니다. 소인은 벌써부터 사백단의 새 주인이 나라에서 현상금을 걸고 찾는 분이라는 걸 알고 있습죠. 용모파기와 얼굴이 똑같을뿐더러 그만한 무예를 가진 여자라면 쉽게 짐작이 가는 일이었습니다. 하지만 소인이 뭐라 한마디라도 하더이까. 소인이 말은 많아도 쉽게 지껄이지 않으며 섬에 데려가는 소인의 식솔들도 입단속이 철저히 되어 있는 놈들입니다. 더구나 두 분이 얼굴이 팔리지 않아 알아보는 자들이 없으니 스스로 토설하기 전에는 아무도 두 분의 정체를 알지 못하죠."

대단한 상단을 이끌고 있는 자라고는 믿어지지 않게 시종일관 깍듯한 해하돈이었고 그런 자세가 막우에게 믿음을 주는 건 사실이었다. 또한 해적들이 노략질한 물건을 독점하여 큰 이문을 남기고 있다는 것도 미루어 짐작할 수 있었다.

하긴 잘 차려놓은 진미가효에 한잔 거나하게 취해보고 싶은 마음이 어찌 없으랴.

해하돈이 앞장서 걸었고 막우와 연천무가 서로의 얼굴을 힐끔 보더니 입가에 웃음을 걸고 그의 뒤를 따라갔다.

이내 그들이 닿은 기루의 풍경은 입이 쩍 벌어지게 만들었다.

눈에 들어오는 것만 해도 만 평이 넘은 규모요, 인공 가산과 연못에 펼쳐진 풍경이 가히 별천지에 다름 아니었다.

초입에 들어서기 무섭게 안으로부터 연락을 받은 계집 십여 명이 떼를 지어 몰려나왔다.

"어머, 하 대인! 오랜만에 뵙습니다."

"그간 너무 적조했어요. 이제는 사람을 부리실 만도 한데 또 직접 상단을 끌고 멀리 다녀오신 모양이죠?"

해하돈은 달라붙는 계집들의 궁둥이를 두들기며 걸쭉한 농을 건넸다.

"그렇다고 설마 네년들이 날 기다려 독수공방을 한 것도 아닐 테고 내가 특별히 잠자리 재주가 뛰어나 오줌보가 지려 뛰어나온 것도 아닐 테고… 내 네년들이 내 주머니에만 관심이 있다는 걸 모르는 줄 아느냐?"

"기녀가 객의 주머니 속사정에 관심을 갖는 게 그리 나쁜 일인가요? 잠자리 재주가 아무리 뛰어난들 금은보화에 어디 비할 바가 있겠는지요."

"까르르르."

계집들이 거침없이 음담을 놓으며 흐드러진 웃음을 터뜨렸다.

해하돈이 몸을 돌려 수하들을 쳐다보았다.

"너희들은 따로 조용히 한잔해라."

"예."

명령을 받은 수하들이 익숙한 몸짓으로 안내도 받지 않고 연못 뒤쪽의 별채를 향해 사라져 갔다.

해하돈이 막우와 연천무를 향해 정중하게 허리를 숙였다.

"두 분은 소인을 따라오시죠."

그런 그의 태도에 기녀들의 눈빛이 반짝거렸다. 광여에서 방귀깨나 뀌는 해하돈이라 그의 정중한 대접을 받는 손님이라면 필시 그 신분이 귀한 자들이기 때문이었다.

그러나 행색은 무사 나부랭이.

겉으로 봐서는 햇볕에 그을린 피부가 강인함을 드러내고 있는 산도적 같은 느낌일 뿐이었다.

"유명하신 분들인 모양이네요? 강호에 널리 알려진 무사들의 이름이라면 소녀가 제법 꿰차고 있긴 한데……."

해하돈이 정색하며 방금 말한 계집을 엄중하게 꾸짖었다.

"이년아, 함부로 하다간 나도 책임 못질 일이 생긴다. 네년의 아랫도리가 찢어진 만큼 얼굴이 찢어져야 정신을 차리겠느냐?"

"……"

기녀들의 얼굴은 험악스런 뜻을 담고 있는 말에 석고처럼 굳어버렸다.

아랫것은 아랫것대로 윗것들은 윗것대로 다루는 해하돈의 세 치 혀의 언변은 놀라웠다.

해하돈이 계집 하나의 등짝을 밀치며 소리쳤다.

"어서 모시지 않고 뭣들 하느냐!"

이때 그들의 좌측으로부터 걸음 소리와 함께 구성진 목청이 들려왔다.

"누가 와서 걸쭉한 입담을 풀어놓는다 했더니 해하돈이로구먼."

단아한 느낌의 화복을 입은 중년인이 그와는 전혀 어울릴 것 같지 않은 흉험한 무리 십여 명과 함께 오고 있었다.

연천무와 막우는 순간적으로 긴장했다.

중년인의 뒤를 따라오는 흉험한 무리들의 혁혁한 안광 때문이었다. 그 눈빛은 사람 목숨을 파리 목숨조차도 여기지 않는 잔혹함과 보는 이로 하여금 간담을 서늘하게 만드는 비범함이 함께 서려 있었다. 흔히 볼 수 있는 강호의 고수들이 아니었으며 그 수가 십여 명에 이르렀다.

그중에서도 길게 기른 장발을 허리까지 풀어헤치고 있는 자에게선 범접하기 어려운 예기가 느껴졌다. 중년인의 뒤 오 장여의 거리를 두고 서 있었지만 그 날카로움이 몸서리쳐질 만큼 섬뜩했다.

해하돈이 코가 땅에 닿도록 크게 허리를 숙여 중년인을 맞았다.

"곽 청주님께서 와 계신 줄은 몰랐습죠. 알았다면 소인이 어디 감히 쥐 죽은 소리라도 흘리겠습니까."

중년인 광여관청장 곽부차는 방탕대소했다.

"으하하하!"

"한데 함께 계신 분들은……?"

해하돈도 이미 곽부차와 함께 온 무리들의 정체가 심상치 않다는 것을 깨닫고는 조심스럽게 물었다. 생각에 짚이는 자들이 있어 확인하고자 함이었다.

곽부차가 껄껄 웃었다.

"내 자네가 사람 사귀는 것을 좋아한다는 것은 알지만 그냥 모른 척 해주게. 별로 좋은 사람들이 아니니까."

스스로의 말에 뭐가 우스운지 다시 한바탕 방탕대소를 터뜨리는 곽부차였다.

해하돈이 허리를 깊이 숙였다.

"오늘 곽 청주님의 술값과 화대는 소인이 책임지도록 하겠습니다. 편히 들고 가십시오."

"우하하하! 그럼 오늘은 공술을 마셔볼까?"

곽부차가 크게 웃으며 무리들을 대동하고 계집 두 명의 안내를 받아 상처로 향했다.

해하돈 옆에 매달려 있던 계집 하나가 볼멘소리를 냈다.

"치, 언제는 공술이 아니었나? 직위가 높은 고관대작일수록 내 화대 제대로 내는 놈을 못 봤다."

쩍!

해하돈이 계집의 볼기짝을 사정없이 두들겼다.

"이년아! 그리 떠들면 네 속이 시원해지고 나오지 않을 화대가 나오더냐!"

"악!"

계집의 부루퉁한 얼굴을 보며 해하돈이 연신 너스레를 떨었다.

"오늘 네 행하는 내가 챙겨줄 터이니 오늘은 날 섬기는 데만 신경 쓸 것이다. 알겠느냐?"

계집이 그의 팔에 매달리며 몸을 밀착시키고 코 먹은 소리를 냈다.

"웬일이시와요. 하난과 선화를 찾지 않고 제게 모실 기회를 다 주시고."

"이년아, 곽 청주가 열 명도 넘는 손님을 모시고 왔는데 그 차지가 내게까지 돌아오겠느냐? 꿩 대신 메추리다."

주위에서 계집들이 까르르 교소를 터뜨렸다.

진미가효에 음무가 이어지고 술잔이 십여 배 돌아가자 좌중의 분위기가 한층 부드러워졌다.

기회를 찾고 있던 막우가 계집의 가슴을 더듬고 있는 해하돈에게 넌지시 말을 건넸다.

"아까 본 자들에 대해 좀 아시오?"

해하돈이 의미심장한 웃음을 떠올렸다.

"내 그렇지 않아도 막 형께서 궁금해하리라 생각했습죠. 장부가 장부를 알아본다고 강호의 고수들이 만났으니 어찌 서로에 대한 관심이 없겠습니까. 내 다행히 주위들은 풍월이 있어 한눈에 그들의 정체를 알았습죠."

연천무도 젓가락을 뻗다 말고 해하돈을 쳐다보았다.

"대단한 자들이란 말이……."

막우가 그의 옆구리를 손가락으로 찔렀다. 기루에 들어오기 전에 언질을 단단히 준 바가 있었다.

연천무가 입술을 동그랗게 해서 마지막 말만 목청을 돋우었다.

"오?"

보는 눈이 있으니 함부로 반말을 하지 말 것이며 앞으로는 꽤나 정중하게 대하란 언질이었다.

눈치 빠른 해하돈이 크게 웃음을 터뜨렸다.

"하하하, 대단한 자들이고말고요. 산동성은 산악이 줄기줄기 뻗어 있어 예로부터 숱한 산적들이 왕성하게 활동하는 무대가 아닙니까. 족히 이백여 개에 이르는 크고 작은 산적 떼가 있고 그중 묘악산 일대를 거머쥔 묘악채(墓嶽寨)라면 산채의 으뜸 중 으뜸이며 가히 장강의 녹림 십팔채(綠林十八寨)와 명성을 나란히 하죠. 그중 머리를 길게 기른 자를 보았을 터인데 그자는 묘악채의 채주 장발마귀(長髮魔鬼) 엽술이 틀림없습죠. 그런 해괴한 몰골을 하고 다니는 자는 쉽게 알아볼 수가 있죠."

"어머나! 어머나! 말도 안 돼!"

"그런 자들이 어찌 나라의 녹을 먹는 곽 청주와 술을 함께 마시는 거죠?"

계집들이 호들갑을 떨었다.

"장발마귀 엽술……."

막우는 나직이 중얼거렸다. 산동성에서 관직을 했던 터라 오래전부터 그의 명성을 들은 바가 있었다. 산적의 두령이라기보다는 무림의 공적으로 낙인 찍힌 마두라 해야 옳은 인물이었다.

연천무가 그의 얼굴을 들여다보며 물었다.

"무서운 놈 맞소?"

"그래, 산동성 일대에서는 울던 아이도 울음을 그친다는 악명을 떨치고 있지. 아마 모르는 사람이 없을걸?"

연천무의 옆에 있던 계집이 한마디 거들었다.

"사람을 찢어 죽여 본보기로 나무에 걸어놓는데요. 얼마나 끔찍하겠어요. 그냥 걸어놓는 것도 아니고."

갑자기 연천무가 배꼽을 잡고 웃었다.

"으하하하! 그런 놈이라면 별거 아니야. 상식 이상의 행동을 하는 놈들은 자신의 존재를 늘 과장시키고 싶어하는 속성을 가진 놈들이거든. 스스로 별거 아니니까 그렇게 해서라도 겁을 주겠다는 거지."

해하돈이 고개를 설레설레 흔들었다.

"아닙니다. 그자는 천성적으로 잔인하고 음욕이 강한 자로 알려져 있습죠. 왕년에 적조암(赤潮庵)이란 비구니 암자에서 열아홉 명의 비구니를 간살하고 그 시신을 지붕에 널어놓은 일화는 너무나도 유명하죠. 사람을 재미로 죽이는 놈입니다."

"……."

"……."

좌중의 분위기가 얼음물을 끼얹은 듯 썰렁해졌다. 계집들의 얼굴에는 두려움이 가득했고 막우의 표정 역시 망연자실했다.

그러나 연천무의 반응은 달랐다.

"아니, 아무리 비구니라도 여자를 왜 죽여? 그놈 정말 나쁜 놈이네? 그렇지 않아도 나라에 여자가 모자라 내 차지가 오질 않는데 그 아까운 것들을 다 죽였단 말이야?"

언제 그랬냐는 듯 계집들이 입을 가리고, 혹은 배꼽을 잡고 깔깔거렸다.

연천무의 이마에 고랑이 깊게 패었다.

"왜 웃어?"

녹림 패거리들의 흥청망청 돌아가는 술판과는 달리 단둘이 독대한 곽부차와 엽술의 술판은 숙연한 분위기였다. 곽부차가 상좌를 점하고 앉아 있기는 하지만 두 사람의 대담엔 특별히 고하가 두드러지지 않았다.

"만일 이곽 등 황실 금의위가 화급을 다투는 일 때문에 하루 종일 달려 피곤한 상태가 아니었다면 오히려 당한 쪽이 우리였을 거요. 내 비록 몇 초식 나눠보지는 못했지만 금위어장 이곽이 아주 위험한 인물이란 걸 인정하지 않을 수 없었소. 그 정도 솜씨라면 강호 도상에서도 열 손가락 안에 꼽힐 만하였소."

"위험한 인물이지요. 그러니 전 황제의 총애를 한 몸에 받고 금위어장에 오르지 않았겠소. 한 나라의 최고 무관의 자리에 오른 자이니 어련하겠소."

곽부차는 엽술을 매우 조심스러워했다. 사실 엽술만한 험악한 인상에 칼날 같은 예기를 단둘이서만 마주 대하고 있는 건 신분의 고하를 떠나 간담이 서늘한 일이 아닐 수 없었다.

이곽의 이름을 입에 떠올리는 엽술의 눈에 살기 같은 광망이 스쳤다.

"놈은 일의 전모를 확인하기 위해 분명히 이곳으로 올 것이오. 그러

니 함정을 파고 있다가 놈이 걸려들면 반드시 해치워야 하오. 살려놓
는다면 두고두고 후환이 될 놈이니.”

“난 엽 공만 믿겠소.”

곽부차가 잔을 들어 엽술에게 내밀었다. 그는 두 손을 공손히 내밀
어 잔을 건넸지만 엽술은 넙죽 한 손으로 잔을 받았다.

“술잔은 이 한 잔뿐이오. 나머지 잔은 놈을 해치운 후에 받을 거외
다.”

“화끈해서 좋소! 내 엽 공이 놈을 해치운 후에 날을 택일해 거하게
자리를 마련하리다!”

곽부차가 크게 웃으며 술병을 두 손으로 받쳐 들다 의혹의 눈빛으로
엽술을 쳐다보았다.

엽술이 손가락 하나를 세워 입술에 대고 그의 동작을 제지한 때문이
었다.

“…….”

곽부차는 즉시 입을 다물고 엽술의 시선을 좇아 천장을 올려다 보았
다.

퉁!

엽술의 신형이 앉은 자리에서 그대로 떠올랐다. 그의 수중에는 자리
옆에 놓아두었던 쇠도리깨가 어느새 들려져 있었다.

꽈앙!

그의 수중에서 휘둘러진 쇠도리깨가 천장을 박살 냈다. 부서진 천장
의 나뭇조각들이 흩날리고 그 틈에 쥐새끼 한 마리가 쇠도리깨를 맞았
는지 아주 피 곤죽이 되어 술상 위에 툭 떨어졌다.

“으아악!”

곽부차가 기겁을 하며 뒤로 나뒹굴었다.

다시 바닥에 내려선 엽술이 고개를 갸웃거리며 한참 동안 천장을 쳐다보고 서 있었다.

"분명히 인기척이었는데……."

"오랜만에 계집들과 뒤엉켜 회포나 풀지 않고요. 워낙 교육이 잘된 아이들이라 성심성의껏 잘 모실 텐데… 정말 섭섭하지 않으시겠습니까?"

기방의 문을 막 열고 나서며 해하돈은 들뜬 음성으로 몇 번이고 반복해서 묻고 있었다.

사내들이란 게 대부분 같기 마련이고 열 계집인들 마다할까.

그러나 연천무의 대답은 완곡했다.

"계집은 무슨 계집, 술 한잔 거하게 걸쳤으면 됐지 인연이 닿지도 않는 계집과 연분은 무슨 빌어먹을 놈의 연분!"

해하돈은 이를 기이하게 여겼다.

막우가 계집을 거절한다면 몰라도 연천무가 거절하리라곤 미처 예상하지 못한 때문이며, 다시 막우에게 물어도 대답은 계속 연천무의 입에서 흘러나왔다. 그는 마치 계집과 동침하면 큰일이라도 날 사람처럼 서둘러 해하돈의 입을 번번이 봉할하고 나서는 것이었다.

해하돈이 막우를 쳐다보면 막우는 뜻을 알지 못할 웃음만 함박 피워냈다.

반옥금 때문이라는 걸 알지만 정색하는 연천무의 모습이 귀여웠다.

연천무가 막우를 보며 인상을 잔뜩 찡그린 채 떠들어댔다.

"나 때문에 형이 속상한 거 아니오? 사실은 계집의 속살을 더듬으며 자고 싶었는데 공연히 나를 따라 나왔다고 후회하고 있는 거 아니냐고. 지금이라도 늦지 않았소. 형이 꼭 자고 가야겠다면 나도 뭐…….”

막우의 입가에 웃음이 떠나지 않았다.

“그런데 인상은 왜 그렇게 긁고 있어? 내가 가자고 하면 당장 화를 낼 표정이구먼.”

연천무의 이마에 패인 골이 더 깊어졌다.

“내 인상이 뭐 어때서? 원래 이게 내 인상이지. 내 인상 더러운 거 이제 알았소?”

왼쪽 눈과 콧잔등을 가르고 남은 칼자국이 더욱 그의 인상을 흉험하게 보이게 만들었다.

이때였다.

“까아악!”

야심한 어둠의 정적을 뚫고 날카로운 비명 소리가 터져 올랐다.

해하돈이 비명이 들린 건물을 향해 고개를 돌리며 눈살을 찌푸렸다.

와지끈!

“악!”

닫혀 있던 방문이 부서지며 밖으로 계집 하나가 내동댕이쳐졌다.

막우가 말릴 새도 없이 연천무가 거의 반사적으로 입을 열어 지껄여댔다.

“어떤 막돼먹은 놈이 여자를 개 패듯 패는 거야! 내 여자 패는 놈치고 제대로 된 놈을 못 봤다!”

밖으로 나서는 무리들의 분위기가 심상치 않았다. 하나같이 얼굴이 흉측하고 도끼와 칼, 철퇴 등을 움켜쥐고 있었다.

“방금 어떤 새끼가 지껄였어? 터진 입이라고 함부로 지껄여?”

막우가 얼른 연천무의 앞을 가로막았지만 연천무가 가만있을 리 만무했다. 더구나 한잔 거나하게 한 터라 취기가 걸쳐 있었다.

“내 입으로 내가 떠드는데 어떤 놈이 말리겠다는 거야? 계집에게 대거리나 놓는 주제라면 형편없는 놈들이겠지만!”

콰앙! 콩!

건물의 방문 여기저기가 거칠게 열리며 십여 명에 이르는 자들이 무리를 지어 해하돈과 막우, 연천무를 순식간에 둘러쌌다. 기방에 들어서기 전에 보았던 그 장발마귀 엽술의 녹림 패거리들이었다.

해하돈이 서둘러 수습에 나섰다.

“아까 곽 청주님과 함께 오신 분들 아닙니까. 이거 따지고 보면 한 솥밥 먹는 식구들인데 조용히 끝내는 게 좋겠습니다. 소인의 얼굴을 봐서라도 진정들 하십시오.”

“보아하니 장삿꾼 같은데 댁은 비키시지!”

앞에 서 있던 산적 하나가 나서며 해하돈을 밀쳤다.

“어이쿠!”

해하돈이 돼지처럼 뒹굴었다.

연천무가 당장 눈을 부릅떴다.

“기어코 피를 봐야겠다 이거지?”

“이거 간이 배 밖으로 나온 놈 아니야?”

산적은 어이없는 표정과 함께 분기를 표출했다. 그는 빠르게 옆구리 춤에서 도끼를 빼 들더니 벌써 연천무의 머리통을 내려치고 있었다.

“이놈! 광부(狂斧) 사마측 어르신네라면 지나가던 개도 안 건드린다는 걸 모르느냐?"

막우의 눈빛이 순간적으로 빛났다. 그가 관부에서 재직할 때 일대 산적의 괴수로서 흉명을 널리 알리던 자였다. 몇 번에 걸쳐 토벌에 나섰지만 그때마다 번번이 포위망을 뚫고 달아나며 신출귀몰한 행각을 벌여 마주친 적은 한 번도 없었다.

후웅!

도끼가 파공성을 내며 연천무의 머리통 위에 근접했다. 누가 봐도 금방 두개골이 깨어지고 피와 뇌수가 터질 상황이었다.

그러나 예상과 달리 도끼는 연천무의 머리 위에서 아슬아슬하게 멈추었다.

"……."

주위의 분위기가 싸늘하게 굳어버렸다.

연천무가 그 자리에 그대로 선 채 손만 뻗어 도끼를 내려친 광부 사마측의 손목을 잡아버린 것이다. 마치 어린애를 상대로 어른이 부린 여유스러움이었다.

사마측의 눈은 화등잔만해져 당혹감에 물들었다.

"이, 이게 대체 어, 어떻게……?!"

"여자를 팬 놈도 네가 맞지?"

연천무가 얼굴을 들이밀며 눈을 부릅떴다.

사마측의 동공이 겁에 잔뜩 질려 있었다.

"귀, 귀공은 뉘시오?"

"너 같은 개 잡는 개 백정이다."

말과 함께 연천무의 발질이 냅다 사마측의 사타구니를 올려 찼다.

픽!

"컥!"

사마측이 외마디 비명을 터뜨리며 두 손으로 사타구니를 움켜쥔 채 바닥을 나뒹굴었다.

이마에 굵은 칼자국이 난 산적이 무리들을 부추겼다.

"보통내기가 아니다! 한꺼번에 치자!"

연천무의 입이 쭉 찢어졌다.

"그러던가."

옆에 서 있던 막우가 조용히 귀엣말을 넣었다.

"이미 벌어진 일이라 할 수 없지만 절대 죽여서는 안 된다. 내 말을 명심해."

산적들은 이미 사방에서 그들을 덮쳐들고 있었다. 병장기를 휘두르는 솜씨가 예사롭지 않았다.

"기루에서 뒈지는 게 영광인 줄이나 알아라!"

"이야아!"

사방의 살기로 인해 취기는 이미 온데간데없었다.

연천무의 신형이 땅을 차고 앞으로 날아갔다.

"네놈들 목이나 잘 추슬러라!"

카앙! 캉!

삽시간에 벌어진 싸움에 병장기 소리가 기루를 흔들었다.

해하돈은 발을 동동 구르며 어쩔 줄을 몰라 했다. 어느 쪽이 이기고 지든 그의 입장에서는 여간 난처한 일이 아닐 수 없었다. 한쪽은 관부와 결탁한 자들이며 한쪽은 그의 돈줄이었다. 자칫하다간 싸움의 불똥이 그에게까지 튈지 모를 일이었다.

구경 나온 계집들과 하인들이 멀찌감치 선 채 두려움 반 호기심 반으로 장내의 상황을 살피고 있었다.

픽!

둔탁한 소리와 함께 싸우던 자들 중 하나가 비명을 지르며 튕겨져 나왔다.

"억!"

그와 함께 연천무의 주위를 둘러싸고 있던 무리들이 누가 먼저랄 것 없이 나뒹굴었다.

"커억!"

"윽!"

비명 소리를 듣고 막우를 둘러싸고 있던 자들이 일제히 흩어졌다.

막우는 고개를 돌려 연천무를 쳐다보았다.

확실히 강해졌다. 자신이 기초를 다져 준 솜씨라고는 믿어지지 않을 정도였다.

산적의 수를 정확히 헤아리면 열하나. 그중 여섯이 막우를 맡고 연천무를 맡은 건 다섯이었다. 그러나 전열을 다시 갖춘 산적들은 여덟이 연천무를 둘러싸고 막우에게는 셋만이 배정되었다.

연천무가 어깨를 으쓱하며 막우를 향해 씨익 웃었다.

"진작 이래야 했지. 이제야 좀 해볼 만하겠는데?"

막우가 역정을 내듯 큰 소리로 호통쳤다.

"이놈아! 그래도 죽을 때까지 내가 네놈 형이다! 언감생심 엉길 생각은 하지도 마!"

"누가 뭐래나."

연천무가 딴청을 부리며 너스레를 떨었다.

산적들은 쉽게 연천무를 공격하지 못하고 신중하게 접근했다. 술이다 깨버린 모습이었으며 음험한 살기로 재무장한 그들의 분위기가 좀 전과는 사뭇 달랐다.

풍풍!

연천무가 칼을 휘둘러 바람 소리를 내며 소리쳤다.

"뭣들 하느냐? 어서 덤벼라!"

산적들은 그러나 함부로 달려들지 않았다. 격장지계에 말릴 하수가 아니며 한번 쓴맛을 본 이상 각오가 달랐다. 여덟 명의 그림자가 기회를 노리며 일 보 일 보 연천무를 압박해 오고 있었다.

연천무도 위험을 감지했다. 더 이상 가까이 오게 둔다면 방어할 공간을 잃을 터였다. 판단이 끝난 순간 그의 신형이 땅을 박차고 앞으로 뛰쳐나갔다.

팍!

"네놈들이 시작하지 않으면 내가 시작하마!"

그와 거의 동시에 산적 여덟 명의 그림자도 사방에서 연천무를 향해 과감하게 달려들었다.

풍풍!

카앙! 캉!

병장기가 부딪치며 불꽃이 튀고 아홉 명의 신형은 누가 누군지 알 수 없을 정도로 빠르게 뒤엉켰다.

다른 세 명의 산적들도 막우를 향해 공격해 들었다.

어둠 속에서 뒤엉킨 열세 명의 그림자가 칼부림을 일으킨 소리가 밤의 정적을 날카롭게 찢어댔다.

해하돈은 등 뒤로 다가든 인기척에 혼비백산하며 몸을 돌렸다.

곽부차와 귀신같은 몰골의 엽술이었다.

엽술의 푸르스름한 녹광을 빛내는 눈이 그의 수하 여덟과 호각지세로 싸움을 벌이는 연천무의 모습을 쫓아다니고 있었다. 그의 미간에 주름이 깊게 잡혔다.

"저자… 누구냐?"

"예?"

해하돈은 기겁하며 눈을 동그랗게 떴다.

곽부차가 날카롭게 추궁했다.

"어떤 놈인지 묻지 않느냐?"

해하돈이 곽부차에게 허리를 굽실거렸다. 예기치 못한 상황이었지만 그의 머리가 빠르게 돌아갔다.

"소, 소인이 이번 출행에 도움을 얻고자 모신 분들입니다. 큰 장사를 하기 위하여 장사성(長砂城)에 계시는 대상(大商) 포 대인께 소개를 받았습죠. 소인도 아직은 이름자 외에는 아는 게 없습니다."

"그 이름이 뭐냐고 묻는 게 아니냐?"

"하, 한 분은 막우라 하고 한 분은 여, 연천무라 합니다."

곽부차가 고개를 돌려 엽술을 쳐다보았다.

엽술의 미간에 잡힌 주름이 더욱 깊어졌다.

"막우… 연천무……? 그런 이름은 들어본 적이 없는데?"

산동성에서 날고 기는 자라면 어지간한 고수의 이름은 꿰뚫고 있는 엽술이었다. 하지만 외지에서 온 고수라면 그가 일일이 이름을 다 헤아릴 수는 없는 일이었다. 남북십육성(南北十六省)에 널린 고수들이란 모래알처럼 많기 마련 아닌가. 그중 대륙에 널리 이름을 알린 자라는 건 초절정고수를 의미하고 장발신마 엽술은 평소 자신이 그 반열에 올라 있음을 자부하고 있었다.

싸움은 점점 거칠어졌다. 여덟 명에 이르는 합공에도 연천무는 조금도 굴하는 기색이 없었고 오히려 초조해진 산적들이 결정을 짓기 위해 몸놀림을 서둘렀다.

풍풍!

카앙! 캉!

한편 막우는 산적 세 명을 상대로 한결 수월하게 싸움을 벌이고 있었다. 벌써 싸움을 정리할 수도 있었지만 그는 일부러 고전하는 모습을 보이며 주위의 상황을 예의 주시했다. 장발마귀 엽술이 등장한 순간부터 그의 촉각이 곤두선 상태였다.

해하돈이 계속 곽부차에게 청을 넣고 있었다.

"청주님, 제발 싸움을 말려주십시오. 이러다 어느 한쪽이라도 심하게 다치게 된다면 돌이킬 수 없습니다. 소인의 얼굴을 봐서라도……."

곽부차는 그럴 때마다 난감한 표정으로 엽술의 눈치를 살폈다. 함부로 엽술의 자존심을 건드렸다가는 그 포악한 성정에 무슨 봉변을 당할지 몰라 전전긍긍하는 모습이었다.

이때 꾸준히 싸움을 지켜보고 있던 엽술이 갑자기 싸움의 한복판으로 걸어 들어갔다. 그의 입에서 준엄한 외침이 주위의 모든 움직임을 압도했다.

"모두 멈춰라!"

거짓말처럼 싸우던 산적들이 일제히 썰물처럼 뒤로 빠져나왔다.

연천무가 칼을 늘어뜨리며 엽술에게 시선을 던졌다.

두 사람의 시선이 허공에서 날카롭고 격렬하게 충돌했다.

순간 엽술의 눈썹이 꿈틀거렸다. 지난 십여 년 사이 단 한 사람을 빼

놓고는 자신의 눈을 감히 쏘아보는 자를 만나지 못했다. 그 단 한 사람조차도 불과 십여 일 전에 만났지만 그에게 그럴 만한 역량과 신분이 있어 자존심에 상처를 입지는 않았다. 금위어장이라면 오히려 그 자신이 한 수 배워야 할 위치라는 걸 스스로 인정할 수밖에 없었기 때문이다.

정적!

그 속에 칼날보다 더 날카로운 살기가 숱하게 공간에 충돌하며 미묘한 상황을 일촉즉발로 몰고 갔다.

연천무 역시 엽술을 눈을 대한 순간 상대의 강한 힘을 느꼈다. 엽술의 일신에서 날이 새파랗게 선 예기를 느꼈다.

처음 느끼는 느낌이었다. 이전의 그는 상대의 경중을 알지 못하는 하수의 무지를 보였지만 지금의 그는 느낌만으로 상대의 경중, 고하를 깨닫는 경지에 이르러 있었다.

그는 눈알에 힘을 주어 눈을 부릅떴다. 왈짜 시절 눈빛 하나만으로 상대를 압도했던 경험에서 온 습관이었다.

엽술이 쇠도리깨를 잡은 손에 힘을 주었다.

이때 발소리를 내며 막우가 두 사람 사이로 끼어들었다.

"귀공이 무리의 수좌인 듯싶은데 이 정도로 수습하는 게 어떻겠소? 사실을 알아보면 알 일이지만 먼저 소란을 피운 건 귀공의 수하들이오. 물론 내 아우가 성정이 곧지 못해 즉흥적으로 귀공 수하들의 빈정을 돋운 건 우리의 잘못이오."

연천무가 발끈한 표정으로 막우의 면전에 얼굴을 들이밀었다.

"누가 성정이 곧지 못하다는 거야?"

막우의 얼굴이 순간 추상같은 노여움으로 뒤덮였다.

"네놈이 아직도 네 잘못을 몰라? 이곳이 네가 놀던 물과 같아? 머리가 나쁘면 얌전히 있어야 할 것 아니냐! 타지에 와서까지 말썽을 일으키면 어떡하자는 거냐!"

"……."

연천무가 당황한 표정으로 엉거주춤했다.

막우의 얼굴에 드러난 노여움이 거짓이 아니었고 그렇게 화난 모습은 단 한 번밖에 본 적이 없었다. 바로 동생을 잃고 그 분노를 스스로 참아내지 못하여 연천무에게 화풀이를 해댄 때였다.

천둥벌거숭이에게도 천적은 있는 것인가. 막우의 노여운 모습을 대한 연천무가 풀이 죽어 뒤에서 눈치를 보며 기웃거렸다.

"사람들도 많은데… 망신을 주고 지랄이야."

"뭐야?"

막우가 벌건 얼굴로 다시 소리치자 연천무는 고개를 아예 돌리고 뒤통수를 긁적거렸다.

기회를 보고 있던 해하돈이 쪼르르 달려왔다.

"헤헤, 영웅호걸이 영웅호걸을 알아보는 것이 아니겠습니까? 오해도 풀렸으니 이제 그만 화해하시죠. 이만한 일로 작정하고 싸운다면 하루라도 싸우지 않을 날이 어찌 있겠습니까?"

상황을 지켜보던 곽부차도 한마디 거들고 나섰다.

"그러시오, 엽 공. 보아하니 잘 사귀어두면 이곽을 잡는 데 한몫 크게 거들 수도 있는 분들인데 크게 멀리 보아야죠."

이곽!

그 이름이 불리어진 순간 막우와 연천무의 눈이 파동을 쳤다.

해하돈이 청천벽력이라도 맞은 듯 놀란 눈을 부릅떴다.

“황제 폐하를 살해한 금의위의 어장 이곽이 이곳에 나타난 겁니까? 놈의 목에 걸린 상금이 자그마치 황금 오백 냥이나 되는데…….”

무엇이든 돈과 결부 짓는 그의 모습이 영락없는 장사치에 다름 아니었다.

엽술이 고개를 끄덕였다.

“옳은 말이오. 지금은 중차대한 일을 앞두고 있으니 피를 흘릴 때가 아니지.”

곽부차가 용기가 난 듯 막우와 연천무의 앞으로 걸어왔다.

“솜씨가 보통들이 아니던데 어느 사문의 제자들이오?”

막우가 연천무가 허튼소리를 하기 전에 재빨리 말을 받았다.

“항산(恒山) 오룡선인(烏龍仙人)의 제자들입니다. 강호에 출행한 지는 반년이 채 되지 않았습니다. 무지한 사제의 결례를 이해하여 주십시오. 딱히 악한 구석은 없으나 성정이 거칠고 급해서 그렇습니다.”

“껄껄, 그만한 실력에 그만한 자신감이면 혈기왕성한 나이에 그럴 수도 있는 법이오. 내 비록 관부의 녹을 먹으나 강호인들을 두루 사귀어 그만한 일엔 이골이 났소.”

“청주님께서 이해해 주시니 몸둘 바를 모르겠습니다.”

막우가 공손하게 허리를 숙이자 곽부차가 만면에 웃음을 지은 채 엽술을 쳐다보았다.

“엽 공께서도 노여움을 푸시오.”

엽술이 몸을 돌리고 서 있는 연천무의 뒤통수를 보면서 말없이 고개를 끄덕였다.

해하돈의 입이 쩍 벌어졌다.

“으하하하! 과연 장부들이라 그 호쾌함이 하늘을 찌릅니다! 과연 대장부들이십니다!"
　돌아서 있는 연천무가 허공에 대고 혼잣말을 중얼거렸다.
　"호쾌하긴 뭐가 호쾌하다는 거야? 정말 호쾌하고자 한다면 목숨을
걸고 한판 붙어야지."

제16장

뒤엉킨 먹이 사슬

海賊王

　　공동묘지의 어둠에 파묻혀 서 있는 그림자는 모두 열아홉
이었다. 그들의 얼굴은 비장하기 이를 데 없고 그 시선은 하늘을 올려
다보고 있는 단 한 사람의 얼굴에 고정되어 있었다.

　　이곽은 그렇게 오랫동안 하늘을 올려다보며 서 있었다.

　　무슨 말을 하랴. 어디서부터 말을 시작하랴.

　　제남성에서 관병의 포위망을 뚫고 나올 때부터 위험은 곳곳에 산재
되어 있었다. 황제를 척살한 대역 죄인으로서 그는 물론이고 그를 따
르는 금의위 전부가 연루되고 말았다. 근 보름에 걸쳐 금의위를 풀어
사방의 정보를 모은 결과 그는 완벽하게 함정에 빠진 것을 인정하지
않을 수 없었다.

　　이곽은 무거운 마음으로 자신을 바라보고 있는 금의위들에게 말문
을 열었다.

"시일야(是日也) 방성대곡(放聲大哭)……. 우리는 이제 현실을 인정해야 한다. 폐하의 죽음과 역적으로 내몰린 우리의 처지를……. 울고 싶은 자들은 울어라. 그러나 울음은 오늘 이 시간이 마지막이어야 한다. 또한 떠나려는 자는 지금 바로 떠나야 할 것이다. 그들이 올가미를 걸어 취하려는 것은 내 목숨이다. 굳이 너희들까지 일일이 추적하지는 않으리라 믿는다. 살길을 원하는 자… 조용히 떠나 세상 속에 묻혀라. 죽기를 원하는 자만 나와 함께 남을 것이다."

"……."

"……."

금의위들은 아무 말이 없었다. 미동조차 없이 굳건하게 땅에 디딘 두 발에 힘을 주며 서 있었다.

얼굴 왼쪽에 얼룩 점이 있는 금의위가 주위의 분위기를 파악한 후 이곽에게 시선을 던졌다. 죽은 서난개의 뒤를 이어 부관 자리를 승계받은 도원당이라는 자였다.

"우리들은 울지도 않을 것이며 떠나지도 않을 것입니다. 우리의 목숨은 이미 나라에 바쳤습니다. 우리의 목숨은 어장 어른의 손에 내맡겨진 지 오래되었습니다."

"갈 곳도 없다. 움직일 곳도 없다. 따르는 너희 모두 죽게 될 것이다."

"이미 죽은 목숨입니다. 살아 있다고 생각하지 않습니다."

비로소 이곽의 시선이 도원당의 얼굴에 던져졌다.

도원당의 강렬한 눈빛과 굳게 다물어진 입술에서 비장함이 물씬 드러나 있었다. 다른 금의위들의 표정에도 결의의 빛이 굳건했다.

이곽의 음성에 힘이 실렸다.

"너희들의 뜻이 그러하다면 난 지금 당장 곽부차를 잡으러 갈 것이
다! 그것이 내가 이곳 광여에서 너희들을 모은 뜻이다! 나를 따르겠느
냐?"

"마땅히 따를 것이옵니다!"

도원당이 우렁차게 답했다.

금의위들이 일제히 소리쳤다.

"충성을 맹세합니다!"

*　　　　*　　　　*

자정을 얼마 앞둔 거리는 인적이 뜸해졌다. 귀가를 서두르던 사람들
이 그 경황에도 해하돈을 알아보고 인사를 했다.

막우는 그런 해하돈을 유심히 살펴보고 있었다. 아무리 해적질을 해
서 취한 재물이라도 악덕한 상인의 배를 불리게 할 수는 없는 일이었
다. 그가 연천무를 좇아 뭍에 나오기 전에 반옥금의 각별한 당부가 있
었다.

"만일 해하돈이란 자가 재물만 득하길 바라고 가난한 사람들을 착취하는
자라면 징치하고 버려야 해. 새로운 장물아비를 찾는 일이 쉬운 일은 아니겠
지만 이런 일에도 명분은 중요하니까. 우린 해적이라도 나름대로의 새로운
규율과 질서를 만들지 않으면 안 돼. 그렇게 하지 않으면 그 이전의 해적과
조금도 다르지 않을 테니까."

그녀가 무슨 말을 하는지 알아들었고 그녀의 말에 막우 자신 또한

쌍수를 들어 동의했다. 오히려 그 자신이 원하는 바를 반옥금이 앞장 섬으로 기분이 몹시 유쾌했다. 반옥금의 성품은 그녀가 노예들을 해방시켰을 때부터 알아본 일이었다. 배운 게 모자라 말을 썩 잘하지 못하는 그녀였지만 적어도 자신을 해치지 않는 사람들을 괴롭힐 것 같지는 않았다. 마음이 찬 게 흠이라면 흠이지만 그녀가 살아온 과정을 본다면 십분 이해할 수 있는 일이었다.

막우의 걱정은 늘 연천무였다.

연천무는 어떨까. 단순하고 무식한 왈짜로서 그 버릇은 쉽게 고쳐질 것 같지 않다. 때로는 포악한 성정을 그대로 드러낼 것이고, 그 때문에 때로 악의없는 사람들에게 피해를 입히기도 할 것이다. 여러 차례 가능해 본 그의 실력은 이미 강호의 초절정고수급이고 이는 언제든지 독선을 가질 소지가 된다. 그가 한번 고집을 피우면 말릴 사람이 별로 없었다. 그러나 그런 막우의 염려에도 불구하고 연천무는 크게 문제를 일으키지 않았다. 뜻밖에 막우의 말도 잘 들었고 섬의 아이들도 그를 무척 따랐다. 연천무가 겉보기와는 다르게 착한 건 정말 다행스러운 일이 아닐 수 없었다. 이제 막 괄목상대할 만한 능력을 펼치기 시작한 연천무가 아닌가.

"뭘 그렇게 처다보는데?"

연천무가 자신을 물끄러미 처다보는 막우에게 눈을 부라렸다.

막우가 빙그레 웃었다.

"그냥. 네놈 하는 짓이 좀 신통방통해서. 기특하게도 말을 알아듣거든."

연천무가 어깨를 거들먹거렸다.

"다 큰 어른인데 스스로 알아서 하겠지. 나도 이제 포구에서 왈짜

노릇이나 하던 그 연천무가 아니잖아?"

그러는 사이 일행은 한 채의 장원 앞에 이르렀다. 따르던 무사 하나가 안에 알리기 무섭게 대문이 열리더니 거의 삼십여 명에 이르는 아이들이 우르르 달려나왔다.

"해 숙(海叔)!"

해하돈이 돌아온 것을 알고 기다렸다가 뛰처나온 아이들이란 것은 짐작되었지만 웬 아이들이 삼십여 명이나 되는지 알 수 없었다.

아이들은 해하돈의 팔과 어깨에 매달렸다.

해하돈이 낭탕하게 웃어댔다.

"이놈들아, 손님들을 모시고 왔는데 이렇게 소란을 피워서야 되겠느냐? 어서 손님들을 안으로 모셔라!"

그중 유난히 총기 어린 소년 하나가 막우와 연천무에게 다가와 정중하게 허리를 숙였다.

"전 도말이라고 합니다. 청운장(靑雲莊)에 오신 것을 환영합니다."

청운장이라고는 했으나 장원의 어디에도 그런 이름이 쓰인 현판 따위는 보이지 않았다.

"아이들이 그냥 청운장이란 이름을 쓰고 있을 뿐입니다. 자기들 나름대로는 어떤 결속력을 갖기 위한 방편이겠죠. 실제적으로 이 광여에서 청운장 아이들이라면 함부로 건드리지 않지요. 고아들이라 또래의 아이들에게는 싸움꾼으로 통하니까요."

해하돈이 장원으로 들어가면서 설명했다.

막우가 넌지시 물었다.

"고아들이라면 해 형께서 돌보고 있다는 말이오?"

해하돈이 껄껄걸 웃었다.

"돌보다니요, 이 녀석들이 소인을 돌보는 거지요. 어떤 일을 하든지 인심을 얻는 건 매우 중요한데 소인은 이 녀석들의 의식주를 해결해 주는 정도지만 이 녀석들은 내게 더 큰 것을 베풀어줍니다. 소인이 도둑과 결탁하는지도 모르고 관청에서는 소인을 의인(義人)으로 알아주니 하는 모든 일에 도움이 되지요. 뒤가 구린 놈일수록 준비가 철저한 법 아니겠습니까."

연천무가 감탄한 표정을 지었다.

"철두철미하군. 머리가 아주 좋아."

막우가 넌지시 물었다.

"그럼 해 형도 이곳에서 기거하시나?"

해하돈이 벌쭉하게 웃었다.

"기거하기는 하지만 소인의 처소는 뒤쪽에 따로 있습니다. 손님이 오시는 날은 애들이 알아서 출입을 자제하니 시끄럽게 하지는 않을 겁니다."

막우가 어두운 표정으로 해하돈을 바라보았다.

해적과 결탁하여 수탈한 금은 재화를 탐하는 자라면 배포가 있기 마련이다. 단지 배포만 있는 게 아니고 간교한 재주까지 따르는 자였다. 부모 없는 아이들을 거두어 기르는 게 단지 장사의 한 수완이라면 자신의 성취를 위해서는 많은 백성의 눈물과 땀을 훔칠 수도 있는 자였다. 그런 모리배라면 마땅히 징치함이 옳았다.

그런데 해하돈에게는 이상한 점이 있었다. 섬에서부터 줄곧 그를 보고 있지만 유난히 겁이 많아 보인다는 것이었다. 그런 자가 해적과 교류할 만한 배포가 있다고는 믿어지지 않았다.

'알다가도 모를 인간이로군.'

막우는 입속으로 나직이 뇌까리며 해하돈의 뒤를 따라갔다.

뒤쪽 별채에 이르자 서너 명의 무사가 그들을 맞이했다. 본래 해하돈을 수행하는 무사들보다 한층 눈빛이 날카롭고 일신에서 뿜어내는 예기도 달라 보였다. 별채를 지키는 자들임을 알 수 있었지만 해하돈을 지키기 위해 고용된 자들이 아니라면 누구를 지키기 위해 고용되었단 것인가.

해하돈이 별채로 다가서며 큰 소리로 외쳤다.

"부인, 나 왔소!"

불이 꺼져 있던 방에 기척이 들리는가 싶더니 등잔의 불이 켜졌다. 방문으로 다소곳하게 앉은 여자의 모습이 비치는가 싶더니 이내 청아한 음성이 밖으로 흘러나왔다. 마치 은쟁반에 옥구슬이 구르는 듯 또렷하고 맑은 목소리였다.

"밤이 늦었습니다. 손님들의 잠자리를 봐드리고 내일 인사를 여쭙죠."

"껄껄! 그럼세!"

해하돈이 밝은 표정으로 웃으며 몸을 돌려 막우와 연천무를 쳐다보았다.

"밤이 늦었습니다. 편히 주무시고 내일 뵙시다."

연천무가 슬쩍 농을 건넸다.

"부인께서 아주 예쁘신 모양이오? 꼼짝도 못하시네?"

해하돈이 어깨를 으쓱거렸다.

"우리가 서로 막역한 관계가 되었으니 연 형의 집이라 생각하고 편히 쉬시죠. 소인의 마누라만 건드리지 말구요."

연천무가 발끈해서 소리쳤다.

“내가 왜 남의 마누라를 건드려? 날 어떻게 보고 하는 소리야?”

“노, 농담입니다.”

해하돈이 당장 죽을상을 하고 벌벌 떨었다.

연천무가 이를 드러낸 채 씨익 웃었다.

“나도 농담이야.”

“……”

해하돈이 연천무의 눈치를 보면서 식은땀을 훔쳤다.

연천무는 자리에 누웠지만 잠이 쉽게 들지 않았다. 낯선 잠자리라 편하지 않은 이유도 있겠지만 반옥금에 대한 생각이 쉴 새 없이 떠올라 몸을 뒤척였다.

그러던 중 그는 창문가에서 인기척을 느끼며 한쪽에 풀어놓은 칼로 손을 가져갔다.

끼익!

조심스럽게 창문을 여는 손이 있었다.

연천무는 가재눈을 뜨고 창문을 넘어오는 그림자를 지켜보았다. 밖에 지키고 있는 무사들을 피해 들어온 자라면 예사로운 자는 아니다. 그런데 뜻밖에 창문을 넘은 그림자는 계집이 아닌가? 그녀의 얼굴을 본 순간 연천무는 벌떡 상체를 일으켰다.

“네년이 여긴 웬일이냐?”

“쉬!”

그림자 하루꼬는 입술에 손가락을 갖다 대며 밖의 동정을 살폈다.

영문을 알 수 없는 일이었지만 일단 연천무는 입을 다물고 그녀의 다음 움직임을 살폈다. 칼 손잡이를 잡은 그의 손은 팽팽하게 긴장되어 있었다.

하루꼬가 창문을 다시 닫더니 벽에 등을 기대고 힘없이 주저앉았다. 왼쪽 옆구리를 감싼 손을 비집고 피가 흐르고 있었다.

연천무가 눈살을 찌푸렸다.

"다쳤구나."

하루꼬가 고개를 끄덕였다.

"아까 그 여자들과 술 마시던 곳에서 패거리들과 다툼을 벌였죠?"

"그랬지."

"그들의 수좌 되는 머리를 길게 기른 장발 괴인한테 당했어요. 천장에 몰래 숨어들어서 얘기를 엿듣다가……."

"거긴 왜 숨어들어 갔는데?"

"연 소두령을 지키자면 주위에서 일어나는 일은 어떤 일이든 신경을 쓰지 않으면 안 되죠. 위험한 인물들이 나타나면 그들이 정말 위험이 될지 안 될지 알아내는 게 제 임무예요."

"그 임무는 누가 시켰는데?"

"예?"

연천무의 물음에 도리어 하루꼬가 눈을 커다랗게 뜨고 반문했다.

"그야 당연히 두령님께서 시켰죠. 귀찮게 하지 말고 은밀히 따라다니라고만 했지만 보다시피 몸이 성치 않아서 치료를 받아야겠기에……. 그럼 모르고 계셨단 말씀인가요?"

연천무가 얼른 말을 돌렸다.

"나야 아니면 막 소두령이야?"

"연 소두령이요. 막 소두령은 알아서 잘 처신하는 분이지만 연 소두령은 워낙 촐싹거려서 무슨 짓을 저지를지 모르니 잘 살피며 만일의 경우에 대비하라 이르셨죠."

"분명히 나란 말이지?"

연천무는 기분이 좋아졌다. 그의 코가 벌렁거리며 뜨거운 콧김을 흘렸다.

그사이 하루꼬의 얼굴은 창백해지고 이마에는 땀방울이 송골송골 맺혀 있었다. 그녀가 아픈 표정으로 이를 악문 채 허리를 수그리자 연천무가 비로소 놀란 표정으로 다가왔다.

"많이 다친 거냐?"

"아마 그럴걸요."

연천무가 그녀에게 다가가 옆구리의 상처를 살피더니 놀라서 호들갑을 떨었다.

"피를 많이 흘렸구나! 이런, 벌어진 상처로 뼈가 다 보이네. 안 되겠다. 의원을 불러야겠다."

"아니요."

나가려는 연천무를 발목을 하루꼬가 손으로 붙들었다.

"제 존재가 알려지는 걸 원치 않아요. 언제나 이렇게 살아야 하는 운명인 걸요. 연 소두령이 해주세요."

"내가 의원도 아닌데 어떻게?"

"부상당한 두령님을 연 소두령이 혼자서 지키며 구해주셨다고 들었어요. 그때의 고마운 마음으로 연 소두령님께 늘 감사하고 있다고."

연천무의 눈빛이 가늘게 흔들렸다.

"금이 그런 얘기도 하더냐?"

하루꼬가 미소를 지었다.

"더 많은 얘기도 했어요. 우린 그사이 많이 친해졌거든요. 남자와는 나눌 수 없는 많은 여자들의 얘기가 있죠. 하지만 다 얘기해 줄 수는 없어요. 좋은 얘기는 해드려도 나쁜 얘기는 해드릴 수 없거든요."

"나쁜 얘기? 이를테면?"

"그런 식으로 떠보지 말아요. 난 어린애가 아니에요."

"……."

연천무의 시선이 물끄러미 하루꼬의 눈을 응시했다.

나쁜 얘기란 무엇일까? 그래서 전하지 못할 말은 무엇일까?

연천무는 하루꼬를 부축해 그녀를 눕혔다. 뭔가 둔탁한 흉기에 의해 옆구리가 심하게 함몰되어 있었다. 장발신마 엽술에게 당했다니 쇠도 리깨에 맞은 것이 분명했다.

그는 피가 달라붙은 상의부터 찢었다. 상처를 자세히 살피자면 어쩔 수 없는 일이었지만 함몰된 상처와 함께 그녀의 하얀 속살도 드러났다.

하루꼬는 자신의 거친 숨결을 듣고 있었다. 피를 너무 많이 흘려 호흡이 거칠어지기도 했지만 묘한 자극에 흥분을 느꼈다.

연천무가 특별히 따스한 남자가 아닌 것은 분명했다. 그럼에도 상처를 살피는 그의 손길에서 따스함을 느끼는 건 지금까지 그녀가 겪어온 많은 사내들에 대한 상대성 때문일지도 몰랐다. 대개의 강한 남자들이란 자부심이 대단하며 여자에겐 무례한 게 태반이다. 동영의 사내들은 애초에 인과 관계가 있지 않은 한 여자들을 전리품으로 다루며 일방적인 권리를 행사했다. 가계(家系)의 여자들조차도 제대로 대접받지 못하는 동영에서 그녀 같은 천민 출신의 일개 무부가 스스로의 목소리를 낼 기회는 없었다.

뿐이랴. 해적들의 손에 떨어진 이후로는 아예 노예가 되어 창부로서 지냈다. 그녀를 심하게 다룬 것은 두말할 나위가 없는 일이었다. 말할 수 없는 치욕과 분노, 한숨과 눈물로 지샌 밤들이었다.

그런 포악한 남자들의 손길에 길들여진 그녀의 몸이 근 한 달 넘게 남자와 떨어져 있었다. 반옥금을 만난 이후로 남자와의 잠자리는 물론 그녀를 향해 치근거리는 남자조차 보지 못했다.

묘한 자극과 흥분의 이유는 그랬다. 실로 오랜만에 닿은 남자의 손길, 그리고 그 손길의 따스함이었다.

"젠장, 이대로는 안 되겠어! 꿰매야겠다! 그런데 실과 바늘이 없어서 어떡하지?"

하루꼬가 옆구리에 차고 있던 검고 조그만 주머니를 떼어내 연천무에게 건넸다.

"이 안에 있어요. 금창약도 있을 거예요."

주머니를 여는 연천무에게 그녀가 말을 이었다.

"침합에 있는 침은 건드리지 않는 게 좋을 거예요. 독이 묻어 있거든요."

그러고 보니 주머니 안에는 작은 침합이 있었다.

연천무가 호기심을 참지 못하고 침합을 열었다. 솔잎보다 더 가는 침들이 수백 개가 들어 있는데 그 끝이 끈끈하고 검은 액체에 젖어 있었다.

"무서운 독인가?"

"절명산(絶命散)이죠. 해독제는 처음부터 없어요. 하지만 아직 사람을 살상해 본 적은 없어요. 호신용이에요."

"……."

연천무는 조용히 하루꼬를 바라보았다. 그녀에 대해 아무것도 아는 게 없다는 생각이 새삼 들었다. 알려고 하지 않았으니 아는 게 없는 건 당연했다.

"따끔할 거야. 참아."

바늘에 실을 꿰며 연천무가 혼잣말처럼 중얼거렸다.

하루꼬는 눈을 감았다.

연천무의 손이 움직여 그녀의 터진 살을 천천히 꿰매었다. 바늘이 살을 뚫고 들어갈 때마다 그녀의 몸이 간헐적으로 꿈틀거렸다. 고통 때문인지 그녀의 몸에서 땀이 배어나고 그 땀은 유등 불빛 아래 반사되어 번들거렸다.

터진 살을 꿰매고 그 위에 금창약을 바른 후 연천무는 허리를 펴면서 손등으로 이마에 흐른 땀을 훔쳤다.

"독하네. 신음 한 번 흘리지 않고."

하루꼬가 눈을 떴다. 그녀의 입가에 옅은 미소가 피어났다.

"다정한 분이네요, 연 소두령은."

"내가? 아니야. 그럴 리가 있나. 나만큼 못된 놈도 별로 없을걸?"

"어느 의원도 연 소두령처럼 세심하게 환자를 돌보지는 않아요. 그 하나만 봐도 알 수 있어요."

"……."

연천무가 긍정도 부인도 하지 않고 멀뚱멀뚱 그녀를 쳐다보았다. 자신에 대한 그녀의 판단이 중요하지는 않았다. 그가 알고 싶은 건 그녀의 입을 통한 그에 대한 반옥금의 판단이었다.

하루꼬가 졸음을 참을 수 없는지 스르르 눈을 감았다.

"졸려요. 이렇게 잘 수밖에……."

"자……."

말하다 말고 연천무가 말꼬리를 흐렸다. 이미 잠에 떨어진 그녀를 본 것이다.

문득 그녀의 다 드러난 가슴이 눈에 들어왔다. 그 가슴 위의 연분홍 빛으로 피어오른 작은 유두도.

그는 조용히 이불을 끌어당겨 그녀의 몸을 덮었다.

그리고 그 자신은 침상 밑으로 내려와 바닥에 누웠다. 신경을 많이 쓴 탓인지 몸이 무거웠다. 금방 잠에 빠져들었다.

얼마나 잔 것일까.

연천무는 어둠 속에서 부스럭거리는 소리를 들으며 잠에서 깨어났다. 쥐새끼의 움직임처럼 아주 예민하지 않으면 듣지 못할 소리였지만 샛눈을 뜨고 자세히 보니 그 움직임의 주인공은 하루꼬였다.

하루꼬는 침상에서 내려선 채 천천히 옷을 벗고 있었다. 벗는 정도가 아니라 실오라기 하나 걸치지 않고 아예 알몸이 되어버렸다.

마침 창문 틈새로 새어든 달빛이 그녀의 서 있는 자리에 비추어 연천무의 눈에 그녀의 알몸이 적나라하게 들어찼다.

연천무는 소리를 내지 않고 조용히 지켜보았다. 알몸의 계집을 구경하는 일을 마다할 그가 아니었다. 치료 중에 그녀의 가슴을 보았을 때와는 상황이 사뭇 달랐다. 그 야릇함에 의지적 욕정과는 상관없이 이미 그의 아랫도리는 팽창해 버리고 말았다.

'젠장, 이건 고문이나 다름없잖아!'

다른 계집이 아니다. 반옥금이 곁에 두고 있는 계집이니 함부로 건드릴 수도 없는 일이었다. 설사 전혀 무관한 계집이라도 의지적 욕정은 전혀 동하지 않았다. 몸은 뜨거워도 머리는 싸늘하게 식어 있었다.

연천무는 반옥금의 얼굴을 떠올리며 눈을 감았다.

그런데 하루꼬의 걸음이 그를 향해 오고 있지 않은가?

좀 더 상황을 지켜보기로 한 그는 일부러 잠이 깊이 든 척 미동조차 하지 않았다.

그에게 다가온 하루꼬가 몸을 숙여 그가 덮고 있는 이불 끝 자락을 잡더니 살며시 들추었다. 이불 속으로 그녀의 몸이 미끄러져 들어오고 있었다.

연천무가 움직임없이 조용히 입을 열었다. 그 음성이 메마른 섶처럼 아무런 감정이 실리지 않고 건조했다.

"뭐냐?"

"곁에서 자려고요."

"두령이 그리 이르더냐?"

"……."

하루꼬가 대답하지 않았다.

무언은 긍정을 뜻하기도 한다.

연천무는 벌떡 상체를 일으키더니 손을 번쩍 치켜들었다.

하루꼬의 서늘한 눈이 아무런 감각도 없이 그를 바라보고 있었다.

그는 손을 내리며 탄식했다.

"네게 무슨 잘못이 있겠냐. 하지만 넌 네 자리로 돌아가 자거라. 난 너를 품을 뜻이 없다."

"알겠습니다."

하루꼬는 순순히 말을 들었다. 그녀가 다시 몸을 일으켜 침상으로 걸어갔다. 그 뒷모습을 지켜보는 연천무의 눈빛이 파문이라도 인 듯 출렁거렸다.

반옥금이 하루꼬를 통해서 전하려 한 뜻은 무엇일까? 그녀는 연천무

가 하루꼬를 받아들이지 않으리란 것을 충분히 예견하고 있었을 것이
다. 결국 그녀는 하루꼬를 통해 연천무에게 자신의 뜻을 전해온 것에
불과했다.

탄식처럼 연천무가 매우 고통스런 표정을 한 채 중얼거렸다.

"금, 너무하는구나. 꼭 이렇게까지 해야 하는 거냐?"

*   *   *

후르륵.

담장을 넘어가는 그림자들의 모습은 새가 달리 없었다. 날아가는 모
습도 그러하거니와 그 민첩함에 있어서 착지와 도약에 거의 소리를 흘
리지 않았다.

이곽은 광여관청의 내부 구조에 익숙하여 무리들의 앞에 선 채 지휘
하고 있었다. 당장 넘어온 담만 해도 외부에서 곽부차의 처소까지 가
장 최단거리에 있는 것이었다.

그들은 일단 곽부차의 처소가 바라보이는 정원에 몸을 웅크렸다. 곳
곳에 횃불을 든 관병들이 상엄하게 경계를 서고 있었지만 평소와 다른
느낌은 들지 않았다.

이곽이 도원당의 얼굴을 쳐다보면서 고개를 끄덕였다. 그것을 신호
로 이곽과 도원당을 앞세운 금의위들이 일제히 자리를 박차고 곽부차
의 처소를 향해 신형을 튕겼다.

팍!

깊은 어둠을 잠행하는 그들의 신형이 순식간에 곽부차의 처소로 날
아들었고, 그들을 발견한 관병들이 당황한 모습으로 소리만 꽥꽥 질러

댔다.

"침입자다! 침입이다!"

우지끈! 꽝!

금의위들을 벌써 건물에 들이닥쳐 창문을 부수며 안으로 뛰어들었다.

그중에서도 이곽은 불이 꺼진 한 창문을 노려 습격했는데 바로 곽부차의 침방이었다.

그런데 이게 어떻게 된 일일까?

들이닥친 곽부차의 침방에는 사람의 그림자라고는 눈을 씻고도 찾을 수가 없었다. 곽부차의 모습도 그의 부인의 모습도 없었다.

뒤를 따라 들어온 도원당이 눈살을 찌푸렸다.

"좀 이상합니다."

"당초 이런 사태를 예상하지 못한 것도 아니지. 반은 함정인 줄 알고 들어왔으니까."

"예?"

의외로 담담한 이곽의 말에 도원당은 당혹한 표정을 지었다.

아니나 다를까, 밖으로부터 요란한 발걸음 소리가 들리고 고함이 들렸다.

"이곽! 너희들은 포위됐다! 순순히 오라를 받아라!"

낯선 음성이 아니었다.

이곽이 웃으며 도원당을 쳐다보았다.

"내가 결국 너희들을 사지에 끌어넣었구나."

도원당이 비장한 표정으로 힘주어 말했다.

"제 목숨은 이미 어장 나리의 것입니다. 제가 사지에 빠진 것이 아니라 어장 나리께서 사지에 빠진 것이죠."

"그렇구나."

무슨 말을 하랴.

이곽은 천천히 밖으로 걸어갔다. 들어올 때는 급한 마음에 창문을 부수고 들어왔지만 나갈 때는 당당하게 정문을 통과했다. 그의 뒤로 어느새 달라붙은 금의위들이 조금도 위축된 모습을 보이지 않고 따랐다.

이곽과 금의위들을 포위한 자들은 이백여 명이 넘었다. 주위의 담과 지붕에 궁수들이 배치되어 있었고, 일선에는 창과 투망을 쥔 자들이 그들을 에워쌌다. 그렇게 포위망이 구축되고 나서야 광여청장 곽부차가 일단의 무리들을 대동하고 모습을 드러냈다. 곽부차의 뒤를 따르는 자들 속에 장발마귀 엽술이 있었다.

곽부차의 얼굴에 희색이 만연했다. 이곽을 잡는 것은 그에게 얼마나 큰 공과로 돌아올지 상상조차 할 수 없을 만큼 큰일이었다.

"네가 돌아와서는 안 될 곳에 돌아왔구나! 그 어리석음으로 어떻게 금위어장이란 높은 자리에 올라갈 수 있었는지 모르겠다!"

침중했던 이곽의 얼굴이 막상 적들을 대하자 언제 그랬냐는 듯 호기로 가득 찼다.

"네놈이 겨우 믿는 놈이 저 하찮은 녹림배들이냐?"

장발마귀 엽술의 눈꼬리가 가늘게 떨렸다.

"이곽, 한 번은 용케 빠져나갔을지 몰라도 두 번은 빠져나갈 수 없다!"

곽부차가 따라서 흥분하여 소리쳤다.

"뭣들 하느냐? 놈을 잡아라! 이곽을 잡는 자에게는 광여에서 가장 큰 집을 포상으로 주겠다!"

집 한 채라면 대단한 포상이 분명했다. 더욱이 광여에서 가장 큰 집이라면 그 가치는 웬만한 집 열 차에 못지않을 것이란 짐작이 가능했다.

"와아!"

관병들이 눈이 돌아 이곽과 금의위들을 향해 일제히 돌진해 들어갔다. 상대가 금의위란 사실을 까마득히 잊어버린 것 같았다.

이곽이 검을 움켜쥐었다.

"모두 폐하의 백성들이다. 되도록 살생을 피할 것이며 굳이 살생해야 한다면 단칼에 목을 베어야 할 것이다."

"예!"

금의위들이 여출일구로 대답했다.

이곽이 검을 쳐들며 신형을 앞으로 차고 나갔다.

"가자! 나를 따르라!"

앞서 달려오던 관병들이 손에 든 투망을 활짝 펼쳤다. 이곽의 신형은 그러나 망설임없이 투망 속으로 날아들었다.

자진하여 그물 속으로 날아든 새를 잡는 일은 손바닥을 뒤집는 일만큼이나 쉬웠다.

그물 하나가 이곽의 신형을 가두며 내려앉았다. 그러나 다음 순간 이곽의 손에서 벽력처럼 터진 새파란 광휘가 그물과 어둠을 한꺼번에 조각조각 찢어냈다. 수만 조각으로 나누어진 그물 조각들이 허공에 나부끼며 시야를 어지럽혔다.

엽술은 흩날리는 그물 조각들을 헤치고 튀어나오는 이곽을 찾았다. 그의 신형이 앞으로 튀어 나가며 쇠도리깨를 흔들어댔다.

"오늘은 네놈의 목숨을 반드시 거두어야겠다!"

이미 한번 쇠도리깨에 맞선 경험이 있는 이곽이었다. 그 육중한 충격을 감당하기 쉽지 않다는 것을 알고 있기 때문에 그는 신형을 틀면서 날아오는 쇠도리깨를 피하며 엽술의 옆구리로 파고들었다.

엽술의 동공이 순간 굳어졌다.

얼마 전에 상대했던 그 이곽이 아니었다. 이전의 이곽은 꼬박 하루를 쉬지 않고 달렸던 이곽이고 지금의 이곽은 아직까지는 아무런 힘도 소모하지 않은 이곽이었다. 물론 그런 점은 엽술도 알고 있었지만 그 차이가 이토록 크리라고는 생각하지 못했던 것이다.

투앙!

그는 황급히 쇠도리깨를 거두며 가까스로 이곽의 검을 쳐냈다.

마침 그의 뒤에 따라붙었던 두 명의 수하가 이곽을 협공했다.

산적들도 산적들이지만 수적으로 워낙 많은 관병들이 한꺼번에 몰려들자 금의위들은 곧 수세에 몰렸다. 포상에 눈이 어두운 자들이 물불 가리지 않고 덤벼드는 바람에 산적들은 일단 뒤로 빠지고 말았다. 아무리 금의위라도 열아홉으로 이백 명이 넘는 관병을 당해내는 건 무리였다.

금의위 한 명이 뒤에 다가와 쏜 궁수의 화살에 등짝이 꿰뚫리며 비명을 내질렀다.

"으아악!"

이곽이 목청이 터지게 소리쳤다.

"물러서라! 아니면 애꿎은 너희들을 벨 수밖에 없다!"

관병 하나가 창끝으로 이곽을 가리키며 외쳤다.

"저자가 바로 이곽이다! 폐하를 죽인 자다!"

"으와아!"

관병들이 함성을 지르며 이곽을 향해 달려들었다. 출로를 열자면 많은 관병들을 살상하지 않으면 안 되었다. 또한 그들을 뚫고 나가도 장발마귀 엽술이 이끄는 오십여 명에 이르는 녹림고수들이 기다리고 있었다.

이곽이 고개를 돌려 금의위들을 지휘했다.

"일단 건물로 피해라! 안으로 들어간다!"

그의 명이 떨어지기 무섭게 금의위들이 관병들을 물리치며 건물 안으로 뛰어들었다. 건물을 등지고 있었으므로 막상 건물 안으로 숨어드는 건 그리 어려운 일이 아니었다.

"쫓지 말라! 건물을 포위하라!"

곽부차가 서둘러 관병들을 말리며 대오를 정리했다. 적은 수의 고수라는 것이 좁은 공간에서는 막강한 힘을 발휘한다는 걸 알고 있었다. 관청 밖을 경계하던 관병들까지 몰려와 그들의 수는 더 불어나 작은 건물을 겹겹이 에워쌌다.

엽술이 곽부차에게 다가왔다.

"그야말로 독 안에 든 쥐로군."

곽부차가 손을 들어 올리며 웃었다.

"누가 아니라오."

그가 손을 들어 올리자 담과 나무, 다른 건물의 지붕 위에 있던 궁수들이 일제히 화살을 궁에 장전하고 시위를 당겼다.

"쏴라!"

투퉁! 팅!

시위를 떠난 화살들이 건물을 향해 날아갔다. 일부는 벽이나 문설주에 꽂히기도 했지만 일부는 창문을 뚫고 안으로 날아들었다.

"으아악!"

"컥!"

미처 엄폐물을 찾지 못한 금의위들의 비명이 터져 나왔다.

곽부차가 크게 웃어대며 소리쳤다.

"으하하하! 감히 코빼기도 비치지 못하게 하라! 그림자라도 얼씬거리면 무조건 쏴버려라! 기름을 붓고 불을 질러라! 숨어 있지도 코빼기도 비치지 못하게 하라!"

"……."

엽술은 손에 힘을 줘 쇠도리깨를 잡았다.

불을 지른다면 이곽은 다시 튀어나올 것이다. 원한을 맺은 자와는 반드시 결말을 맺어야만 한다. 이곽처럼 후환이 두려운 자라면 더 더욱.

＊　　　　＊　　　　＊

"아우님! 어서 일어나시게!"

꼭두새벽에 들린 막우의 카랑카랑한 외침이 연천무의 잠을 깨웠다. 아직 미명이라 방 안은 어두웠고, 그는 볼멘소리를 터뜨렸다.

"뭐야, 아직 해도 안 떴는데?"

밖에서 막우의 다급한 외침이 계속됐다.

"이놈아, 일어나라면 일어날 것이지 계집처럼 수다를 떠는 거냐? 썩 일어나 나오너라!"

연천무가 가재눈을 흘기며 혼잣말을 중얼거렸다.

“형으로 깍듯이 모셨더니 이젠 아예 내놓고 이놈 저놈 하네. 내가
버릇을 잘못 들인 거 아니야?”

그러다 그는 문득 생각이라도 난 듯 침상으로 고개를 돌렸다. 비로
소 하루꼬의 모습이 보이지 않는 것을 발견하며 그는 천장을 향해 시
선을 던졌다.

“하루꼬, 거기 있느냐?”

“……”

그러나 어디에서도 대답은 들려오지 않았다.

“젠장, 이년은 아픈 몸을 끌고 어디로 간 거야? 하는 짓이 꼭 귀신
도깨비일세.”

연천무가 밖으로 나가자 기다리고 있던 해하돈이 허리를 굽실거렸
다.

“워낙 다급하여 단잠을 깨울 수밖에 없었습니다. 이해해 주십시오.”

“다급해? 무슨 일인데?”

막우가 대신 대답했다.

“안방마님께서 일찍부터 기침하시고 우리를 기다리시네. 나도 아직
어떤 사정인지 모르니 어서 가보세. 오죽하면 곤한 잠을 자는 사람을
깨워 보자고 했겠나.”

“거 대단하신 안방마님일세.”

연천무가 빈정거리며 해하돈을 힐끔거리자 그는 아예 고개를 돌려
시선을 외면했다.

막우가 연천무를 보며 눈총을 줬다.

“왜 그래? 볼따귀에 잔뜩 심술이 붙어가지고. 어제 뭐 하다 잤기에
잠을 설친 눈이야?”

"얼마나 급한 일인지 가봅시다! 정말 급한 일만 아니기만 해봐라."

연천무가 서둘러 앞으로 걸어갔다.

반옥금 때문이었다. 밤새 잠을 못잔 것도 그녀 때문이었고 선잠을 깨어서도 기분이 엉망이 되어 있는 것도 그녀 때문이었다. 어떤 사람은 하루는 고사하고 일각만 지나도 대수롭지 않은가 하면 어떤 사람은 평생을 짊어지고 가야 할 무게로 가슴을 짓누르는데 그에게는 반옥금이 그랬다. 그녀와의 일만 생각하면 머리가 천 근처럼 무거웠다.

"어서 오세요."

연분홍빛에 붉은 수실로 장미가 수놓아진 휘장 뒤에서 그 겉모습만 그림자로 비추어 보이는 여자의 목소리는 간밤의 그 옥음이 틀림없었다. 다시 들어도 맑고 청아한 게 심금을 흔들었다.

연천무가 자리에 앉기 무섭게 휘장을 노려보며 떠들었다.

"그래, 이 꼭두새벽부터 우리를 보자 한 이유가 뭐… 요?"

그가 뒷말을 흐리며 더듬은 것은 습성상 다짜고짜 반말이 튀어나오려는 것을 신경 쓴 탓이었다. 안에 들어오기 전부터 막우에게 귀가 따갑게 경어를 쓸 것을 종용당한 연천무였다.

막우가 연천무를 보며 험상맞게 인상을 긁었고, 연천무는 고개를 돌려 버렸다.

그런데 해하돈은 어디로 간 것일까. 따라 들어오리라 여겼던 해하돈은 끝내 들어오지 않았다.

휘장 속의 여주인이 차분하게 말했다.

"말씀하신 분은 연 소두령님이시군요. 듣던 대로 성격이 급한 분이시네요."

"내가 좀 성격이 지랄맞지."

연천무가 자랑스럽게 떠들자 막우가 얼른 말을 받았다.

"이 친구가 속이 상한 일이 있는 모양이오. 아닌 게 아니라 성질이 지랄 같은 놈이니 이해해 주시오."

"막 소두령님이시로군요. 오래전부터 말씀 많이 듣고 있었습니다."

막우가 의혹한 표정을 지었다.

"날 오래전부터 알고 있단 말이오?"

"해적과 거래하는 상인이 해적들에 대한 정보를 모른다 해서야 어찌 거래를 하겠습니까? 열양군도에서 자그마한 힘을 이끌고 있지만 여타 해적들과는 격이 다른 분이라고 듣고 있었죠. 즙포사신으로 계시며 주로 탐관오리를 징치하시다 오히려 모략을 당해 쫓기는 신세가 되었다고 들었습니다."

"안주인께선 바깥 세상에 대한 관심이 많으시오."

"제 바깥주인께서는 장사 수완이 뛰어나지요. 돈이 되는 물건을 알아보는 선견이 있고 술수가 능하며 발이 넓으십니다. 도처에 눈과 귀를 깔아두어 산동성 일대에서 일어나는 일이라면 가장 먼저 알게 되고 가장 많이 알고 있다 자부할 수 있습니다. 금위어장 이곽의 일만 해도 그렇죠. 그가 오늘 밤 관청을 습격하여 청주 곽부차의 처소에 침입할 것을 바로 들을 수 있었으니까요."

그녀의 입에서 뜻밖에 이곽의 이름이 떠올려지자 막우와 연천무의 귀가 솔깃해졌다.

연천무가 참지 못하고 물었다.

"이곽이 무엇 때문에 청주의 처소를 침입했다는 거요?"

여주인의 음성이 낭랑해졌다. 그들의 관심을 끌어내는 데 일단 성공

한 때문이었다.

"금위어장 이곽은 오래전부터 쫓아온 흑풍사 살수를 쫓아 얼마 전에 광여관청에 머문 적이 있죠. 어젯밤에 기루에서 보았겠지만 곽부차는 역모의 무리들과 내통하고 있고 이곽을 함정에 빠뜨렸죠. 그러니 이곽이 역모자들의 뒤를 캐기 위해서라도 곽부차를 추궁하지 않을 수가 없는 거죠. 하지만 곽부차는 오히려 그의 그러한 점을 이용해 다시 한 번 그를 함정에 빠뜨린 거죠. 지금 이곽은 위험에 빠져 있습니다."

"낄낄… 놈이 그 함정에 빠져 죽어버리면 공연히 내 칼에 피를 묻힐 일이 없겠군. 잘된 일이네."

연천무가 혼자 좋아서 웃어댔다.

그러나 막우의 표정은 무거웠다. 그는 이미 여주인에게 다른 뜻이 있다는 것을 간파하고 있었다.

그가 단도직입적으로 물었다.

"원하는 게 뭐요?"

휘장 속의 여주인도 직설적으로 뜻을 전했다.

"금위어장 이곽의 목숨을 구해주세요."

"무슨 소리야?"

연천무가 발끈해서 눈에 살기를 일으켰다. 그의 입에서 반말이 튀어나간 건 너무나 당연했다.

"하나는 알고 둘은 모르는군! 그놈은 우리의 적이야! 나와 금이가 그놈 때문에 얼마나 혼쭐이 났는지 알아? 그 녀석이 하마터면 내 여자를 죽일 뻔했다고!"

"금이란… 흑풍사의 살수 귀매 반옥금을 말하는 건가요?"

"지금은 우리의 두령이야! 그런데 우리 두령을 죽이려는 자를 구해

주라는 게 말이 되겠어? 이 손으로 해치워도 시원치 않을 판에!"

주먹을 불끈 쥐면서 소리치는 그의 얼굴에 시퍼런 핏줄이 일어났다. 워낙 기세등등한 때문인지 막우도 조용히 지켜보고만 있었다.

"하지만……."

여주인의 말이 날아들다가 멈췄다.

연천무가 벌떡 자리를 박차고 일어났기 때문이다.

막우가 놀라서 소리쳤다.

"뭐 하는 거야, 지금!?"

연천무가 성큼성큼 여주인을 향해 걸어갔다.

"저쪽에서는 이쪽의 상통이 보이는데 이쪽에서는 저쪽의 상통이 보이지 않으니 얘기가 잘 되지 않소! 어떻게 생겨먹은 귀한 얼굴이기에 애써 숨기는지 봐야겠소!"

막우가 말리기도 전에 연천무의 손이 거침없이 휘장을 양쪽으로 걷어냈다.

걷혀진 휘장 뒤로 여주인의 차분하게 앉아 있는 모습이 드러났다.

순간 연천무의 몸이 흠칫 굳어졌다.

드러난 여주인의 얼굴은 그 반이 끔찍한 화상을 입은 모습이었다. 나머지 반의 얼굴은 온전한데 그 반으로만 본다면 그녀의 본색이 매우 아름다운 것임을 짐작케 했지만 화상을 입은 반의 얼굴로 인해 전체적인 분위기는 역겨울 만치 추악한 것이었다.

여주인은 그러나 어떤 동요도 없었다. 오히려 눈앞의 연천무를 담담하게 바라보며 말을 이었다.

"하지만 차분하게 생각해 보면 금위어장 이곽은 여러분들의 적이 아니죠. 여러분들의 두령은 흑풍사와 적을 달리했고 그녀 또한 역모자의 무리들과 가세한 흑풍사에 쫓기고 있으니 이곽과 그녀는 같은 적을 둔 셈이죠. 제가 오랫동안 모은 정보에 의하면 이 산동성은 역모의 진원지이고 따라서 역모자들의 힘 팔 할 이상이 이곳에 집중되어 있어요. 이런 곳에서 그들과 반하는 세력들끼리 반목한다면 제 살을 깎아 먹는 것과 같고 결국 그들에 의해 토벌되는 수밖에 없죠. 여러분들이 금위어장 이곽을 구하는 건 스스로를 구하는 것과 같아요."

막우가 얼른 말을 받았다. 연천무가 엉뚱한 짓을 저지르는 걸 미연에 방지하기 위한 배려도 담겨 있었다.

"이곽은 충성스런 자요. 나라의 녹을 먹는 걸 자랑스럽게 여기고 긍지로 삼고 있소. 그러한 자가 도적들과 결탁하지는 않을 거요."

"상황이 많이 바뀌었죠. 그는 아직 모르지만 그의 가문은 벌써 구족지멸(九族之滅)에 들어갔고 그와 충정을 같이하던 신하들의 대부분이 감옥에 갇히거나 숙청되었죠. 이제 그에게 남아 있는 건 아무것도 없어요. 하지만 그는 자신의 일을 포기하지 않을 테고, 그러자면 먼저 살아남아야 한다는 걸 이번에 절실하게 깨닫게 되겠죠. 허망한 죽음은 구더기밥일 뿐이죠. 그가 올바른 의지와 올바른 생각이 있는 자라면 우선 살아남는 길을 택할 거예요."

"살아남는다……."

막우가 무거운 표정으로 중얼거렸다. 아주 오래전에 그 또한 삶을 포기한 적이 있었다. 그 하나 때문에 그의 가족들이 모두 옥사에 갇히고 그를 표적 삼은 관병의 추적으로 바다로 내쫓겼을 때 그 절망 속에서 몇 번이고 죽음을 택하려 한 적이 있었다.

그는 여주인의 눈을 바라보며 말을 이었다.

"살아남아서 그 뜻을 이루려는 자는 그럴 것이오. 하지만 살아남아서도 아무런 뜻이 없는 자는 어떻소? 하루하루를 벌레처럼 살아가는 자라면 어떻소?"

"뜻을 품지 않은 자의 목숨은 귀하지 않죠. 스스로를 귀하게 여기는 자의 목숨만이 귀할 뿐이죠. 자신의 가치를 아는 자라면 자신을 귀하게 여기기 마련이고 자신을 귀하게 여기지 않는다면 스스로를 벌레처럼 여기겠죠."

"그럼 난 벌레로군."

막우는 스스로 탄식했다. 오래전부터 가졌던 그 자신에 대한 스스로의 평가이기도 했다.

여주인의 표정은 휘장이 들춰진 처음부터 어떤 흔들림도 없었다.

조용히 그녀를 지켜보고 있던 연천무가 슬며시 몸을 돌리더니 자리로 돌아왔다. 이상한 일이었다. 한낱 계집의 위엄 앞에 말문이 막힐 것이라고는 전혀 생각지 못한 일이었다.

여주인이 두 사람을 바라보며 다시 말을 꺼냈다.

"이번 일은 제가 제의했지만 여러분들에겐 보다 확실한 명분이 필요할 거라고 생각해요. 상인이 상인의 명분을 지키고 도적이 도적의 명분을 지키는 건 너무나 당연하죠."

"뭐가 상인의 명분이고 뭐가 도적의 명분이오?"

"상인의 명분은 이번 일에 대한 장래를 본 투자가 될 것이고 도적의 명분은 이번 일로 재물을 취하는 것을 말하죠. 모두 여덟 척의 배에 섬에서 필요한 식량과 생필품은 물른 큰 건물을 두 채는 지을 만한 건자재들을 실어놓았죠. 우리의 거래를 성사시키기 위한 막 소두령님의 대답만 남은 상황입니다."

"……"

막우는 여주인을 물끄러미 바라보았다.

오늘 밤 일이 벌어졌다고 했다. 그렇다면 불과 한두 시진 만에 그 같은 결정을 내리고 준비를 마쳤단 말인가?

그의 의중을 읽었는지 여주인이 말을 이었다.

"이미 저의 부군께서 포구로 확인하러 나갔습니다. 막 소두령께서 거래 조건만 받는다면 제 부군께서는 새벽바람으로 출항에 나설 것입니다."

막우가 한참을 생각한 후 말문을 열었다. 그의 표정이 엄중하기 이를 데 없었다.

"이번 일을 투자라 함은 역모를 바로잡는 데 일조하겠단 뜻이오? 또한 그건 곧 이번 역모가 바로 잡힐 것이라 보는 것이오?"

"너무 거창하게 말씀하시는군요. 제게 그만한 힘이 있다고 보십니까?"

"……."

"세상의 힘이란 한쪽에서 끈다고 끌리는 게 아니죠. 역모의 세력이 있다면 그를 바로잡으려는 세력 또한 있는 법이죠. 혼란이 거듭될수록 어느 쪽 배를 타든지 타긴 타야죠. 반역을 하는 데도 돈이 필요하고 반역을 막는 데도 돈이 필요하죠. 이런 때에 중도란 가장 애매하고 양쪽 모두로부터 불신을 받게 되죠. 어차피 어느 쪽이든 선택해야 한다면 명분이 강한 쪽이 좋다는 게 제 판단일 뿐이에요."

"……."

그녀가 보통 여자가 아니라는 건 어젯밤부터 짐작한 바 있었다. 그러나 눈앞의 여자는 그의 상상을 초월한 한 시대를 풍미할 만한 지혜와 배짱을 지닌 것 같았다.

막우가 고개를 끄덕였다.

"해 형께서 아주 훌륭한 부인을 가졌소. 부인의 내조가 해 형을 큰 상인으로 만들 것임을 의심하지 않소."

조용히 듣고 있던 연천무가 돌연 끼어들었다.

"나도 한 가지만 물어봅시다. 우리가 이곽을 돕게 되고 그 사실을 곽부차의 무리가 알게 된다면 곤란해질 수 있다는 생각은 하지 않았소?"

막우가 연천무의 귀때기를 잡아끌었다.

"그야 당연히 모르게 해야지 그걸 말이라고 하냐? 상황이 촌각을 다투게 되었으니 어서 나가자."

"아악!"

연천무는 막우에게 잡혀 끌려 나갔다.

밖으로 나온 연천무는 정말 화가 났는지 핏발 선 눈으로 막우를 쳐다보며 대들었다.

"아니, 내가 뭐 못 물어볼 걸 물어본 것도 아닌데 왜 여자 앞에서 망신을 주는 건데?"

"방정 떨지 마. 사람들이 듣겠다."

막우가 주위를 살폈다.

"이번 일은 쥐도 새도 모르게 해야 하는 암행이야. 이 사실이 알려지면 해하돈과 그의 부인은 죽은 목숨이나 다름없어."

"우리가 이곳에 온 건 모두가 다 아는 일인데 숨긴다고 숨겨지겠어?"

"이런……."

막우가 답답하다는 듯 가슴을 치다가 연천무의 귀에 귀엣말을 넣었다.

"새벽바람에 배가 출발한다는 건 그 배에 너와 내가 타고 갔다는 거다. 사람들에게는 모두 그렇게 알려지는 거지. 그러니까 우린 지금 바로 여기서 움직여 사람들의 눈에 띄지 않게 사라져야 하는 거라고. 우린 그 배를 타고 간 거니까. 알아듣겠어?"

"아, 그렇게 깊은 뜻이……."

연천무가 알아들었는지 감탄한 얼굴로 고개를 끄덕였다.

"그런데 막 형과 해 형의 부인은 어떻게 그런 얘기를 상세하게 나누지 않아도 서로 잘 알아들을 수 있을 거지? 난 바로 옆에서 똑같은 대화를 들었는데 전혀 알아듣지를 못하고……."

막우가 얼른 돌려서 말을 받았다.

"아, 그건 네가 머리가 나빠서 그런 게 아니라 배움이 짧아서 그런 거다. 책을 많이 읽으면 다 알게 돼 있는데 너도 인정하다시피 네가 읽은 책이 별로 없잖아? 머리가 나쁜 거하고는 좀 다른 얘기다."

"그렇군."

"방에 가면 아마 의복이 준비되어 있을 거다."

"옷?"

방에 들어오니 과연 탁자 위에 가지런히 포개진 옷가지들이 준비되어 있었다. 옷가지를 확인한 그의 시선이 의식적으로 천장을 올려보았다.

"있느냐?"

천장에서 대답이 들려왔다.

"예."

연천무가 고개를 끄덕이며 탁자로 걸어갔다. 그는 옷을 벗으며 말을 이었다.

"어제는 미처 경황이 없어 물어보지 못했다. 끼니는 어떻게 해결하고 있는 거냐?"

"건량으로 때웠습니다."

"속이 부실하지 않겠어? 건량으로만 계속 끼니를 때우면 지겹기도 할 텐데."

"제 염려는 하지 않으셔도 됩니다."

"아까는 없던 것 같던데 어딜 다녀온 거지?"

"청운장의 분위기를 살펴보았습니다. 바깥이 소란해 무슨 일인지 알고자 했습니다."

"해하돈의 부인에 대해서도 살펴본 거냐?"

"예."

연천무는 옷을 갈아입던 중에 마지막으로 탁자 바닥에 깔려 있는 얼굴에 뒤집어쓰는 복면을 발견했다. 복면을 집어 든 그가 혼잣말을 중얼거렸다.

"이런 걸 쓰란 말이지?"

그는 복면을 가슴속에 추려 넣으며 자리에 앉았다.

"내려와라. 앉아서 얘기 좀 듣자."

그의 말이 끝나기도 전에 천장에서 펄럭 하고 소리가 나더니 그가 앉은 탁자 맞은편에 하루꼬가 내려앉았다.

연천무가 감탄한 표정으로 천장과 하루꼬를 번갈아 쳐다보았다.

"그거참 기묘한 재주일세."

하루꼬가 그를 바라보며 배시시 웃었다.

“왜 웃어?”

“볼수록 귀여워서요.”

“사내보고 귀엽다니, 그게 욕이라는 걸 알고 지껄이는 거야?”

“반 두령님께서도 그렇게 말씀하신걸요.”

“……”

연천무의 얼굴에 그늘이 드리워졌다.

하루꼬가 얼른 화제를 돌렸다.

“해하돈의 부인은 두령님들께 호의를 갖고 있는 것 같아요. 해하돈
이란 사람도 그렇지만 특히 막 소두령님에 대해 좋은 선입감을 갖고
있었어요. 막 소두령님이 산채에서 규율을 범하여 산채를 위험하게 만
들었다는 이유로 친동생의 목을 친 일까지 알고 있더라고요.”

“그게 정말이냐?”

“해하돈과 그의 부인이 나누는 얘기를 들었으니 틀림없죠.”

그게 사실이라면 해하돈의 정보망이 오래전부터 막우의 패거리 속
에도 끼어 있다는 것을 짐작게 했다.

“그런데……”

연천무가 고개를 쭈뼛 내밀며 하루꼬의 얼굴을 살폈다.

“두 사람이 나누는 얘기를 들었다는 건… 해하돈과 그의 부인이 함
께 잠자리 하는 걸 보았다는 얘기냐? 홀딱 벗고 하는 걸 보았다는 뜻이
냐? 해하돈이 오랜 여정에서 돌아왔으니 얼마나 급했겠어. 분명히 들
어가자마자 덮쳤을 거야.”

하루꼬가 하얗게 웃었다.

“그럼 제가 때를 놓친 모양이네요. 잠자리에 누워 있는 건커녕 두
사람이 탁자에 마주 앉아 심각하게 얘기를 나누는 것만 엿들었을 뿐이

니까요."

연천무가 무릎을 치며 탄식했다.

"아깝다! 간밤에 들어갔으면 틀림없이 하는 걸 볼 수 있었을 텐데."

"그런 연 소두령은요?"

"나? 내가 뭘?"

"외롭잖아요. 오랫동안 여자를 가져 본 적도 없고……."

"……."

그랬다. 아주 오랫동안 여자와 잠자리를 해본 기억이 없었다. 반옥금이 나타난 그 시점부터였다. 피 끓는 젊음이 아랫도리부터 시작된다는 게 거리 왈짜들의 우스갯소리만은 아니리라. 욕정은 거의 매일 들끓게 마련이다.

연천무가 하루꼬를 바라보며 씁쓸한 웃음을 지었다.

"내가 널 품지 않아서 섭섭하다는 거냐?"

하루꼬가 발그레 웃었다.

"거절당하리라 예상은 했지만 막상 거절당하고 나니까 섭섭했어요. 하지만 반 두령님께서 왜 연 소두령이 좋은 사람이라고 했는지 알았으니까 괜찮아요."

"내가 좋은 사람이라고 했다고?"

"예, 정말 좋은 사람인걸요."

연천무는 어색했다. 태어나서 지금까지 가장 밑바닥 인생을 벌레처럼 살아온 그는 한 번도 좋은 사람이란 평가를 들은 기억이 없었다.

"흐흐… 곧 그렇지 않다는 걸 알게 될 거다. 내 진면목을 알게 되면 만정이 떨어질걸?"

"누가 오네요."

하루꼬가 말과 함께 신형을 천장으로 솟구쳤다. 그녀의 신형이 바람처럼 대들보 뒤로 숨어들어 갔다.

저벅저벅.

문 앞에서 발자국 소리가 들리더니 이내 막우의 우렁찬 외침이 들렸다.

"급하다고 하지 않았냐? 대체 뭐 하는데 여태 안 나오는 거냐?"

연천무가 자리에서 일어나며 투덜거렸다.

"급하면 이곽 놈이 급하지 내가 급한가?"

*　　　　*　　　　*

궁수들은 바싹 당긴 시위에 힘을 준 채 긴장한 시선을 늦추지 않았다. 기름까지 부어져 불이 붙여진 건물은 그 전체가 목조나 다름없어 금방 불길에 번졌다. 금의위들이 튀어나오면 모두 화살받이가 될 형편이었다.

이때 갑자기 건물로부터 불이 붙은 가구 하나가 밖으로 던져졌다. 긴장하고 있던 궁수들 중 일부가 자신도 모르게 당기고 있던 시위를 놓았다.

꽈앙!

그것을 시작으로 건물의 문과 창문을 통해 작고 큰 물건들이 닥치는 대로 밖으로 던져졌다. 불이 붙여진 것들이라 가까이 있던 관병들이 황급히 뒤로 피했다.

장발마귀 엽술이 쇠도리깨를 흔들며 소리를 질렀다.

"놈들이 곧 나온다! 준비해라!"

그의 말이 끝나기 무섭게 건물의 사방에서 시커먼 물체들이 밖으로 튀어나왔다. 궁수들이 가릴 것 없이 당긴 시위를 놓았다.

슈슈슈슉! 핑!

퍼퍽!

날아간 화살들은 허공에 뜬 물체들을 고슴도치로 만들었다. 그러나 그것들은 땅에 떨어지면서 둔탁한 소리를 내며 부서졌다. 밖으로 튀어나온 것은 기실 건물 안에서 금의위들이 내던진 불이 안 붙은 기물들이었는데 어둠 속이라 궁수들이 사람과 혼동을 한 것이었다.

다시 화살을 꿰고 시위를 당기는 그 짧은 순간을 이용해 건물의 뒤쪽으로 이곽을 앞세운 금의위들이 일제히 튀어나왔다. 건물의 뒤는 관청 쪽이었으므로 밖으로 탈출하는 방향은 아니었다. 그러나 그런 이유로 경계가 가장 허술한 곳이기도 했다.

이곽의 우렁찬 음성이 뇌성처럼 어둠을 흔들었다.

"내 뒤를 바짝 붙어 따르라! 지금부터 낙오되는 자는 돌아보지 않을 것이다!"

앞장선 이곽이 그들을 막는 관병들 속으로 성난 사자처럼 뛰어들었다. 그와 금의위들이 관병들 속을 사납게 뚫고 나가자 사방에 비명이 난무했다.

"으악!"

"크아악!"

화살을 급히 장전한 궁수들이 이곽을 표적으로 사방에서 시위를 당겼다.

이곽의 한 몸으로 화살이 비 오듯 쏟아졌다. 그는 뒤를 따르는 금의위들을 의식하며 화살받이를 작정이라도 한 듯 화살비 속으로 날아들었다.

투당! 탁! 투다닥!

그가 검을 휘두를 때마다 날아오던 화살이 부러지고 꺾였다. 화살 한 대가 그의 어깨를 관통했지만 그 사실조차 모르는 사람처럼 그는 얼굴이 붉어진 채 고래고래 소리를 질러 금의위들을 독려했다.

"멈추지 마라! 그대로 뚫고 나간다!"

서난개의 희생. 그 죽음은 그에게 기억조차 하기 싫은 상처이자 고통이었다. 두 번 다시 같은 상황이 되풀이된다면 그 자신이 견디기 힘들어진다는 것을 알고 있었다.

"나를 따라라!"

그의 용맹에 힘입어 앞을 가로막은 관병들의 기세가 주춤해졌다. 기회를 놓칠세라 용맹한 금의위들이 파죽지세로 관병들을 물리치며 포위망을 뚫어 나갔다.

이미 금의위들이 뚫고 있는 방향을 막고 서 있는 장발마귀 엽술은 비 오듯 쏟아지는 화살 속을 뚫고 나오는 이곽의 모습을 넋을 놓고 지켜보다가 이내 입술을 깨물었다.

"준비해라. 놈이 온다."

"예!"

그의 뒤에서 오십여 명의 녹림고수들이 살기를 일으키며 대답했다.

사실 그들이 어디 녹림고수인가. 오래전부터 역모를 벌이기 위한 계획의 일환으로 만들어진 군사와 다름없으며, 한 사람 한 사람을 더듬으면 그 출신 성분이 녹록한 자가 없었다. 명문 무가의 자손들이 아니라면 강호에서 명성과 입지가 단단한 자들이었다.

마침내 이곽의 금의위가 관병들의 포위망을 뚫고 나오는 모습이 보였다.

엽술은 쇠도리깨를 움켜쥐는 동시에 신형을 앞으로 차고 나갔다.

"한 놈도 도망칠 수 없게 하라!"

이미 이곽의 무예를 경험해 본 적이 있는 엽술로선 수적인 우세로 상대를 제압하는 방법밖에는 없다는 판단이었다. 이곽으로서도 싸움을 피할 방법이 없었다. 두 줄기 큰 힘이 서로의 뒤에 배수진을 진 채 충돌하고 말았다.

이곽은 엽술을 향해 곧장 마주쳐 갔다. 엽술은 주위에 세 명의 고수를 거느리고 그를 협공했다.

카앙! 캉!

순식간에 붙어버린 싸움에 관병들이 넋을 놓았다. 그들로선 상상할 수 없을 만큼 빠르게 움직이는 그림자들이 뒤얽힌 모습은 차라리 장관이었다.

곽부차가 관병들을 지휘했다.

"전열을 재배치해라! 놈들이 빠져나가지 못하게 철통같이 에워싸라!"

관병들이 명에 따라 빠르게 움직였다. 장소만 바뀌었을 뿐 이곽의 무리들은 결국 다시 관병에 의해 포위된 셈이었다.

카앙! 캉!

이곽은 엽술과 세 명의 고수를 한꺼번에 상대했다. 주위의 분위기를 알아차렸지만 돌이킬 수 없는 상황이었다. 낙담할 새도 없이 눈앞에 닥친 위기를 물리치기에 정신이 없었다. 엽술의 웅후한 쇠도리깨 공격은 가히 위협적이었다. 함부로 마주쳤다가는 힘에 눌려 균형을 잃는지라 그는 가급적 쇠도리깨가 날아오면 다른 공격자에게 공세를 옮겼다.

일 대 일이라면 별로 어려운 상대는 아니었지만 함께 그를 합공하는
자들의 무위가 생각보다 고절해 그의 어려움이 계속되었다. 그나마 다
행스러운 것은 금의위들이 수적인 열세 속에서도 잘 버텨주고 있다는
점이었지만, 이렇게 서로가 지쳐 간다는 건 이곽 쪽에 불리한 상황을
초래할 것이 명백했다.

"으아악!"

잘 버티던 금의위 하나가 팔이 어깨로부터 잘리며 비명을 내질렀다.

이곽이 부하의 죽음에 노호장성을 울리며 앞에 들이닥친 칼을 밀어
냈다.

"힘을 내라! 우리는 해낼 수 있다!"

칼을 든 자가 그의 힘에 밀려 뒷걸음치는 것은 본 순간 그의 검이 옆
구리를 파고드는 쇠도리깨를 아랑곳하지 않고 앞으로 뻗어 나갔다. 그
의 검이 녹림고수 하나의 목을 뎅강 잘라놓았지만 그 대가로 그의 옆
구리에는 둔탁한 쇠도리깨의 응징이 가해졌다.

퍼억!

"으윽!"

이곽은 비명을 지르며 나뒹굴었다. 동료의 목이 눈앞에서 잘려 나간
것을 본 다른 녹림고수들이 눈에 핏발이 곤두서서 쓰러진 그를 향해
병장기를 휘두르며 달려들었다. 이곽은 살이 뭉텅 떨어져 나간 옆구리
를 한 손으로 잡으며 옆으로 몸을 굴렸다. 두 녹림고수의 공격을 가까
스로 피했지만 이번엔 엽술의 쇠도리깨가 그의 머리를 노리고 날아들
었다.

그 순간 이곽의 눈에 예리한 빛이 스쳐 가는 걸 엽술은 보지 못했다.

퍼억!

엽술은 이곽의 머리통을 부술 작정으로 쇠도리깨에 온 힘을 실어 내려쳤다. 그러나 그의 쇠도리깨가 내려친 것은 땅바닥이었고, 그는 순간 외마디 신음을 목구멍으로 흘리고 있었다.

"윽!"

함께 싸우던 두 녹림고수의 움직임도 한순간 굳어버렸다. 흐르는 시간조차 정지된 느낌이었다.

쇠도리깨가 내려쳐진 순간 이곽이 간발의 차로 고개를 틀어 공격을 피했고 가까워진 두 사람의 거리를 이용해 이곽의 검이 엽술의 목을 관통해 버린 것이었다.

위를 향해 쭉 뻗어 올린 검신을 타고 엽술의 목에서 흐른 피가 떨어져 이곽의 얼굴 위에 뿌려졌다. 정신을 차린 이곽이 쓰러진 채로 몸을 바닥에 대고 풍차처럼 회전했다. 그의 검이 큰 원을 그리고 주위를 쓸면서 넋을 놓고 서 있는 두 녹림고수의 발목을 동강 내버렸다.

"으아악!"

"아악!"

발목이 잘린 두 녹림고수가 비땅을 찌르며 쓰러졌다.

순간 모든 상황이 급변하기 시작했다. 금의위들은 백 배 힘을 얻어 녹림고수들을 공격해 들어갔고 수장을 잃어버린 녹림고수들은 졸지에 수세로 몰렸다.

카앙! 캉!

"컥!"

"으억!"

사방에서 녹림고수들이 비명을 지르며 쓰러졌다. 이곽도 피가 흐르는 옆구리를 움켜쥔 채 무리들을 공격했다. 그의 용맹함이 날뛸수록 녹림고수들의 수가 현저하게 줄어들었다.

곽부차의 얼굴은 썩은 돼지 간을 씹은 것 같았다. 그의 발악 같은 외침이 울렸다.

"공격해라!"

관병들이 장창과 칼, 검을 들고 달려들었다.

이곽의 신형이 달려오는 관병들 속으로 날아드는가 싶더니 그중 한 명의 머리를 밟고 도약해 올랐다. 그의 신형이 단숨에 곽부차의 앞에 이르렀다.

"관병들은 모두 꼼짝 마라! 아니면 이놈의 목을 벨 것이다!"

이곽이 곽부차의 목에 검을 들이댄 채 소리쳤다. 달려가던 관병들이 걸음을 멈추고 주춤거렸다.

곽부차는 사색이 되어 온몸을 부들부들 떨었다. 죽음의 위협 앞에 체면은 이미 존재하지 않았다.

금의위와 녹림고수들의 싸움은 일방적이었다. 삽시간에 주위는 녹림고수들의 시체로 즐비했고 그중 이십여 명만이 겨우 목숨을 부지한 채 버티고 있었다.

이곽은 상황을 낙관하며 곽부차의 목에 들이댄 검에 힘을 주었다.

"이제 네놈이 입을 열 때가 되었다. 역모의 배후에 있는 게 누구냐? 바른대로 이실직고한다면 네놈의 목숨은 건질 수 있을 해주겠다."

"나, 난 별로 아는 게 없다……."

이때였다. 어디선가 낮고 음침한 목소리가 흘러들었다.

"쯧쯧, 내 이럴 줄 알았지. 장발마귀 엽술에게 이런 중임을 맡기는 게 아니었어."

이곽은 소스라치게 놀라며 고개를 뒤로 돌렸다. 음성이 아주 가까운

곳에서 들려왔기 때문이다. 아니나 다를까, 그의 바로 앞 십 장도 안 되는 곳에서 음성이 주인이 뒷짐을 진 채 걸어오고 있었다. 그를 발견한 이곽의 눈이 또 다른 놀람으로 파동 쳤다.

고작 스무 살이나 됐을까. 얼른 보기에도 동안(童顔)이고 준수하게 생긴 회의청년의 겉모습은 특별해 보이지 않았다. 입가에 띤 미소만큼이나 부드러워 보이는 분위기였지만 자세히 살펴도 무예를 익힌 흔적이 겉으로 드러나 있지 않았다. 그러나 그의 출현을 눈치챈 사람이 없을 만큼 그는 특별했다. 예기를 스스로 감추고 있는 자라는 건 그 무위가 입신지경(入神之境)에 올라 있다는 것이니 실로 무림고수 중에서도 최고봉의 반열에 오른 자라는 걸 의미했다.

'고작 스물 전후의 나이에 입신지경이라니……'

이곽은 입술을 지그시 물었다.

회의청년을 본 곽부차가 얼굴이 해쓱해졌다. 그의 얼굴 가득히 상대에 대한 경외와 공포가 넘실거렸다.

"사, 사자(使者)님… 소인은 아무것도 말하지 않았습니다. 놈이 소인의 목숨을 거둘 수는 있지만 절대로 제 입을 열게 할 수는 없습니다."

회의청년의 얄팍한 입술에 웃음이 번졌다.

"내 신분을 사자라고 밝힌 것에 대해선 어찌 생각하시오?"

곽부차의 눈이 흠칫 경련을 일으켰다.

"그, 그것은……"

이곽은 곽부차의 목에 댄 검을 통해 그의 온몸이 공포로 떨고 있는 걸 느꼈다. 그것은 죽음보다 더 깊은 의식 속에서 배어 나오는 두려움이었다.

곽부차는 회의청년을 바라보며 한동안 격렬하게 몸을 떨었다.

회의청년은 입가에 부드러운 미소를 띤 채 바라보고 있었다.

곽부차의 얼굴에 체념과 절망의 빛이 어둡게 깔렸다. 그러더니 그가 힘을 주어 이곽이 겨눈 검날에 대고 목을 휘둘렀다. 목으로 검을 벨 리는 없는 일, 그의 목이 피를 날리며 베어졌다.

이곽은 회의청년에게 정신이 팔려 손을 쓸 기회를 놓쳤다.

곽부차가 목에서 피를 철철 흘리며 회의청년을 향해 더듬더듬 말했다.

"소, 소인의 목숨으로 함구를 대신했으니… 소인의 가, 가족만은 살려주시리라 미, 믿습니다……."

의지를 담은 말이 끝나는 순간 그의 몸이 썩은 고목 둥치처럼 둔탁한 소리를 내며 무너졌다.

이곽과 금의위들도, 관병들도, 생존한 녹림고수들도 이 어처구니없는 사태에 대해 망연자실해했다.

회의청년의 영준한 얼굴이 밝게 웃고 있었다.

"이 어장에 대한 얘기는 많이 들었죠. 부상을 입지 않았다면 좋은 겨룸이 될 것이라 생각되는데 많이 아쉽군요."

이곽의 얼굴엔 핏기가 사라져 있었다. 옆구리에 당한 상처로 피를 너무 많이 흘린 탓이었다.

"귀하의 이름 석 자는 주워들을 수 있겠소?"

회의청년이 뜻밖에 고개를 끄덕였다.

"소제의 이름은 자룡이라 합니다. 성은 뇌이죠."

'뇌자룡……'

"내가 강호의 견문이 얕아 들어본 적이 없는 이름이오. 하지만 내가 모른다고 무명 고수는 아닐 것이라 생각하오. 외호를 여쭈어봐도 되겠소?"

상대를 알지 못한다는 건 망망대해에 떠 있는 것보다 더 막막한 일이 아닐 수 없었다. 예의를 다해 묻는 그의 말에 뇌자룡은 담담하게 미소 지었다.

"알려주는 거야 어렵지 않으나 알아버리면 경계할 것이고 경계하면 제 실력을 발휘하지 못할 수도 있죠. 종종 명성이란 건 은근히 상대를 주눅 들게도 만들거든요."

뇌자룡은 은근히 자만심을 드러냈다.

거짓말을 할 성품은 아닌 것으로 보아 그는 강호에 이미 대단한 명성을 가진 것이 분명했다. 하지만 주위에 그의 이름 석 자를 아는 사람이 하나도 없으니 외호만 널리 알려진 것 같았다. 외호만 알려지는 경우는 세속에 이름을 파묻고 사는 승인이나 도인이 아니면 대개 사파(邪派)에 속한 자들이었다. 협행으로 알려지는 정파의 고수들과는 달리 신분을 숨기는 와중에 외호로만 널리 이름을 떨치고 있기 때문이다.

이곽은 주위를 살펴보았다. 뇌자룡과 동행한 자들이 있을 것을 염려했지만 관병들 외에는 보이지 않았다.

회의청년 뇌자룡이 그를 확인시켜 주듯 말을 꺼냈다.

"소제는 언제나 혼자 다니죠. 일행을 둔다는 건 거추장스럽거든요. 그러니 소제를 이기면 이 어장께서는 목숨을 건질 수가 있습니다. 당장은 그렇게 되겠네요."

이곽이 뇌자룡에게 시선을 집중했다.

"난 부상을 입었고 어쩔 수 없이 동료들의 도움을 얻을 수밖에 없소. 귀하가 혼자라는 게 그래서 마음에 걸렸소."

"그런 염려는 하지 않아도 됩니다. 이 어장의 부하들은 관병들이 맡아줄 테니까요. 안 그렇소, 순찰부장?"

그의 말에 관병들 속에서 높은 직위의 복장을 한 무장이 앞으로 빠져나왔다. 그는 뇌자룡을 향해 포권하며 깍듯이 예의를 보였다.

"여부가 있겠습니까!"

뇌자룡이 흡족하게 웃었다.

"하하. 그래, 그렇지. 공석이 된 청주의 자리는 순찰부장이 맡도록 하게."

"감사합니다!"

순찰부장의 입이 찢어졌다.

이곽의 얼굴에 분기가 피어났다.

"네가 어떤 자인지 모르나 네가 무슨 자격으로 공직을 발호하고 발령한단 말이냐?"

"소제가 관여하는 게 일개 관청의 청주뿐이겠습니다. 산동성주도 소제가 바꾸고자 한다면 하루아침에 바뀌는 걸요. 아직은 소제의 힘이 산동성에만 미치지만 머지않아 자금성의 공직들도 마음대로 주무를 날이 올 것입니다."

"그 역모가 성공하리라 믿느냐?"

파악!

이곽이 노기탱천하여 신형을 박찼다. 평소의 그와는 많이 다른 모습이었지만 그의 선택이기도 했다. 옆구리에서 피를 철철 흘리는 상태로는 시간을 끌면 끌수록 불리하기 때문이었다.

뇌자룡의 등장으로 장내의 싸움은 멈춘 상태였고, 모든 사람의 시선이 이곽과 뇌자룡에게 집중되어 있었다.

허공을 섬전처럼 가르고 오는 검광이 이제 막 동녘을 밝히고 떠오르기 시작한 여명을 받아 더욱 눈부셨다.

뇌자룡이 품속에 손을 넣더니 브채 한 자루를 꺼내 들었다. 전체가 은빛으로 빛나는 게 금속으로 만들어진 것임을 알 수 있었다. 그는 이곽의 검이 거의 얼굴 앞에 이르러서야 부채를 휘둘러 검을 쳐냈다.

카앙!

이곽이 빠르게 몸을 돌리면서 다시 그의 옆구리를 파고들었고, 그는 가볍게 신형을 뒤로 팅기며 검을 피했다.

"이제 해가 떴으니 오늘은 하루가 아주 길 모양입니다. 황천에 가시는 목숨을 그리 재촉할 필요는 없습니다."

흉험한 싸움이라 자칫 방심하면 큰 화를 초래할 수도 있었지만 그의 얼굴에 떠오른 웃음은 지워지는 순간이 없었다. 늘 웃고 있는 탈을 뒤집어쓴 것 같은 그의 얼굴은 절대적 우위를 자신하고 있기도 했다. 과연 그는 시종일관 여유있는 몸짓으로 이곽의 검을 피하며 주위를 빙글빙글 돌았다.

몹시 지쳐 있는 이곽은 마음처럼 몸이 따라주지를 못했다. 그는 이를 악물었다. 그가 꺾이면 그의 부하들 목숨도 따라서 꺾이지 않는가. 절대 져서는 안 되는 싸움이기에 그는 젖 먹던 힘까지 끌어냈다. 그러나 피를 많이 흘린 탓에 손과 발이 많이 무뎌져 있었다. 그의 얼굴에 땀방울이 송골송골 맺혔다.

"하악… 하악……!"

그의 숨결이 많이 가빠졌다.

뇌자룡이 잠시 호흡을 물고 있는 이곽에게 틈을 주지 않고 달라붙었다.

"자 자, 용 자 되는 젊은이가 금위어장을 물리쳤다면 강호에 제법 소문이 나겠죠? 하루아침에 유명해지면 모두가 이 어장님의 덕분입니다."

카앙!

이곽의 검과 뇌자룡의 부채가 불꽃을 튀기면서 부딪쳤다. 힘에 밀린 이곽이 신형을 비틀거리고, 그의 시선 앞으로 갑자기 부챗살이 활짝 펼쳐졌다. 살 하나하나의 끝이 칼날이었다.

이곽은 황급히 신형을 뒤로 튕겼지만 부챗살의 끝은 어느새 달라붙어 그의 가슴을 길게 찢어놓았다.

"으윽!"

십여 줄기의 부챗살이 훑고 간 그의 가슴이 넝마처럼 벌어졌다. 베어진 가슴의 상처로 붉은 핏물이 흘러내렸다.

보고 있던 금의위들이 앞 다투어 신형을 솟구쳤다.

"어장 나리, 저희들이 돕겠습니다!"

순찰부장의 입에서 명령이 떨어졌다.

"쏴라!"

피잉! 핑!

궁수들이 시위를 놓자 수십 개의 화살이 금의위들을 향해 사방에서 날았다.

퍼퍽! 퍽!

"으윽!"

"컥!"

서너 명의 금의위가 허공에 뜬 채 화살에 맞고는 실 끊어진 연처럼 힘없이 떨어졌다.

부하의 죽음을 목격한 이곽이 노성을 터뜨리며 검을 쳐들고 뇌자룡에게 달려들었다.

"으아아아아!"

뇌자룡이 얼굴이 하얗게 웃었다.

"저런, 가뜩이나 어려운 상황에 이성까지 잃으시다니요."

이곽은 허공에 몸을 솟구친 채 뇌자룡의 머리를 노리고 검을 내려쳤다. 젖 먹던 힘까지 모두 실은 그의 일격은 필살의 의지를 담고 있었다. 뇌자룡은 피하지도 않고 선 자세 그대로 거뜬히 이곽의 검을 부채로 막아냈다.

까앙!

내려친 검의 위력 때문일까. 뇌자룡의 발이 땅거죽을 뚫고 움푹 들어가 발목까지 잠겼다. 그러나 그의 얼굴에 떠오른 웃음은 처음과 조금도 다름이 없었다.

"다시 해볼까요?"

그의 발이 허공에 들려지더니 이곽의 가슴을 내질렀다.

이곽이 입에서 피를 토하며 오 장여 밖으로 나가떨어졌다.

'트, 틀렸어……. 너무 지쳤다…….'

이곽은 안간힘을 써 일어나려고 했지만 몸이 말을 듣지 않았다.

이때 주위 어디선가에서 두 사람의 음성이 들려왔다.

"저놈은 내가 맡을 테니까 형은 이곽을 들쳐 업어. 업는 즉시 뒤도 돌아보지 말고 도망치라고."

"그래, 너도 조심해라."

관병들 속으로 두 사람이 그림자가 날 듯 사이사이를 빠져오고 있었다. 앞만 주시하고 있던 관병들이 두 사람을 놓친 것은 단순한 부주의 때문만은 아니었다. 그만큼 두 사람의 출몰은 급작스러웠고 그 움직임이 빠른 탓이었다. 그들은 얼굴에 복면을 한 탓으로 나이와 생김새를 파악하는 게 불가능했다. 체구가 큰 쪽이 쓰러진 이곽에게 달려갔고,

작은 쪽은 어느새 신형을 차고 올라 다짜고짜 뇌자룡을 향해 묵직한 칼을 휘둘러 댔다.

풍!

바람은 가르는 칼 소리가 무거웠다. 그러나 그만한 무게를 휘두르는 자의 몸은 새털처럼 가벼웠다.

뇌자룡의 얼굴에 웃음이 사라진 것은 그때였다. 상대의 칼이 보통 쇠로 만들어진 것이 아니고, 상대의 무위가 절정고수의 반열에 있다는 것을 직감한 때문이었다. 뜻밖의 적에 대한 당혹감이기도 했다. 그는 칼을 피해 훌쩍 신형을 뒤로 날렸다.

"웬 놈들이냐?"

체구가 작은 복면인 연천무는 몸체가 거무칙칙한 묵도를 휘저어 뇌자룡에게 달려들며 소리쳤다.

"한번 겨루어보자는데 떠들 건 뭐야! 시궁창에 처박혀도 입만 뜰 놈일세!"

풍! 풍!

바람을 가르는 파공성이 그 위력을 증명하듯 요란했다.

뇌자룡도 부챗살을 펼치며 연천무의 옆구리로 파고들었다. 두 사람의 빠른 움직임이 정신없이 뒤얽히자 누가 누군지 알 수 없기도 했지만 신기하게도 병장기 한 번 부딪치는 소리가 나지 않았다. 찌르고, 긋고, 올려 치고, 내려치는 한 초식마다 치명적인 살수를 담았지만 두 사람 모두 짜고 도는 것처럼 공격이 엇갈렸다.

그사이 막우는 이곽을 어깨에 걸쳐 메고 신형을 솟구치며 금의위들을 향해 외쳤다.

"어서 여길 나갑시다!"

그의 정체를 확인할 길도 없이 금의위들은 막우의 뒤를 쫓아 분분히 신형을 날렸다.

순찰부장이 목이 터지게 소리를 질렀다.

"놈들을 막아라! 쏴라!"

피핑! 핑!

사방에서 화살이 우박처럼 쏟아지고, 그 속을 막우와 금의위들이 병장기를 흔들어 화살을 막아내며 쏜살같이 담장을 넘어갔다. 맨 뒤를 따르던 금의위 두 명이 화살받이가 되어 온몸이 꿰뚫린 채 비명을 지르며 떨어졌다.

모든 게 눈 깜박할 새에 일어난 일이었다.

녹림고수들이 뒤를 쫓았지만 한번 포위망을 벗어난 금의위를 잡는 건 불가능했다. 쫓고 쫓기는 추격전이 이어졌지만 두 무리의 거리는 점점 벌어지고 말았다.

풍! 풍!

연천무는 계속해서 뇌자룡을 몰아붙였다. 그러나 몰아치는 건 그의 생각일 뿐 뇌자룡은 교묘하게 그의 곁에 달라붙어 있었다. 단병(短兵)을 쓰는 자의 기교가 그렇듯 뇌자룡은 연천무가 칼을 휘두르는 데 필요한 거리를 확보하게 내버려 두지 않았다.

초식을 더하면 더할수록 연천무의 초조함이 더했다. 막우는 이미 빠져나간 상황이고 그 혼자 달랑 남겨진 것을 알고 있었다. 그런 초조함이 그의 뜨거운 피를 자극했다.

"오냐! 끝까지 해보겠다 이거지!"

그는 성난 멧돼지처럼 얼굴이 붉게 달아오른 채 뇌자룡에게 달려들었다.

뇌자룡은 침착하게 응수하며 그 특유의 웃음을 입가에 지었다. 완전히 여유를 되찾은 모습이었다.

피핏!

부채가 허공을 가를 때마다 바람을 찢는 소리가 날카롭게 날렸다. 부채가 일어낸 바람이 들이닥치면 살이 베어지는 것처럼 따가웠다. 더구나 눈으로 바람이 파고들 때에는 침이 망막에 꽂히는 것 같은 순간적인 충격에 온몸이 소스라치곤 했다.

각 병기에는 나름대로의 장단점이 있기 마련이라 경험이 소중했다.

연천무는 처음 대하는 선무(扇武)에 적응하지 못하고 비지땀을 흘렸다. 강호에 기인이사가 모래알처럼 많다는 말을 실감하고 있었다. 그러니 천하에서 열 손가락 안에 드는 고수가 된다는 것이 얼마나 어려운 일이란 말인가.

웃고 있지만 상대에 대해 놀라고 있는 건 뇌자룡도 마찬가지였다. 처음 연천무는 지닌 무위에 비해 초식의 전개가 비교가 되지 않을 만큼 단순한 상대였다. 내력은 있으되 그를 사용하는 재주가 뒤따르지 않으니 위력이 반감될 수밖에 없으며 힘의 소모가 커 빨리 지칠 수밖에 없었다. 그가 놀라는 것은 그 때문이었다. 그렇게 믿었는데 연천무의 칼을 휘두르는 힘은 처음이나 지금이나 위력을 잃는 일이 없었다. 이상한 일이며 터무니없는 상황이었다.

풍! 풍!

피핏!

두 사람의 신형이 엇갈리면서 일으키는 풍진으로 그들은 안개 속에 갇힌 것 같았다. 적아를 구분할 수 없는 상황이라 주위를 에워싼 관병들도 그저 속수무책으로 구경하고 있을 뿐이었다.

이때 텅 하는 요란한 금속성이 일어나더니 두 사람의 밀착된 신형이 크게 거리를 두고 떨어졌다. 뇌자룡이 거칠어진 호흡을 정리하기 위해 부채로 연천무의 칼을 쳐낸 것이었다. 그 반탄력으로 두 사람은 떨어지면서 모두 움직임을 멎고 가빠진 호흡을 잠시 골랐다.

연천무가 답답한 듯 복면을 잡고 흔들었다. 복면 속으로 흥건하게 젖어 있는 땀 때문이었다.

"젠장, 이 염치없는 인간은 정말 날 혼자 내버려 두고 갔단 말이지?"

그는 사방에서 겨누어진 시위를 발견하며 혼잣말로 투덜거렸다.

뇌자룡이 부채를 펼쳐 얼굴 앞에 살랑살랑 흔들었다.

"여우를 잡으려고 놓은 덫에 멧돼지가 걸렸으니 횡재를 한 기분이로군요."

"그 말은 내가 이곽보다 훨씬 위험하다는 뜻이냐?"

"그는 소제가 오기 전에 이미 부상을 입은 몸이었습니다. 제 실력을 십분 발휘한 무위를 겪지 못했으니 비교하는 데 무리가 있기는 합니다만… 사실 소제와 이만큼 싸웠다면 대단한 무위를 가졌다고 자부해도 좋을 겁니다."

"네가 누군데?"

"그런 형장은 뉘시오?"

"임마, 복면을 쓴 걸 보면 몰라? 신분을 밝힐 사정이 되지 않으니까 복면을 뒤집어썼을 거 아냐. 물어볼 걸 물어봐야지. 그리고 내가 언제부터 네 형이었어. 소제라는 낯간지러운 호칭 접고 그냥 죽일 놈, 살릴 놈 해. 꼭 아가리를 찢어놔야 내가 네놈의 적으로 칼부림하고 있다는 걸 깨닫겠어?"

"……."

뇌자룡의 얼굴에 미미한 경련이 훑고 지났다. 고수에게는 고수다운 격이 있는 법인데 그의 예의는 눈앞의 상대에게 전혀 받아들여지지 않았다. 잔잔한 파문이 호수 전체를 번져 나가듯 그의 얼굴에 격기가 번져 올랐다.

"소제가 오늘 꼭 피를 볼 수밖에 없다는 사실을 미처 잊고 있었군요. 한때는 소제도 피 냄새를 꽤나 즐겨한 때가 있었죠."

"정말 말이 많은 놈이네!"

파파팍!

연천무가 참지 못하고 신형을 박차면서 사람들이 알아듣지 못할 이상한 외침을 터뜨렸다.

"하루꼬!"

처음 사람들은 그게 일종의 기합이라고 생각했다. 아니, 기합이든 아니든 그런 괴상한 외침에 신경도 쓰지 않았다.

뇌자룡 또한 칼을 휘두르는 달려오는 연천무에게 또 다른 속셈이 있으리라고는 생각조차 하지 못했다. 지척지간에 달려든 연천무가 크게 칼을 휘둘러 그의 목을 베어왔다. 뇌자룡은 몸을 슬쩍 뒤로 눕히면서 발뒤꿈치를 축으로 몸을 회전하며 부채를 펼쳐 연천무의 옆구리를 역공했다. 연천무가 칼을 휘둘러 부채를 막으려 하자 그는 황급히 부채를 거두면서 연천무의 등 뒤로 돌아갔다. 그러나 그보다 빨리 연천무가 몸을 돌려 뇌자룡의 머리통을 노리고 칼을 내려쳤다. 기회를 잡을 수 없게 된 뇌자룡이 얼굴을 비켜 연천무의 칼을 흘리며 그의 옆으로 바싹 달라붙었다.

그때였다.

그의 귀에 날카롭게 허공을 파고드는 예민한 소리가 들렸다. 바늘 끝과 같은 날카로움.

　암기였다. 그는 신형을 풍차처럼 돌리며 암기를 피해 멀찌감치 날아 갔다. 그가 신형을 착지했을 때 연천무의 신형은 장내를 떠나 담장 위로 쏘아져 가고 있었다. 그의 머리 위로 또 다른 왜소한 인영 하나가 달라붙는 것이 보였다. 궁수들이 황급히 화살을 날렸지만 순식간에 날아가 버린 새를 쏘는 것과 진배없었다.

　뇌자룡이 쫓아갈 생각도 않고 시선만 던진 채 중얼거렸다.

　"꽤나 위험한 녀석이로군."

제17장
잔인한 전령(傳令)

海賊王

넓은 들판엔 벌써 봄을 알리는 전령이 찾아들었다. 수목의 그늘 아래 눈과 얼음 사이를 비집고 복수초(福壽草)가 노란 꽃망울을 활짝 폈다. 가장 먼저 꽃을 피운다는 뜻의 설련화란 이름으로 더 유명한 꽃이다. 아직 채 녹지 않은 눈과 얼음, 그리고 그 위에 흐드러지게 핀 노란 꽃들은 흔히 볼 수 있는 광경은 아니었다.

"이런 기분도 괜찮군."

연천무는 긴 겨울의 잠에서 깨어난 곰처럼 크게 숨을 들이마시며 중얼거렸다.

숨을 곳이 마땅치 않은 곳이라 여겨서인지, 사람의 인적이 없는 곳이라서인지 하루꼬는 줄곧 그의 옆에 붙어 따라오고 있었다.

"정말 막 소두령을 찾지 않아도 될까요?"

"혼자서 잘만 도망가던데 뭘. 어차피 따로 만나기로 약속한 것도 아</p>

닌데 찾는다고 찾아지겠어? 이곽을 데리고 있는 이상 어딘가 꼭꼭 숨
었겠지."

"그럼 연 소두령님은 어디로 가시는 거죠?"

"처음엔 곧장 섬으로 돌아가려고 했는데 생각을 바꾸었지. 혼자 먼
저 돌아가면 경을 칠 것이 뻔한데 서둘러서 돌아갈 이유가 없잖아? 먼
저 살던 곳에서 워낙 다급하게 도망쳐 나오느라 미처 정리하지 못한
일도 있고."

"고향에 들르겠단 말이로군요?"

"고향?"

연천무가 콧방귀를 뀌었다.

"대가리에 털 나고 기억한 것이라고는 칙칙하고 어두운 벌레 같은
삶뿐이야. 사는 게 죽음보다 더 고통스런 시절이 대부분이었지. 넌 그
런 곳을 고향이라고 하겠어?"

"어린 시절이 많이 불우했나요?"

"많이? 많이 뿐이야? 할 수만 있다면 이 머리통에서 열아홉 이전의
모든 기억들을 다 뽑아버리고 싶다고!"

"그러니까 두령님이 연 소두령님을 좋은 사람이라고 하는 거예요.
세상에 대해 단 하나도 좋은 기억을 갖지 못한 사람치고는 많이 나쁘
지 않다고요. 다른 사람을 해치면서 스스로의 이익을 꾀하는 자와 자
신을 지키기 위해 스스로 강해진 자는 구별되는 것이라 했죠. 연 소두
령님이 더 나빠지지 않은 건 바로 본성이 착해서 그렇다는 거예요."

"그녀가 아는 건 내 껍데기뿐이야. 어린애를 구슬리는 것도 아니고
닭살이 돋는군."

"그녀의 얘기를 좋아하잖아요?"

"좋아하지. 하지만 난 그녀의 일에서 직접 듣고 싶어. 다른 사람의 입을 통해서 듣는 건 기분이 엉망인걸?"

"……."

하루꼬는 입을 다물고 그의 눈치를 살폈다. 과연 그는 기분이 몹시 많이 상한 표정이었다. 그의 굳게 다물려진 입과 앞만 쳐다보는 눈, 빨라진 걸음이 그것을 얘기했다.

그녀가 여자이기 때문이다. 그녀가 반옥금이 보낸 여자이기 때문이다. 그녀가 반옥금의 계산된 계획을 따르고 있기 때문이다. 그런데 반옥금의 계산은 무엇일까? 하루꼬는 처음에 반옥금이 연천무를 떼어놓고자 하는 것이라 생각했다. 그녀를 통해 사랑을 희석시키고 그녀를 통해 상처를 치유하게 하고 그녀를 통해 사랑을 잊게 하려는 것이라 믿었다.

그게 아닐 수도 있을까? 왠지 그런 생각이 들었다.

왜냐하면 연천무는 그럴수록 더 반옥금에게 집착하고 있기 때문이었다.

반나절 이상을 꼬박 걸어서야 작은 포구를 찾을 수 있었다. 물이 빠진 포구는 아스라이 먼 곳까지 온통 갯벌이었다. 갯 내음이 물씬 풍기는 뻘에서 아이와 아낙네들이 열심히 조개를 캐느라 분주했다.

봄은 바다에도 성큼 달려와 있었다. 고기잡이를 하기 위해 그물을 만지는 어부들의 모습이 곳곳에 보이고 이미 잡은 고기를 말리는 좌판이 곳곳에 펼쳐졌다.

"배가 나가려면 한참 기다려야겠군. 그동안 구룡포까지 갈 배를 알아보면 되겠네."

마침 저만치서 늙은 어부 하나가 그물을 어깨에 걸쳐 멘 채 걸어오고 있었다. 얘기를 나누어 그가 구룡포로 가는 뱃길을 아는 것을 확인했다. 적당한 돈을 주고 물이 들어오기를 기다렸다가 곧장 바다로 나섰다.

끼익! 끼익!

배를 젓는 노인의 얼굴에 땀방울이 송골송골했다. 석양이 질 때쯤 연천무가 노를 바꿔 잡았다. 피로가 누적된 노인이 뱃길만 지시하고는 곯아떨어졌다. 하루꼬도 한쪽 구석에서 잠을 청하고 있었다.

밤하늘의 눈 시린 별이 금방이라도 떨어져 내릴 것 같았다.

연천무는 지루하기도 하고 졸리기도 했다. 크게 하품을 하며 몸도 이리저리 움직여 보지만 뭔가에 대한 답답함이 풀어지지 않았다.

"지금 내가 뭐 하는 짓이람? 내가 그토록 모았던 돈이라는 것도 따지고 보면 아무것도 아닌데……. 겨우 집 한 채나 살 수 있을 정도밖에 되지 않잖아?'

그랬다. 그가 포구의 왈짜로서 행세한 건 불과 일 년여밖에 되지 않으니 그가 돈을 모은 것도 겨우 일 년간뿐이었다. 큰돈을 모을 세월을 갖지도 못했지만 큰돈을 모을 바탕도 되어 있지 않았다. 공밥이나 얻어먹고 싸움질이나 해결해 주고 하는 일들로 큰돈을 모은다는 건 애당초 가당치 않은 일이었다.

"그래도 그게 어떻게 번 돈인데… 점포라도 하나 얻으려고 먹을 것 안 먹고 쓸 거 안 쓰면서 얼마나 악착을 떨어서 모았는데. 당장 천만금이 생겨도 그 돈하고는 바꿀 수가 없어."

그의 얼굴에 해사하게 웃음이 번졌다.

"아무렴. 바꿀 수 없고말고."

　　　　*　　　　　*　　　　　*

두두두두두!

열두 마리의 시커먼 흑마가 끄는 마차의 모습은 사람들의 시선을 끌기에 족했다. 말과 마차가 흑일색인 것도 그렇지만 마차의 겉을 장식한 문양이 보통 정교하고 아름다운 것이 아니어서 보는 이에게 위압을 주고도 남음이 있었다.

마부석에 앉아 있는 건 독효 진평이었다. 그의 마차를 모는 솜씨가 다부져 보였다. 마차가 이윽고 이른 것은 제남성에서도 알아주는 호족 남궁세가(南宮世家)의 고루거각(高樓巨閣)이었다. 이른바 산동성에서는 둘째가라면 서러운 대호족이요, 그 권세가 나는 새도 떨어뜨린다는 명문세가였다.

마차를 확인한 사병들이 두말없이 길을 터주었고, 마차는 속력을 멈추지 않고 성문과 같은 거대한 대문을 지나 안으로 들어갔다.

들어가는 마차의 마부석을 보면서 사병들이 다소 곤혹스러운 표정을 지었다.

"전에 왔던 그 친구가 아니네?"

"그러게 말이야. 마차는 분명히 그 마차인데… 잘못하다가 경 치는 거 아니야?"

"이미 지나간 걸 어떡하겠어. 어서 안에나 알리자고."

남궁세가의 안에 들어온 진평은 주위를 둘러보았다. 사방이 모두 큰 건물들이라 어디다 마차를 세워야 할지 알 수 없었다. 그는 어쩔 수 없이 큰 마당 한복판에 마차를 세우고 사람이 나타나기를 기다렸다.

오래지 않아 안으로부터 호안의 사내 하나와 사병 십여 명이 무리를 지어 나타났다.

호안의 사내는 마차를 향해 포권하며 입을 열었다.

"사주님께서 오신다는 전갈은 받았습니다. 아버님께서 기다리고 계십니다."

마차의 문이 열리며 작은 발 하나가 밖으로 내밀어졌다.

"어머님이 오시지 않아서 어쩌죠?"

호안의 사내는 고개를 들어 막 마차 밖으로 모습을 드러낸 아름다운 젊은 여자를 쳐다보았다. 이십 초반의 나이지만 농염함이 물씬 풍겨 나는 미색이었다.

"사주님을 어머님이라 하심은?"

"소녀가 그분의 딸이라는 얘기죠. 이난소라고 해요."

"소생은 남궁청벽입니다."

"어머님을 통해 말씀은 많이 들었죠. 성격이 호방하여 사내 중의 사내라 하시더군요."

"우하하하! 과찬의 말씀이오!"

남궁청벽은 한눈에 이난소가 마음에 들었는지 큰 웃음으로 화답했다.

이난소가 싫지 않은 듯 교태스러운 걸음을 살랑살랑 걸었다.

"여기서 한참 걸어가야 하는 건 아니겠죠? 여자를 많이 걷게 하는 건 큰 실례예요."

"그럴 리가요. 엎드리면 코 닿을 곳입니다."

"당신 키는 엄청나게 큰 모양이군요."

"우하하하! 농담도 잘하시오."

벌써 죽이 맞아 화기애애하게 걸어가는 두 사람이었다.

이난소가 걸어가다 문득 생각이라도 난 듯이 고개를 뒤로 돌려 진펌을 쳐다보았다.

"뭐 해, 어서 따라오지 않고? 마차는 그 사람들이 챙기겠지."

진펌이 그제야 마부석에서 뛰어내려 이난소의 뒤를 따라갔다.

이난소가 남궁청벽에게 지나가는 말로 진펌을 소개했다.

"나와는 동문수학한 분이죠. 지금은 절 그림자처럼 따르며 호위해 주고 있답니다."

"하하, 그렇소? 범상한 분이 아니라고 생각은 했소."

그러나 남궁청벽은 진펌을 거들떠보지도 않았다.

진펌은 말없이 그들의 뒤를 따라갔다. 그녀가 챙기지 않으면 그는 이곳에서 영락없는 마부였다. 한편으로 챙겨주는 그녀의 마음에 안도가 되었다. 그가 이난소를 구해주고 얻은 대가는 그녀의 두터운 신임이었다. 그것이 앞으로 그의 인생에 얼마나 큰 홍복이 될지는 알 수 없는 일이지만 무서운 흑풍사주의 딸에게 신임을 얻었다는 건 출세를 보장받은 것과 다름없었다. 물론 이 격변의 역사가 그들이 주도하는 대로 이루어진다는 전제이기는 하지만.

용사비등한 필체로 와룡전(臥龍殿)이라는 현판이 크게 붙어 있는 건물 앞에 이르자 안으로부터 두 사람이 나타났다. 그중 한 명은 금실로 용이 새겨진 붉은 장포를 입은 중후한 중년이었고 또 다른 한 명은 이제 약관이나 갓 넘겼을 것 같은 화북을 잘 차려입은 미청년이었다. 그의 오른손에는 금속으로 만들어진 부채가 하나 들려 있었다.

이난소가 부채를 든 미청년을 보자마자 비명 같은 환호성을 지르며 달려갔다.

“사숙, 이게 얼마 만이에요?”

그녀는 주위의 시선을 개의치 않고 미청년 뇌자룡에게 달려들어 그를 부둥켜안았다.

뇌자룡이 서슴지 않고 이난소의 볼기짝을 때렸다.

“말만한 것이 사람들 보는 앞에서 안기고… 창피하지도 않느냐?”

“사숙에게 안기는 걸 누가 흉을 보겠어요? 가끔 얼굴이나 비춰주면 이러지도 않죠. 사숙을 본 게 벌써 오 년도 넘었어요.”

“그래, 벌써 그렇게 되었구나.”

그들을 보는 남궁청벽의 눈길이 곱지 않았다. 그는 뇌자룡의 신분에 대해서 전혀 아는 게 없다는 듯 붉은 장포의 부친을 쳐다보았다. 방금 전에 나올 때만 해도 분명히 혼자 있던 부친이었다.

남궁세가의 가주 적양신군(赤陽神君) 남궁백운이 수염을 만지며 입을 열었다.

“인사드려라. 이분은 흑풍사의 구음마녀님과 함께 명성을 나란히 하고 계신 천산혈유(天山血儒)님이시다.”

‘천산혈유!’

남궁청벽은 그야말로 날벼락을 맞은 겉 같은 충격이었다. 약관이나 채 넘었을 것 같은, 자신보다 훨씬 더 어려 보이는 눈앞의 사내가 당대의 가장 큰 고수라 일컬어지는 삼숙칠악의 한 명이라니? 눈에 보이는 것만을 믿고 함부로 대했다면 큰 과오가 될 뻔하지 않았는가. 천산혈유는 칠악 중에서 가장 온화한 성품으로 알려져 있지만 혈유(血儒)라는 외호가 말하듯 풍기는 겉모습과 달리 젊었던 시절 냉혹한 손속으로 회자되던 인물이었다. 이미 오십 년 전부터 활동했으니 어림짐작해도 칠십이 넘는 노마두로 무당파와 원한을 맺으면서 강호에서 잠적한 바 있었다. 무당파를 두려워한 때문이 아니라 강호에 인맥이 널려 있는 무당파를 적으로 둠으로써 하루도 손에 피를 보지 않는 날이 없었기 때문이다. 그가 잠적하기 전 삼 개월여에 그의 손에 죽은 정파 고수의 수가 무려 백 명을 넘었다고 전하니 강호인들이 그를 살인마 중 살인마로 지목하는 것도 무리는 아니었다.

남궁청벽은 간담을 쓸어 내리며 뇌자룡에게 걸어갔다.

"무림 말학 남궁청벽이 천산혈유 노선배님을 뵈옵니다."

뇌자룡이 담담하게 웃음을 지었다.

"내 모습이 괴상하여 종종 사람을 놀라게 한다네. 많이 놀라지 않았으면 좋겠네."

남궁청벽이 허리를 조아렸다.

"노선배님의 신묘한 주안술에 경탄할 따름입니다."

뇌자룡이 이난소의 어깨에 팔을 둘렀다.

"이 아이도 내게 주안술을 좀 배웠지. 십 년이 지나서 같은 얼굴이라도 놀라지 말게나."

이난소가 뇌자룡의 옆구리를 꼬집었다.

"제대로 가르쳐 주지도 않으면서 말만 번지르르하다니까."

"이년아, 아프다."

"하여튼 오 년 만에 만났으니 오늘은 밑천을 다 보여주고 가야 돼요. 다른 사숙들은 절 얼마나 예뻐하는지 서로 가르쳐 주느라 다툴 지경인데 뇌 사숙만 요리조리 피하잖아요. 완전히 가르쳐 주기 전에는 절대 놔주지 않을 거예요."

"허허, 계집이 욕심이 이렇게 많아서야. 아주 네 어미를 꼭 빼닮았구나."

"그 뚱뚱한 여자와 내가 어딜 닮았다고 그래요?"

"네 어미도 젊었을 때는 날씬했지. 그 미색이 가히 경국지색(傾國之色)이라 숱한 남자들과 염문을 뿌리고 다녔던 걸 모르느냐?"

"그럼 나는요?"

"어려운 질문을 던지는구나. 비교하기가 매우 곤란하다."

"비교하기 곤란하다는 건 젊었을 때의 어머니가 지금의 저보다 훨씬 아름답다는 건가요?"

"글쎄… 하도 오래돼서 생각이 안 나네."

두 사람의 해후가 길어지자 남궁백운이 끼어들었다.

"선배님, 내게도 그 미녀와 인사할 기회를 줘야 하지 않겠습니까?"

"그야 물론 그렇지."

뇌자룡이 거침없이 말을 놓았다. 사정을 모르는 사람이 본다면 실로 해괴한 일이 아닐 수 없었다.

*　　　*　　　*

"저, 저게 누구야? 연천무 아닌감?"

"왜 아니래. 맞네, 연천무."

다음날 거의 정오 무렵이나 되어 구룡포에 도착한 연천무는 예의 그 왈짜처럼 하등의 거리낌도 없이 포구를 활보했다. 그를 보는 사람들이 저마다 웅성거렸지만 개의치 않았다. 오히려 그런 사람들을 향해 인상을 찌푸리며 소리쳤다.

"뭐야? 연천무 처음 봐!"

"……."

“……”

사람들이 찍소리도 못하고 목을 자라처럼 움츠렸다.

멀리 그가 살았던 집이 떠날 때와 똑같은 모습으로 그 자리에 서 있는 것이 보였다. 달라졌다면 그 집이 지금은 염포를 왈짜로 한 패거리가 주로 모이는 장소로 쓰인다는 것이었다.

마침 밖에 나와 있던 장춘이 그를 발견하고는 귀신이라도 만난 듯 혼비백산하여 안으로 뛰어들어 갔고, 모여서 놀음을 하고 있던 패거리들이 우르르 밖으로 튀어나왔다. 모두 손에 병장기를 쥐었는데 나중에 나타난 염포만이 맨손으로 걸어나왔다.

염포가 사뭇 달라진 모습으로 위엄있게 패거리들에게 명령했다.

“무기를 내려! 우리 같은 놈들은 백 명이 더 있어도 상대가 안 되는 분이시다!”

“……”

패거리들이 슬금슬금 눈치를 보더니 병장기를 쥔 손을 떨어뜨렸다.

연천무가 염포를 보며 흐드러지게 웃었다.

“많이 컸네. 호랑이가 없는 산에는 여우가 왕이라더니 꼭 그 말이 맞네.”

염포가 비장한 표정으로 분기를 일으켰다.

“대장 때문에 우리가 무슨 일을 겪었는 줄 알아? 다 죽을 뻔했어! 대장이 저지른 그 우스꽝스런 일 때문에 우리 모두 사지에 빠져서 허우적거리다가 겨우 목숨만 건졌다고!”

“얘기는 들었지. 평생 잊지 못할 귀중한 기억이 될 거야.”

“그걸 말이라고 해! 우리한테 미안한 마음이 눈곱만큼이라도 있다면 어떻게 뻔뻔한 얼굴을 할 수 있어!”

"그래서? 그래서 어쩌라고?"

연천무가 염포에게 다가가 얼굴을 쑥 들이밀었다.

염포도 작정한 듯 다가든 연천무의 눈을 똑바로 쳐다봤다.

"때맞춰 오긴 왔어. 며칠만 늦었다면 영영 보지 못했을 테니까."

"내가 왜 널 봐야 하는데? 며칠 더 늦게 올 걸 그랬네."

"나 말고 고 영감."

"……."

연천무의 몸이 갑자기 굳어졌다.

"쿨럭! 쿨럭!"

집으로부터 밭은기침 소리가 요란하게 들려왔다.

연천무가 염포의 멱살을 움켜잡았다.

"저 늙은이, 언제 돌아왔어?"

염포가 비릿하게 웃었다.

"달포쯤 됐어. 우리가 잘 보살피고 있지만 약을 써도 안 돼. 금방이라도 숨이 넘어갈 것 같거든."

"비켜!"

연천무가 염포를 물리치며 집으로 걸어갔다. 패거리들이 황급히 길을 터주었다.

꽈앙!

연천무는 성질을 못 이겨 화풀이를 하듯 문을 걷어찼다. 낡은 문짝이 그의 발길질에 통째로 떨어져 안으로 날아 들어갔다.

과연 창문 아래 놓여진 침상에는 그와 유년을 함께한 절름발이 늙은이가 심하게 밭은기침을 하며 누워 있었다. 얼굴 곳곳에 피어오른 검버섯과 전보다 더 깊어진 고랑 같은 주름살이 잊혀졌던 세월을 기억하게 할 뿐, 분명히 그 절름발이 늙은이 고맹하였다.

연천무는 천천히 걸어 들어왔다. 아주 느린 걸음으로 한 걸음 한 걸음 다가왔다.

고맹하의 얼굴에 흡족한 웃음이 번졌다.

"다 커버렸구나. 어느새 어른이 되었어."

연천무가 이를 갈며 말했다.

"내가 늙은이를 이겨먹을 때부터 난 어른이었어. 내가 다시 돌아오지 말라고 했지? 내 눈에 한 번만 더 띄면 죽여 버리겠다고 했지?"

"그랬지. 그래서 죽으러 왔잖아. 아무리 생각해도 송장을 치워줄 놈이 너밖에 생각이 나지 않았다."

"그놈의 송장 개밥으로 던져 주면 좋겠군. 기왕이면 잘 삶아서 양념까지 잔뜩 뿌리고."

"맞아, 맞아. 개도 안 먹는 송장이라면 더 비참할 거야. 그래도 한 번은 누군가에게 쓸모있는 놈이었으면 좋겠다고 생각은 했었어. 사람이 아니라 개라는 게 거슬리긴 하지단 어차피 사람한테는 버려진 놈이니까. 그런데 말이야, 우리가 마지막으로 거래할 게 있는 거 아닌가? 네 녀석도 한 번쯤은 날 만나고 싶어할 줄 알았는데?"

이가 다 빠져 버린 얼굴로 웃는 고맹하의 모습에는 찌들 대로 찌든 삶을 산 세월이 그대로 배어 있었다.

연천무가 달려들어 고맹하의 멱살을 움켜잡았다.

"거래는 무슨 놈의 거래! 늙은이의 살을 한 조각 한 조각씩 떼어내면서 알아내면 돼! 거래 따위는 하지 않아! 비참하고 고통스럽게 죽지 않으려면 스스로 입을 열어야 할걸?"

"컥컥! 쿨럭쿨럭!"

기도가 막힌 고맹하가 밭은기침을 심하게 해댔다. 침과 함께 핏방울이 튀었다.

연천무가 멱살을 잡은 손을 느슨하게 풀자 그는 환한 웃음을 지었다.

"어릴 때도 너는 꽤나 착했지. 너무 착하고 온순해서 이 험한 세상을 어떻게 사나 걱정이었어. 그래서 더 가혹하게 다뤘어. 지옥에서 살아남은 놈은 어디 내던져 놔도 살아남을 수 있으니까. 물론 내가 널 이용한 건 사실이지. 결과가 그렇다는 것뿐이야."

"알고 있는 게 뭐야? 난 누구야? 어디서 데려왔어?"

연천무가 고맹하를 흔들며 소리쳤다.

고맹하가 징그럽게 웃었다.

"그렇다면 이제부터 거래를 해볼까? 우리 착한 아이가 준비가 됐나?"

"……."

연천무는 할 말을 잃었다. 죽음의 능선을 구부 이상 넘은 늙은이에게 두려움이란 존재하지 않는다는 것을 깨달았다. 어떤 협박도 통하지 않을 게 분명했다.

그는 갈등 끝에 고맹하의 멱살을 풀었다.

고맹하가 웃으며 말을 이었다.

"저놈들과 약속했지, 죽을 때까지 나를 돌봐주기로. 대신에 저놈들에게 네가 모은 재산을 넘겨주기로 했단 말이지. 넌 어릴 때부터 악착같은 구석이 있었잖아. 아, 그 돈이 네게 얼마나 소중한 돈인 줄은 알아. 왜 내가 모르겠어. 우리가 함께한 게 몇 년인데. 난 네가 분명히 돌아온다고 얘기했지. 금액을 떠나서 그렇게 악착같이 모은 돈은 쉽게 버려지는 게 아니거든."

"……."

"서로 돕자고 하는 얘기야. 잘 생각해 보면 이제 그만한 돈은 네게 큰
돈이 아니지. 무림고수가 되었다고? 그렇게 칼을 잘 쓴다며? 정말 축하
해. 확실하지 않지만 네 아버지도 분명히 대단한 무림고수였을 테니까."

'아버지…….'

연천무의 어깨가 격렬하게 떨렸다.

그의 뒤에서 염포가 용기를 내어 말했다.

"그냥 우리한테 적선한다고 생각하면 좋잖아. 그래도 한때는 한솥밥
을 먹은 사이인데 남도 아니고……."

연천무의 서늘한 음성이 그의 말을 끊어놓았다.

"알아들었으니까 아가리 닫고 들어."

"……."

"문앞에서 곧장 앞으로 오십 보, 왼쪽으로 꺾어서 이십 보, 다시 오
른쪽으로 꺾어서 십 보 선 자리에서 근처를 파봐. 내 걸음과 너희들 걸
음이 달라 꼭 맞지는 않을 테니까."

"고마워!"

염포가 흥분하여 소리를 지르자 패거리들은 벌써 문밖으로 달려가
고 있었다.

연천무가 차가운 광망을 띠고 고맹하를 노려보았다.

고맹하가 고개를 끄덕였다.

"또 한 해가 넘어갔으니… 벌써 이십 년이 된 일이로군. 난 태어날
때부터 병신인 절름발이였으니까 그때도 비럭질 말고는 살아갈 방법이
없었지. 연주(沿州)의 장하목(長河穆)이라는 마을에서 다리 아래에 거

적을 깔고 살고 있었어. 여름이었는데 얼마나 극심한 가뭄이었는지 강물이 거의 다 말랐지. 어느 날 밤이었는데 다리 위에서 뭔가 쿵 하고 떨어지는 거야. 뭔지 몰라서 가까이 다가갔더니 많이 헝클어진 모습이었지만 한눈에 보아도 귀족이라는 걸 알 수 있는 화복(華服)을 입은 헌앙하게 생긴 사내가 강보에 싸인 아기를 안고 쓰러져 있었어. 아기를 보호하기 위해 등짝으로 떨어졌는데 그 와중에도 아기는 잘 자고 있더라고. 처음에 사내가 미동도 하지 않아 죽은 줄 알았는데 내가 가까이 다가가서 옷에 붙은 패물을 떼어내려니까 덥석 내 손을 잡는 거야. 그 힘이 얼마나 억셌는지 팔목이 으스러지는 줄 알았지. 그자가 제 몸에서 돈이 될 만한 패물과 금붙이는 모두 떼어 내게 주더군. 아이를 안고 당장 이곳을 떠나라는 거였지. 덧붙이기를 아이의 이름은 연 자, 천 자, 무 자라 했고 장차 기련산(祁連山)을 찾아오도록 말해 달라고 했지.”

“기련산……?”

“기련산은 감숙성(甘潚省) 서부와 청해성(靑海省) 북동부의 경계에 있는 아주 험준하고 큰 산이지.”

“그래서 어떻게 됐어?”

“나야 돈이 될 만한 패물이 생겼으니까 그 길로 널 안고 도망쳤고 그자는 추적자들을 따돌리기 위해 나와 반대 방향으로 도망쳤지. 몸 전체가 예리한 자상으로 성한 곳이 한 군데도 없었으니까 멀리 도망치지도 못했을 거야. 그냥 내버려 둬도 죽을 몸이었으니까… 죽었을 테고.”

“그게 전부야?”

“이 마당에 내가 뭘 숨기겠어. 난 이제 한 호흡 남은 목숨이야. 더도 덜도 않고 이게 내가 아는 전부다.”

연천무가 기어코 억누르고 있던 울분을 토해내듯 고맹하의 멱살을
잡고 흔들었다.

"내 부모가 누군지, 기련산에 뭐가 있는지 아무것도 아는 게 없단 말
이야? 그걸 거래라고 해! 그럼 네가 아는 건 뭔데?"

"내가 널 살렸다는 것. 어쨌든 네 목숨은 나 때문에 살아 있다는 것
이지."

연천무의 몸이 순간 굳어졌다. 그의 온몸으로 살의가 불이라도 붙을
듯 이글거렸다.

"살려줬다고? 그게 살려준 거야? 날 데리고 동냥질이나 시키고 구걸
이나 시킨 게 살려준 거야? 네가 살기 위해 날 살렸지, 날 위해 날 살렸
어?"

"결과적으로는 그렇다는 거지. 그 혹독한 가뭄에 자식이라도 버리고
살아남아야 할 판에 그래도 난 널 버리지 않았잖아. 그리고 넌 이렇게
살아 있고."

"이런 쓰레기……."

"누구나 자기의 주어진 환경에서 살아가는 법을 배우지. 까마귀가
죽은 시체를 뜯어 먹는 걸 사람들이 싫어한다고 까마귀가 자기의 습성
을 버리지는 못해. 사람들이 모두 날 쓰레기라고 취급했지만 그게 뭐
어떻다는 거야? 너같이 사지가 멀쩡한 놈은 내가 이렇게 사는 걸 이해
하지 못하겠지. 나처럼 살 바에는 죽는 게 낫다고도 말하겠지. 하지만
난 죽는 것보다는 사는 게 낫더라고. 지금은 내 수명이 다되어 어쩔 수
없이 죽어가고 있지만."

고맹하의 눈에 눈물이 촉촉이 젖었다 살아온 삶에 대한 회환과 숨
이 꺼져 가는 자의 슬픔이 그의 말라서 뼈만 남은 껍데기에 드러나 있

었다.

"빌어먹을!"

연천무는 고맹하의 멱살을 신경질적으로 풀었다. 그는 몸을 돌려 바닥이 울릴 정도로 요란하게 밖으로 나갔다.

고맹하의 눈에 맺혀 있던 눈물이 그의 눈꼬리를 타고 주르르 흘러내렸다.

"미안하네, 미안하이……."

"야, 이 개자식들아! 다 이리 와!"

연천무의 쩌렁쩌렁한 외침이 울렸다.

땅을 파내고 그 속에서 꺼낸 항아리에 담겨 있던 동전을 한 움큼씩 쥐고 희희낙락하고 있던 염포와 패거리들은 저승사자라도 만난 듯 순간적으로 몸이 굳어졌다.

연천무가 집 앞에서 거대한 장승처럼 우뚝 서 있었다.

"안 와?"

패거리들이 우물쭈물 염포의 눈치를 살폈다.

장춘이 겁먹은 표정으로 염포의 옆구리를 찔렀다.

"우리 도망가야 하는 거 아니야?"

염포가 입술을 실룩거렸다.

"도망가기에는 너무 늦었어."

그러나 장춘은 항아리에서 동전을 두 손으로 퍼내더니 냅다 줄행랑을 치기 시작했다.

"이건 거래야! 난 내 몫을 챙기겠어!"

연천무가 도망치는 장춘을 보며 입가에 싸늘한 미소를 떠올렸다.

"하루꼬, 잡아."

그의 말이 떨어지기 무섭게 그의 뒤 지붕에서 한줄기 인영이 빠르게 날아갔다.

인영은 곧장 장춘의 앞으로 떨어져 내렸고, 장춘은 횟가루를 칠한 듯 얼굴이 허연 귀신같은 하루꼬를 보는 순간 온몸이 무너져 내려 엉덩방아를 찧고 주저앉았다.

"으허헉!"

어찌 장춘뿐이랴. 염포와 패거리들도 두 눈 똑바로 뜨고 지붕에서 날아오는 하루꼬를 보았기 때문에 그 경이로운 경신술에 놀란 눈을 부릅떴다.

연천무가 그들을 향해 걸어오고 있었다. 그의 포악한 성질에 대해 익히 알고 있는 염포 등은 등줄기에 절로 식은땀이 배었다.

장춘이 네 발로 후닥닥 기어가 연천무의 앞에 무릎을 꿇고 엎드렸다.

"대장, 목숨만 살려주게! 제발 목숨만… 목숨만 살려주게!"

연천무가 그런 장춘의 옆구리를 사정없이 걷어찼다.

"내가 너희들을 몰라, 너희들이 내 성질을 몰라? 건드리기는 왜 건드려?"

퍽!

"어욱!"

장춘이 숨이 막혀 옆구리를 쥔 채 데굴데굴 굴렀다.

패거리들은 모두 염포 뒤로 숨어 슴을 죽이고 있었다.

연천무가 염포 앞에 마주 섰다.

염포는 굳이 그의 눈길을 피하려 하지 않았다. 적어도 장춘처럼 비

굴하지는 않았다.

하지만 그런 그의 분위기가 연천무의 비위를 건드렸다. 아니, 그는 처음부터 흥분한 모습이었다. 뭔가에 대한 분노가 그의 온몸에 이글이글거렸다.

"넌 왜 살려달라고 애원하지 않지? 넌 내가 얼마나 성질이 더러운 놈인가 잘 알지? 이제 내가 너희들을 어떻게 할 것 같은데? 어떻게 할 것 같아?"

염포는 담담한 표정으로 웃었다.

연천무의 쌍심지가 날카롭게 곤두섰다.

"웃어?"

퍼억!

"욱!"

염포는 연천무의 발길질에 가슴을 차여 그만 뒤에 서 있던 패거리들 속으로 곤두박질치고 말았다.

패거리들이 병장기를 뽑아 들었다.

"떠그랄! 이렇게 되면 우리도 이판사판이야!"

"그래, 나도 저 새끼 마음에 들지 않아! 한 번도 우리의 입장에서 생각해 본 적이 없는 놈이야! 기왕 죽을 거 장렬하게 죽자!"

연천무가 거들먹거리며 얼굴 가득 환한 웃음을 떠올렸다.

"그럼, 그래야지. 혹시 알아, 너희들이 힘을 합치면 날 해치울 수 있을지?"

패거리들이 함부로 달려들지 못하고 엉거주춤했다.

한쪽에 서 있는 하루꼬는 아무 표정 없이 사태를 조용히 관망하고 있을 뿐이었다.

염포가 느릿하게 몸을 일으키며 소리쳤다.

"그만둬! 너희들 상대가 아니야!"

바닥에 주저앉아 있던 장춘이 아직도 고통스러운 듯 옆구리를 감싼 채 거들었다.

"사, 살고 싶으면 모두 병장기를 내려놔. 너희들 대장 성질을 정말 몰라서 그래?"

패거리들이 서로의 눈치를 살폈다. 그사이 염포는 연천무 앞으로 다가가 있었다.

"돈이 아까운 거라면 다시 가져가. 하지만 사람을 다치게 할 필요는 없잖아? 오래전에 널 선택한 건 나였어. 굳이 화풀이를 하고 싶다면 나에게 해. 내 선택에 대한 잘못은 내가 받는 게 옳으니까."

"……."

연천무는 조용히 염포를 내려다보았다.

그랬다. 아주 오래전 왈짜의 자리에 오르기 위해 작정하고 반기를 든 연천무를 옹호한 건 염포였다. 당시 이 인자였던 염포가 그를 옹호하지 않았다면 그는 패거리들에 의해 난자되어 죽었을 것이다.

어딘가에 대고 화풀이를 할 생각이었지만 그는 자신의 생각이 옳지 않다는 것을 깨달았다. 그들은 그가 화풀이할 대상도 적임자도 아니었다.

그는 하늘을 올려다보았다.

'지금까지도 혼자 살았는데 부모가 내게 뭐라고…….'

그는 가슴 한복판에 못처럼 박힌 울분을 묻어둘 수밖에 없었다.

천천히 걸어가는 그의 뒤를 하루꼬가 총총히 따라갔다.

장춘이 연천무의 뒷모습이 어느 정도 멀어지자마자 언제 옆구리가 아팠냐는 듯 몸을 돌리더니 항아리를 향해 달려들었다.

"갔다, 갔어!"

"으와아!"

패거리들이 일제히 항아리로 달려들어 아귀처럼 동전을 가슴에 쓸어 넣었다.

염포만이 조용히 연천무의 뒷모습을 오랫동안 지켜보고 서 있었다.

"대장, 다시는 보지 못하겠구나."

그의 눈에 눈물이 그렁그렁 매달렸다.

*　　　　*　　　　*

"그런 일이 있었습니까?"

남궁백운은 천산혈유 뇌자룡이 광여관청에서 겪은 얘기를 다 듣고는 놀란 표정을 지었다. 그것은 옆에서 함께 듣던 남궁청벽과 이난소, 진펌도 마찬가지였다.

"강호에서 뇌 선배와 함께 감히 자웅을 겨룰 만한 자가 있다는 게 놀랍습니다. 그리고 그자는 대체 어떻게 알고 그 자리에 나타나 이곽을 구해간 걸까요?"

뇌자룡은 담담하게 말했다.

"우리가 비록 산동성만은 철저하게 손에 넣었다 하나 반드시 우리에게 대항하는 세력이 없다는 건 아니겠지. 어리석은 백성들이 죽은 황제에게 눈물을 흘리는 것처럼 어리석은 추종자들은 있기 마련이니까."

이난소가 눈살을 찌푸렸다.

"하지만 그만한 고수가 급조한 상황에서 출몰한 것은 이상하잖아요.

산동성에서 소림의 고승들을 빼면 사숙과 견줄 만한 자는 어디에도 없어요. 혹시 그 늙은이라면 몰라도.”

“그 늙은이라니?”

“얼마 전에 섬에서 우내오기 중 한 명인 고목자를 만난 적이 있었어요.”

이난소는 섬에서 있던 일을 간단하게 설명했다.

“하지만 그는 분명히 해독제가 없는 나의 애물 독각청사에게 물렸으니 그 자리에 나타날 수가 없죠. 지금쯤 죽었을 텐데요.”

뇌자룡이 고개를 끄덕였다.

“독각청사에게 물리면 살아날 방법이 없지. 이 세상에서 가장 강한 독을 가진 데다가 워낙 희귀한 독물이라 전해지는 해독제가 없으니 그건 네 말이 맞을 거다.”

이난소가 눈빛을 빛내며 물었다.

“그들은 어떤 복색이었죠? 복면을 썼지만 그들이 입은 옷과 쓰는 병기는 알 거 아니에요?”

“달리 짐작이 가는 자가 있다는 거냐?”

“이상한 놈이 한 명 있기는 한데… 당시까지는 아직 내 상대도 되지 않았어요. 그렇지만 워낙 일취월장하는 놈이라 마음에 걸려서요.”

뇌자룡이 나타난 상대에 대해 상세한 설명을 곁들였다. 그의 말을 들은 이난소가 고개를 흔들었다.

“그럼 아니에요. 복색도 다르고 칼도 달라요.”

이난소는 그렇게 단정해 버렸다. 연천무가 쓰던 칼을 버리고 바골이 새로 만든 칼을 사용한다는 사실을 알 리 만무했다. 더구나 그사이 연천무의 무공이 삼숙칠악에 버금가게 성장했으리라는 그녀의 추정은 그녀 스스로 생각해도 너무 터무니없는 허황한 것이었다.

남궁백운이 심각한 표정으로 입을 열었다.

"어쨌든 그런 자가 있다는 건 우리에게도 상당히 경계할 일인 것만은 분명합니다. 제가 산동성주인 아우를 시켜 백방으로 수소문해 보겠습니다. 어떤 자인지 저도 궁금합니다."

산동성주 남궁제는 남궁세가 가주 남궁백운의 친동생이기도 했다.

그는 뇌자룡을 바라보며 말을 이었다.

"이 모든 일은 칠악님을 믿고 진행했습니다. 머지않아 삼숙과 우내오기 등 생존한 정파의 명숙들이 움직일 겁니다. 칠악님들이 그들을 맡아줘야 이번 거사를 무리없이 성공시킬 수 있다는 것을 잊지 말아주십시오."

뇌자룡의 눈이 처음으로 싸늘한 냉기를 띠었다.

"이십 년 전에 죽은 우내신룡(宇內神龍)이 다시 살아나는 일이 없는 한 삼숙의 죽음은 보장된 것이나 다름없네. 그들이 아무리 강한들 칠악의 둘이면 대적이 충분하고 그들이 설사 동귀어진해도 우리 쪽에 하나의 여분이 더 있는 일이지."

이난소가 뇌쇄적인 눈빛을 빛내며 낭탕하게 웃어댔다.

"그럼 제가 우내오기 중 한 놈을 해치운 솜씨로 다른 넷도 마저 해치워 버리죠. 뭐, 굳이 시간을 끌 필요나 있는 일인가요? 황제를 해치운 흑풍사의 사십팔탈혼수(四十八奪魂手)가 곧 귀환할 테니 그들에게 새로운 임무를 맡기죠 뭐."

사십사 명의 탈혼수.

황제를 죽인 자들의 정체였다. 그들의 배후에 흑풍사가 있고, 흑풍사의 배후에는 삼숙칠악의 칠악이 있었다.

남궁청벽이 모처럼 만에 크게 웃으며 분위기를 돋우었다.

"하하하, 말씀을 들으니 이미 반은 이루어진 것과 다름없습니다. 칠악님께서는 강호를 제패하고 남궁세가는 경평왕과 내시 청면를 도와 자금성에 뿌리를 내리는 거죠. 경평왕이 황제에 오르면 그야말로 천하에 누가 우리를 부러워하지 않겠습니까."

남궁백운이 눈을 부릅뜨며 남궁청벽을 질책했다.

"어리석은 놈! 누가 자금성에 진출한다는 거냐?"

남궁청벽의 표정이 당황스러웠다.

"그럼 아니란 말씀입니까? 그게 아니고서 어찌 역모에……."

남궁백운의 추상같은 표정이 그를 얼어붙게 만들었다.

"황제가 나날이 커지는 호족의 힘을 견제하기 위해 우리를 핍박하는 제도를 만드니 우리는 우리를 지키기 위해 부득이 황제에게 대항하는 것이다. 그럼으로써 우리는 우리의 존재를 인정하는 황제를 앉히는 것만으로 충분하다. 지나친 과욕은 화를 부른다는 것을 명심해라."

"……."

남궁청벽은 주위의 눈치를 살피며 입을 다물었다.

뇌자룡이 빙그레 웃었다.

"나라의 주인도 한 번은 바뀔 때가 되었지. 황제가 되는 게 불가능한 일만은 아니지. 자금성으로 옮겨가지 못하겠다면 자금성을 이곳으로 옮겨오면 그만이지."

"천도(遷都)!"

이난소가 짧게 소리치며 남궁백운을 쳐다보았다.

남궁백운이 고개를 설레설레 흔들었다.

"천자는 하늘이 내립니다. 설령 왕의 대가 모조리 끊어진다 해도 이

자리는 천자가 나올 곳이 못 됩니다. 행여나 그런 기우는 거두시죠."

뇌자룡이 의미심장하게 웃었다.

"내가 언제 남궁세가에서 천자가 나온다고 했나? 누가 되든 이 제남
성으로 자금성을 옮겨오는 것도 괜찮다는 말이지."

제18장

귀환(歸還)

海賊王

좌아! 철썩!

깊은 밤의 정적 속으로 파도 소리가 시끄러웠다.

막우는 먼바다를 바라보며 우두커니 서 있었다. 아직도 돌아오지 않는 연천무가 걱정되어 잠을 제대로 잘 수가 없었다. 한참 바다를 지켜보던 그는 자신과 좀 떨어진 어둠 속에 또 한 사람이 있는 것을 뒤늦게 발견했다. 거리는 제법 떨어져 있지만 한눈에 반옥금임을 알 수 있었다.

그는 천천히 반옥금에게로 걸어갔다.

"여기 있었으면 아는 척 좀 하시죠."

반옥금이 비로소 그에게 고개를 돌렸다.

"이 어장은?"

"오늘 아침부터는 미음을 먹고 있습니다. 위기는 가까스로 넘긴 것 같습니다."

“다행이로군.”

“연천무를 기다리고 있습니까?”

“내가 왜 그를 기다린다고 생각하지?”

“…….”

막우는 마땅히 할 말이 없어 입을 다물고 그녀를 지켜보았다.

반옥금이 바다로 시선을 돌려 한참 만에 입을 열었다.

“그는 돌아오지 않을지도 몰라.”

막우가 빙그레 웃었다.

“돌아옵니다.”

반옥금이 고개를 저었다.

“확률은 반이야. 지금까지 돌아오지 않는 걸 보면 내가 꾸민 대로
잘되었는지도 모르지.”

“꾸미다니요?”

“하루꼬를 무에게 줬거든. 너희들이 그날 타고 나간 배에 함께 타고
나갔지. 난 줬는데 그가 받았는지는 모르겠어.”

막우의 어깨가 크게 흔들렸다. 해하돈의 청운장에서 평소 같지 않게
신경질적이던 연천무의 모습이 떠올랐다.

“왜… 왜 그랬습니까? 왜 그를 두령님 옆에서 떠나보내지 못해 조바
심을 내는 겁니까?”

“왜냐고?”

“…….”

“그를 내 옆에 두면 난 평생 그를 이용하게 될 거야. 지금 떠나보내
지 못하면 영원히 그를 놓아주지 못하게 될 것 같아. 내 필요에 의해서
말이야. 그가 하루꼬와 잠을 잤다면 돌아오지 않을 거야. 그 녀석은 진

실을 속일 만한 간덩이가 없으니까. 내 눈을 마주칠 용기가 없다면 돌아오지 않을 거야.”

“보내줘도 그렇게 보내는 건 아닙니다. 남자는 여자를… 그냥 아무렇지 않게 품을 수 있습니다. 너무 비열하고 잔인한 방법입니다. 녀석은 이미 상처투성이인데…….”

반옥금이 몸을 막우에게 돌렸다.

그리고 물었다.

“내가 그를 사랑하지 않는다면? 그래도 그가 내 옆에 있는 게 그에게 도움이 될까?”

막우가 반문했다.

“설사 그렇더라도 결정은 녀석 스스로 해야 합니다. 사랑하는 게 반드시 사랑을 받아야 하는 건 아니지 않습니까?”

해하돈은 이곽을 부축해서 일으켰다. 이곽이 스스로 미움을 떠먹고자 했기 때문이다. 그를 탁자까지 가서 앉힌 해하돈도 그 맞은편에 자리를 잡고 앉았다.

“제가 줄곧 옆에서 이 어장님을 보살폈죠. 이 어장님의 부하들이 한사코 말렸지만 제 마음이 시키는 일이라 떼를 썼습니다.”

안 그래도 이곽은 해하돈이 정체에 대해 궁금했다. 묻고 싶은 것이 많았는데 해하돈이 알아서 술술 불었다.

“제 이름은 먼저 알려 드렸듯이 해하돈입니다. 우스꽝스러운 이름이지만 모든 사람이 그렇게 부르니 괘념치 마시고 그리 부르십시오. 제가 이 어장님을 구하기 위해 많은 돈을 들였지만 그게 뭐 대수겠습니까. 돈이야 있다가도 없고 없다가도 있는 건데 마땅히 쓸 데 쓰인다면 좋은 일이죠.”

“그러니까 해 공의 말은 날 구한 게 해 공이란 말이오?”

“전후 사정을 고려하면 아마 그럴 겁니다. 이 어장님을 직접적으로 구한 분은 연 소두령님과 막 소두령님이지만 그분들을 고용한 건 제 부인이었으니까요. 부인이 막대한 재물을 써서 그분들로 하여금 이 어장님을 구하게 하였죠. 무려 여덟 척의 범선에 가득가득 곡식과 생필품을 실어왔으니까요.”

“해 공의 부인이 왜 나를 구했소? 그분이 내가 아는 분이오?”

“전혀 모를걸요. 제게 그리 말했으니 모르는 게 맞을 겁니다. 부인이 어디서 금위어장을 만날 일이 있었겠습니까? 혹시 안다면 길거리에서 지나가는 이 어장님을 우러러보았겠죠.”

“그런데 왜 나를 막대한 돈을 뿌려가면서 구해줬다는 거요?”

“그야 저도 모르죠. 전 그저 부인이 시키는 대로 했을 뿐입니다. 부인의 판단이 한 번도 틀린 적이 없기 때문에 전 그냥 부인이 시키면 아무 소리 않고 따르는 편입니다.”

“그럼 부인께서는 날 만나면 어찌하라 하시었소? 전하려는 뜻이 있을 게 아니오?”

“부인은 이 어장께서 한동안 이곳에 계시게 될 거라 말했습니다. 군사를 일으키기에 이만한 곳이 없다고 했죠.”

“……”

순간적으로 이곽의 몸이 굳어졌다. 마치 속내를 들켜 버린 것처럼 물끄러미 해하돈을 쳐다보았다.

해하돈이 웃으며 말을 이었다.

“사실 끌고 온 여덟 척의 배는 아내가 이 어장님께 보내는 선물이죠.

배에 실린 물건들이야 해적들의 것이지만 배는 이 어장님께 드리는 것입니다."

이곽이 굳은 낯빛으로 말했다.

"또 무슨 말씀을 했소?"

해하돈의 웃음이 더욱 커졌다.

"뭍에서 일어난 일들에 대해서는 정확한 정보만 바로바로 전해 드릴 수 있으며 바다에 떠 있어도 자금성에서 일어나는 일들을 손바닥처럼 알게 해드릴 수 있다 했습니다."

"또 무슨 말씀을 했소?"

"폭풍은 비켜가는 것이지 맞닥뜨려서 싸우는 게 아니라 말했습죠. 바람에 꼿꼿이 선 거목은 부러지지만 고개를 숙인 갈대는 견디어낸다 했습니다. 이게 전부입니다."

"……."

이곽은 한참 동안을 생각에 잠겨 있었다.

생각해 보면 그가 할 일은 많지 않았다. 황제를 죽인 범인으로 내몰린 마당에 설사 그를 믿는 지인들이라 해도 그를 보호하기가 쉽지 않으며 오히려 자신으로 인해 그들마저 위험에 빠질 여지가 많았다.

해하돈의 부인이 말한 요지는 이런 그의 상황들을 인식하여 지금으로서 선택의 여지가 없는 그의 입장을 설명하고 있었다.

비로소 그의 얼굴에 굳은 빛이 풀어졌다. 한결 온화해진 눈빛으로 해하돈을 바라보았다.

"해 형의 부인은 어떤 분이시오?"

해하돈이 익살스럽게 웃었다.

"사실은 저도 잘 모르지요. 제 부인을 남편인 제가 잘 모른다고 말하면 해괴한 일이라 여기시겠지만 사실입니다."

"아니, 부인을 어떻게 만났는데 부인에 대해 모른다는 겁니까?"

"오래전에 부인은 아주 험한 일을 당했죠. 후일 보시면 알겠지만 크게 화상을 입었습니다. 여자가 화상을 입었을 때야 오죽 낙심이 되겠습니까? 그래서 벼랑 끝에 섰다고 말했죠. 강물에 몸을 던진 그녀를 구해낸 게 바로 접니다. 제가 보기에는 이래도 자맥질은 꽤나 능하거든요."

"그래서요?"

"제가 부인을 구슬러 같이 살았죠. 하지만 부인은 이미 자신이 벼랑 끝에 떨어진 것으로 과거와의 연은 다 끊어졌다며 태생에 대해선 지금까지 단 한 마디 언급이 없습니다. 제가 아는 건 그녀가 많은 책을 읽었으며 매우 지혜롭다는 것입니다. 저 같은 장사꾼의 아내로 살기에는 정말 아까운 여자입니다."

"……."

이곽은 더 이상 할 말을 잃었다. 결국 해하돈의 부인에 대해서는 아무것도 알아낼 수 없다는 말이 아닌가?

해하돈이 미음 그릇을 그에게 내밀었다.

미음 그릇을 보는 이곽의 입에서 절로 한숨이 흘러나왔다.

"한때는 무관의 최고라고 자부한 적이 있었는데… 이름도 들어보지 못한 자에게 이렇게 당하기나 하다니……."

그는 불현듯 생각이라도 났다는 듯 해하돈의 얼굴을 쳐다보며 물었다.

"해 공께서는 혹시 뇌자룡이란 이름을 아시오?"

해하돈이 고개를 갸웃거렸다.

"뇌자룡이요? 글쎄요. 처음 들어보는 이름입니다. 한번 알아볼까요?"

"알아볼 수 있겠소?"

"널리 알려져 있는 이름이라면 누군가 아는 사람이 있지 않겠습니까? 은밀히 수소문해 보도록 하겠습……."

땡땡땡!

이때 갑자기 요란한 종소리가 밤 공기를 뚫고 울려 퍼졌다.

"무슨 일이지?"

"글쎄요? 어느 놈이 쳐들어오기라도 한 걸까요?"

밖에서 발소리가 요란하게 울리더니 우렁찬 목소리가 들려왔다.

"어장, 들어가겠습니다!"

대답이 떨어지기도 전에 밖을 지키던 금의위들이 안으로 들이닥쳤다. 지척에서 이곽을 보호하기 위한 조치였다.

이곽이 조용히 고개를 끄덕이더니 숟가락을 들었다. 미음을 뜨는 그의 얼굴이 평정심으로 한 치 흔들림도 없어 보였다.

해하돈이 그를 바라보며 속으로 혀를 내둘렀다.

'과연 황실 최고의 무관이로구나. 부하들이 보는 앞이라고 장수의 처신을 잃지 않으니…….'

*　　　*　　　*

끼익! 끼익!

밤 바다에 작은 한 척의 어선이 떠 있었다. 돛도 달려 있지 않은 어선이고 보면 표류한 것이 아닌가 생각이 들기도 했지만 노를 젓고 있는 낯익은 얼굴을 본 해적들은 그가 몇 날 며칠을 그렇게 노를 저어 온 것을 짐작했다.

노를 젓고 있는 사람은 다름 아닌 연천무였기 때문이다. 그는 암초 사이로 배를 저어 오며 암초 뒤에서 모습을 드러내는 숨어 있던 해적들의 그림자를 보면서 소리를 질렀다.

"잘들 있었냐, 이 우라질 놈들아? 빨리 와서 노를 받지 않고 뭘 쳐다보고 있는 거야?"

해적 네 명이 노를 젓는 빠른 유선이 기다렸다는 듯이 빠르게 다가왔다.

연천무는 그중 가운데 있는 둘을 내리게 하고 대신 하루꼬와 함께 유선에 올라탔다. 그들을 태운 유선이 빠르게 군도 중앙에 있는 본거지 섬을 향해 파도를 헤쳐 갔고 단잠을 깨우는 종소리가 여전히 어둠을 뒤흔들며 울어댔다.

그들이 섬에 도착하자마자 막우가 연천무를 향해 달려와 그를 부둥켜안았다.

"안 오는 줄 알았다!"

"뭐요, 이거? 죽었으면 죽었지 안 오는 건 뭐요? 그럼 내가 어디로 간다고?"

막우가 반사적으로 하루꼬를 찾았다. 그러나 하루꼬의 모습은 벌써 보이지 않았다.

연천무도 황당하다는 듯 눈알을 두리번거렸다.

"거, 정말 귀신같은 년이네? 금방 어디로 가버린 거야?"

두리번거리는 그의 눈이 뭔가를 보며 차갑게 경직됐다. 그의 고정된 시선을 좇아 막우가 고개를 돌렸다.

반옥금이었다. 그녀가 그들을 향해 걸어오고 있었다.

연천무가 그녀에게 넙죽 허리를 굽혔다.

"돌아왔습니다, 두령님."

반옥금이 살얼음이라도 한 겹 두른 표정으로 냉랭하게 말했다.

"모두 걱정했잖아. 어디서 뭐 하다 이제 돌아와?"

"……."

연천무는 고개를 떨어뜨린 채 말이 없었다.

반옥금이 찬바람을 일으키며 몸을 돌렸다.

"내일 얘기하자."

"……."

연천무의 어깨가 가늘게 떨렸다. 그는 고개를 들어 반옥금의 뒷모습을 쳐다보았다.

'그렇게 말하지 마. 단 한 번이라도 걸음을 멈춰. 내게 지금 못한 얘기를 하고 싶잖아. 그 애써 참고 있는 얘기들을……. 내가 돌아온 게 네게 무엇인지 할 말이 있잖아.'

그러나 반옥금은 한 번도 걸음을 멈추지 않았다. 자로 잰 듯 똑같은 보폭으로 해채로 사라져 갔다.

막우가 다가와 말없이 그의 어깨를 감쌌다.

연천무가 목이 멘 소리를 냈다.

"내가 곰곰이 생각해 봤는데… 아직도 그녀에게는 내가 필요해. 그녀가 이루고자 하는 복수를 끝내고 그녀 스스로 자유로워질 때까지는… 그때까지는 그녀의 곁에 있으려고……. 혹시 모르잖아, 그땐 그녀의 마음도 바뀔지?"

『해적왕』 3권에 계속…